航天信息财税培训丛书

Excel
在财务管理
中的应用

航天信息培训学校◎编著

机械工业出版社
China Machine Press

本书是航天信息培训学校资深培训师根据多年的同名培训课程，集合近万名学员的培训反馈精心整理编写而成。本书紧扣企业实际财务和管理工作需求，以易学、易用、实用为宗旨，谋篇布局。书中列示的操作步骤详细易懂、案例素材完整易用，内容由浅入深、循序渐进，是一本非常实用的Excel应用书籍，特别适合企事业单位财务、税务及其他办公人员使用，也可以作为在校高职高专、本科生的教材。

　　本书全文采用图文并茂的方式，逻辑流程清晰，内容衔接紧密，整体感强，每章节都从实例出发，讲解Excel的具体应用。本书的配套光盘中提供了书中所用到的所有素材、制作效果以及各章练习题及参考答案，更有专门设计的财务管理工具包，可直接应用于实际工作。

图书在版编目（CIP）数据

Excel在财务管理中的应用 / 航天信息培训学校编著.—北京：机械工业出版社，2009.11
（航天信息财税培训丛书）

ISBN 978-7-111-28540-3

Ⅰ.E…　Ⅱ.航…　Ⅲ.电子表格系统，Excel－应用－财务管理－技术培训－教材
Ⅳ.F275-39

中国版本图书馆CIP数据核字（2009）第186918号

机械工业出版社（北京市西城区百万庄大街22号　邮政编码　100037）
责任编辑：程　琨　　　　版式设计：刘永青
北京京师印务有限公司印刷
2010年1月第1版第1次印刷
170mm×242mm　·21印张
标准书号：ISBN 978-7-111-28540-3
　　　　　ISBN 978-7-89451-265-9（光盘）
定价：36.00元（附光盘）

凡购本书，如有缺页、倒页、脱页，由本社发行部调换
客服热线：(010) 88379210；88361066
购书热线：(010) 68326294；88379649；68995259
投稿热线：(010) 88379007
读者信箱：hzjg@hzbook.com

总序

在世界经济一体化的格局下，我国财税管理技术逐步与国际接轨，财税政策不断进行深化改革。在这种背景下，广大财税人员的知识技能需要快速提升，以便能抓住先机，更好地为企业服务。为此，航天信息培训学校组织编撰了这套紧扣时代脉搏、贴近实务操作的财税培训系列丛书，旨在为有志于在相关工作领域寻求突破发展的人员提供具体指导，提高其业务水平和专业技能，彰显新的财税知识的应用效果。

航天信息股份有限公司承担国家"金税工程"服务已经10多年了，在全国范围内拥有超过200万的增值税一般纳税人客户，长期为企业一线财税人员提供技术支持，积累了丰富的企业财税实务案例。2009年初航天信息股份有限公司成立了航天信息培训学校，以专业的培训机构、卓越的研发团队、实用的课程主题、资深的培训专家为广大客户和读者提供及时、优质的财税知识培训和技能提升服务，年培训人数达5万人以上，得到全国各地学员的广泛好评。

本套丛书是依据航天信息培训学校的精品培训课程编撰而成，对财税知识在企业日常工作中的应用进行了由浅入深、通俗易懂、系统的解释，根据广大财税人员的工作岗位性质、学习目的和财税领域的热点问题，分别设计。每本书中都配有大量例题、案例和实务操作，以利于读者更容易学习和理解相关财税和财务管理知识。

本套丛书由航天信息培训学校总策划并制定编写大纲和写作指导，以实用、易用、易懂为编写宗旨，由航天信息培训学校的专职老师和来自中央财经大学、中国人民大学、首都经济贸易大学、北京国家会计学院、北京经济管理干部学院、中华女子学院等院校的特聘专家学者，以及部分来自税务师事务所、会计师事务所和企业界的实战派培训师精心编撰，并充分考虑了广大学员、专家及随机调查读者的建言和反馈，汲取了大量宝贵建议，以求更贴近实际工作需求，帮助读者更快、更好地学习和提高。

本套丛书的策划和出版得到了机械工业出版社华章分社领导和编辑的大力支持和协助，在此特表感谢。

我们相信，本套丛书的出版将能有效地帮助广大财税工作者提升实际工作能力，也真诚地欢迎大家关注航天信息培训产业，反馈宝贵的意见和建议，对提高中国财税培训质量起到积极的推动作用。

航天信息财税培训丛书编委会

2009年10月

前　言

Excel是Microsoft公司的办公软件Office的核心组件之一，是由Microsoft为Windows和Apple Macintosh操作系统的电脑而编写和运行的一款电子报表软件，为人们提供了一种准确高效的数据整理、组织、管理和分析工具，备受用户青睐。Excel 2007是Microsoft公司新推出的Office 2007办公软件中的核心部分，相对于Excel以往的版本，它的界面设计更加人性化，操作更加方便直观，图表美化、分析工具等更加简洁方便，因此被广泛应用于财务管理工作中。

本书由航天信息培训学校资深培训讲师总结在全国各地几十期"Excel 2007在财务管理中的应用"培训班的基础上，根据近万名学员的培训反馈精心整理编写而成。该书将理论技术与企业实际紧密联系，语言简练明了、操作步骤详细易懂、案例素材完整易用，内容由简入深、循序渐进，是一本非常实用的Excel应用教材，特别适合企事业单位财务、税务及其他办公人员使用，也可以作为在校高职高专、本科生的教材。

本书全文采用图文并茂的方式，逻辑流程清晰，内容衔接紧密，整体感强，每章节都从实例出发，讲解Excel的具体应用，并且本书附配套光盘，包含书中所用到的所有素材、制作效果以及各章练习题及参考答案。

第1、2章是Excel 2007的基础知识部分，主要介绍了Excel 2007的操作界面、功能特点以及数据录入、编辑、数据有效性及数据保护等Excel基本应用方法和技巧。

第3、4章主要介绍了格式化财务表格、形象化财务数据等内容，详细介绍了表格美化、图表制作等实用的技术方法。

第5、6章是Excel 2007应用的核心部分，主要介绍了数据排序、筛选、分类汇总、透视表以及公式、常用函数等财务数据汇总、统计分析技术。

第7章主要介绍财务表格的输出功能，包括页面布局设置、打印设置等。

第8章是Excel 2007的高级应用，重点介绍了组合框、滚动条等控件的应用技巧以及宏的简单应用。

第9、10章是Excel 2007在具体财务管理工作中的应用技巧，主要介绍了如何利用Excel制作日常财务表格，如差旅费报销单、考勤表、工资表、本量利分析以及如何利用Excel辅助记账、总账、对账，生成会计账簿和会计报表等内容。

本书由航天信息培训学校总策划并制定全书的编写大纲和写作指导，前五章（第1～5章）内容主要由李广老师编写，后五章（第6～10章）内容主要由赵金梅老师编写，参与本书编写和审校工作的人员还有王如意、郭碧琨、郭家欣、杨涛、于玥、刘海燕、王晨佳等。在这里，我们还要特别感谢全国各地航天信息培训学员对我们的大力支持和帮助。

由于水平有限，书中有些表述难免出现谬误，敬请各位专家学者、广大读者提出意见并能及时反馈给我们，以便逐步完善。

意见反馈信箱：liguang@aisino.com或zhaojinmei@aisino.com。

航天信息财税培训丛书编委会

2009年10月

目 录

第2章　创建标准的财务表格

第3章　格式化财务表格

第4章 形象化财务数据

第5章 财务数据汇总与分析

第6章 公式与函数

第10章 企业日常会计核算

参考文献

第1章　用Excel 2007进行财务管理

主要知识点
- Excel在会计和财务工作中的应用
- Excel 2007的功能特点
- Excel 2007的安装和启动
- 工作簿、工作表和单元格

需要注意的问题
- 如何自定义快速访问工具栏
- 工作簿的保存格式
- 工作簿的自动保存和修复

1.1　Excel在会计和财务管理中的应用

　　随着信息时代的来临，计算机越来越普及，面向各行各业的计算机处理软件也应运而生。电子报表软件为人们提供了一种准确高效的数据整理、组织、管理和分析工具，备受众人瞩目。作为数据办公自动化核心的Excel，正是其中的佼佼者。

　　Excel是Microsoft公司的办公软件Office的核心组件之一，是由Microsoft为Windows和Apple Macintosh操作系统的电脑而编写和运行的一款电子报表软件。自1982年Microsoft推出第一代电子报表软件Multiplan以来，结合各类用户的不同需求，Excel已经经过了多次的升级和完善。其中，基于Windows系统的就有十多个版本，比如Excel 2007，也被称为Excel 12.0。

1.1.1 Excel的功能特点

作为一款出色的电子制表软件，Excel 2007不仅能够制作各种各样的报表，还可以对表格中的数据进行汇总和分析。直观的界面、出色的计算功能、丰富的图表工具和强大的数据分析功能，使Excel 2007很快被不同国家的用户所接受，并广泛应用于财务、统计、销售、人力资源等各个领域（见图1-1）。

Excel 2007是Microsoft公司新推出的Office 2007办公软件中的核心部分，相对于Excel以往的版本，Excel 2007的变化主要体现在以下三个方面：

图1-1 Excel 2007是Office2007的核心部分

（1）Excel 2007的功能操作更加方便直观了。利用功能选项卡区中的常用功能按钮（见图1-2），再结合自定义快速访问工具栏，不同行业的用户都可以通过点击按钮，来轻轻松松地完成日常操作，不会再反复出现因为找不到相应操作的菜单、子菜单而苦恼的情况了。

图1-2 Excel 2007的功能选项卡区域

（2）Excel 2007为用户提供了丰富的绘图工具、字体样式、图表样式（见图1-3、图1-4、图1-5）。利用这些现存的样式，用户可以直观地制作出思路清晰、重点突出、形式美观的图表。

（3）在Excel 2007中，数据分析工具更加简洁方便。利用数据透视表的分析功能，用户仅仅通过数据字段的点选设置，就可以完成数据的提取、组织和分析（见图1-6）。

图1-3 形状样式

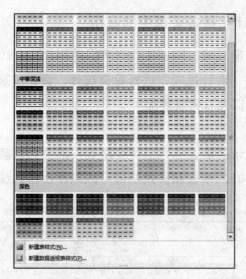

图1-4　表格样式

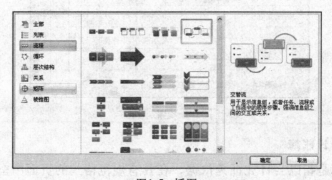

图1-5　插图

图1-6　数据透视表

1.1.2 Excel在会计和财务管理中的应用

在会计和财务管理领域，财务工作者可以使用Excel 2007方便快捷地制作记账凭证、会计账簿、会计报表，进行财会统计、会计核算、金融分析、资产管理、财务预算决算以及日常管理等。

1. 制作记账凭证

会计凭证是指记录经济业务，明确经济责任的书面证明，也是登记账簿的依据。使用Excel 2007的模板和样式功能可以制作出格式统一、美观大方的记账凭证（见图1-7）。

图1-7 记账凭证

2. 制作会计账簿

会计账簿是指以会计凭证为依据，在具有规范格式的页面中全面、系统地记录经济业务的账本。使用Excel 2007的数据透视表、函数等功能，可以快速方便地建立起总分类账和科目汇总表等会计工作的账表（见图1-8）。

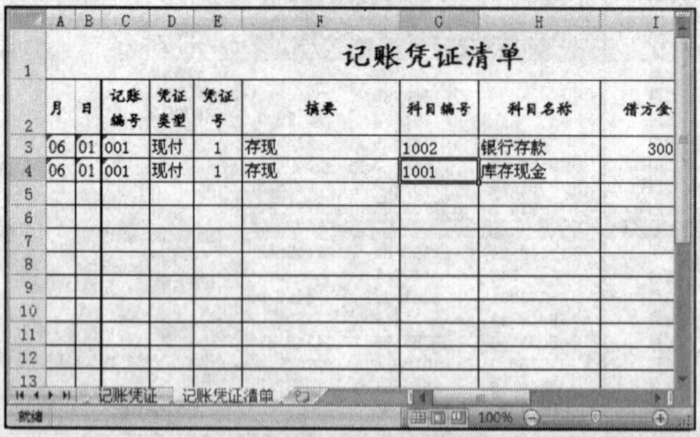

图1-8 记账凭证清单

3. 制作会计报表

会计报表是综合反映企业经营成果、财务状况以及现金流量信息的书面文件，为投资者、债权人、政府等会计报表的使用者提供有用的经济决策信息。利用Excel 2007的公式计算功能和引用功能可以将记账信息汇总为会计报表（见图1-9）。

图1-9　资产负债表

4. 进行财务核算

财务会计必须对企业的经济活动进行会计处理，以便最终为会计信息使用者提供财务报告，利用Excel 2007进行会计核算，可以对财务报表编制的具体环节和步骤形成更加清晰的认识（见图1-10）。

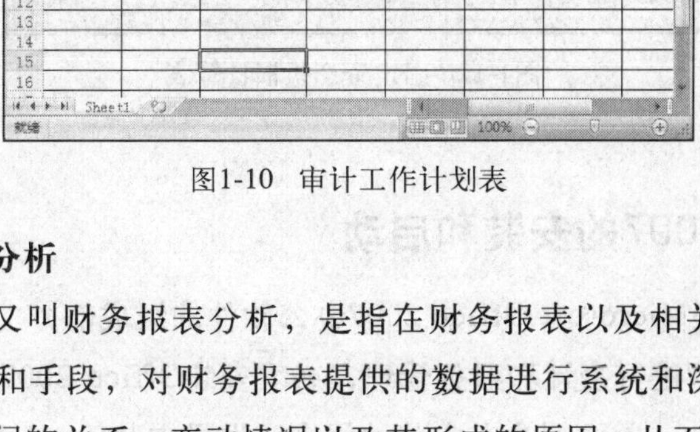

图1-10　审计工作计划表

5. 进行财务分析

财务分析，又叫财务报表分析，是指在财务报表以及相关资料的基础上，通过一定的方法和手段，对财务报表提供的数据进行系统和深入的分析研究，发现有关指标之间的关系、变动情况以及其形成的原因，从而向使用者提供相关和全面的信息，并由此为财务决策、计划和控制提供广泛的帮助。利用Excel 2007的数据运算功能和数据分析功能，可以帮助财务分析和决策人员，快速、准确地完成财务分析工作（见图1-11）。

图1-11　利润表

6. 管理固定资产

企业在日常经济活动中，经常发生固定资产增加、减少以及变动等情况。利用Excel 2007制作相关单据，利用函数进行折旧，能够轻松、准确地反映企业的固定资产状况（见图1-12）。

图1-12　固定资产折旧计算表

1.2　Excel 2007的安装和启动

Excel 2007是Microsoft Office 2007办公软件的组成部分之一，因此，如果要使用Excel 2007进行会计和财务管理，必须安装Office 2007。Office 2007包含了多个办公软件，需要用户在安装过程中，选择安装Excel 2007。

1.2.1　系统配置

为了保证Excel 2007在计算机上能够正常运行，在安装Excel 2007之前，需要考虑计算机的硬件配置是否满足Office 2007的安装需求。下面将介绍关于Excel 2007的两种配置，其中一种配置是Microsoft公司要求的能够运行Excel 2007的最低配置，另一种是能够保证用户以较高效率运行Excel 2007的推荐配置。

最低配置：

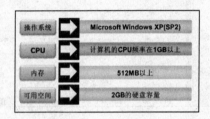

推荐配置：

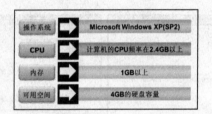

1.2.2　安装Excel 2007

要进行Excel 2007的安装，需要执行Microsoft Office 2007安装光盘中的安装程序文件"setup.exe"，并输入正确的产品密钥，以保证安装程序能够正常进行，并在安装选项中选择安装Excel。具体操作步骤如下：

【第1步】将Office 2007的安装光盘插入光驱，选择根目录下的安装程序文件"setup.exe"，双击文件图标执行安装程序（见图1-13）。

【第2步】安装程序启动后，在随后弹出的窗口中按照要求输入正确的产品密钥。如果输入的产品密钥是正确的，即可点击窗口右下方的"继续"按钮（见图1-14）。

【第3步】在选择所需的安装对话框中，选择自定义按钮，设置自定义安装方式（见图1-15）。

【第4步】在随后打开的对话框中，选择"升级"选项卡中的"保留所有早期版本"，保留计算机上已经安装好的Office早期版本（见图1-16）。

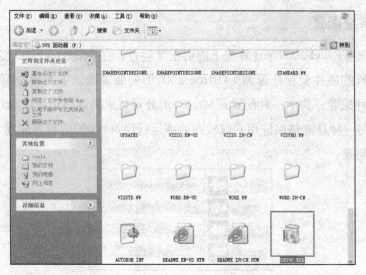

图1-13 安装程序文件

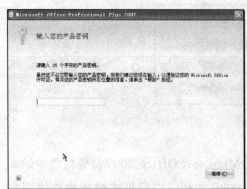

图1-14 输入产品密钥

图1-15 设置安装方式

【第5步】选择"安装选项"选项卡，在"自定义Microsoft Office程序的运行方式"中选择安装"Microsoft Office Excel"，在其他不需要安装的组件选项中点击 按钮，选择"不可用"（见图1-17）。

【第6步】选择"文件位置"选项卡，在"选择文件位置"栏

图1-16 保留早期版本

的文本框中输入文件的安装位置（见图1-18）。

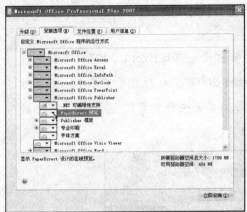 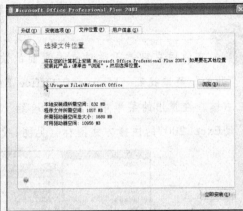

图1-17　安装选项　　　　　　　　　　图1-18　设置安装路径

【第7步】选择"用户信息"选项卡，并录入用户姓名、公司名称等信息，然后点击"立即安装"（见图1-19）。系统会自动完成Excel 2007的安装。

【第8步】在系统提示已经安装成功的对话框中，点击关闭按钮，在弹出的提示框中选择"是"按钮，系统会重新启动（见图1-20）。计算机重启之后，就可以通过"开始"菜单中的子菜单选择启动Excel 2007了。

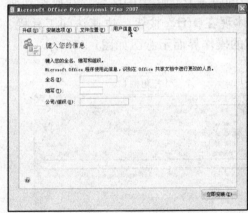  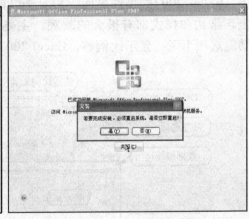

图1-19　用户信息　　　　　　　　　　图1-20　完成安装

1.2.3　启动Excel 2007

在完成Excel 2007的安装之后，我们就可以利用它强大的数据管理和分析功能来进行会计和财务管理了。启动Excel 2007的方式通常有两种：

（1）通过"开始"→"所有程序"→"Microsoft Office"→"Microsoft

Office Excel 2007"启动Excel 2007。

（2）双击建立在桌面的Excel 2007快捷方式图标，启动Excel 2007。

小技巧

有的用户习惯于通过点击桌面的快捷方式来启动Excel 2007，可以通过"开始"菜单找到"Microsoft Office Excel 2007"，然后在子菜单上点击鼠标右键，在弹出的菜单中选择"发送到"→"桌面快捷方式"，在桌面上建立启动Excel 2007的快捷方式图标（见图1-21）。

图1-21 在桌面建立快捷方式

1.3 Excel 2007的操作界面

Excel 2007的操作界面，相对于以前的版本有了较大的区别。在操作界面上，结构和样式都有很大的改观，主要体现在Office按钮、快速访问工具栏、功能选项卡区、显示比例等。Excel 2007的操作界面示意图如图1-22所示。

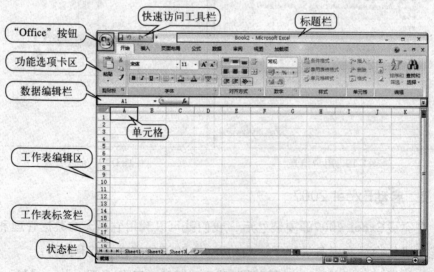

图1-22 Excel 2007 操作界面

下面我们针对操作界面的主要部分进行介绍。

1.3.1 Office按钮

Office按钮位于界面的左上方，通过点击Office按钮下方的命令选项，可以实现文档的新建、打开、保存、打印以及发送等功能。具体菜单如图1-23所示：

图1-23 Office按钮

（1）在下拉菜单中，可以通过选择左侧的下拉菜单，实现工作簿的创建和保存等操作；

（2）通过"最近使用的文档"，可以快速打开最近一段时间使用过的文档；

（3）点击菜单下方的Excel选项，可以在弹出的窗口中设置Excel的操作窗口、文件格式以及一些个性化设置。

1.3.2 快速访问工具栏

快速访问工具栏是Excel 2007新增加的功能，主要是能够将一些常用的功能按钮，通过自定义快速访问工具栏的设置，放在工具栏面板上，方便用户的日常操作（见图1-24）。

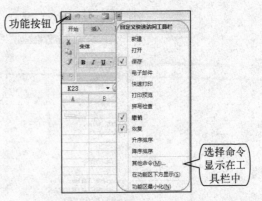

图1-24 快速访问工具栏

小技巧

自定义快速访问工具栏

自定义快速访问工具栏可以帮助用户把一些常用的功能按钮添加到Excel操作界面上，方便用户进行各种常用操作。例如，在财务工作中，常常要用到的记录单按钮，虽然在功能选项卡区找不到，但是可以通过自定义快速访问工具栏，把记录单按钮放在快速访问工具栏。这样，用户在添加记录单的时候，就不用为找不到对应的功能按钮而烦恼了。

把记录单功能按钮添加到快速访问工具栏中的具体步骤如下：

【第1步】点击快速访问工具栏右边的 按钮，在弹出的菜单中选择"其他命令"。如图1-25所示。

【第2步】由于记录单不属于常用命令。因此在弹出的Excel选项窗口中，点击"从下列位置选择命令"下方的下拉菜单，并选择"所有命令"。操作示意图如图1-26所示。

图1-25 自定义快速访问工具栏

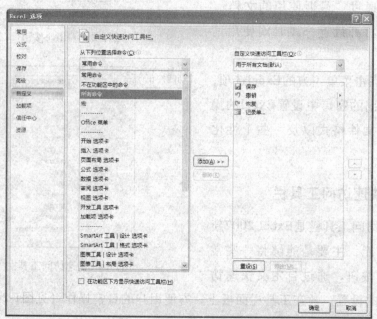

图1-26 选择"所有命令"

【第3步】在所有命令按钮中找到记录单功能按钮，然后点击"添加"将记录单添加到窗口右边的自定义快速访问工具栏中，然后点击"确定"按钮，如图1-27所示。这时候，记录单就会出现在快速访问工具栏中了。

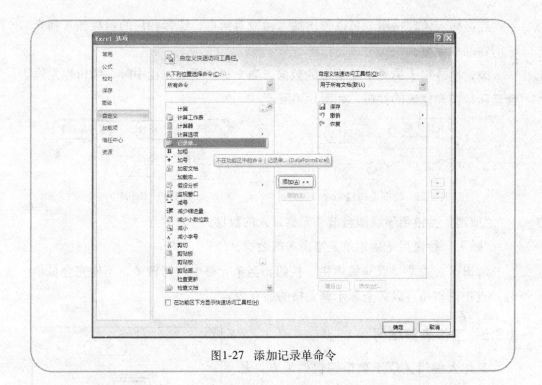

图1-27　添加记录单命令

1.3.3　功能选项卡区

功能选项卡区位于快速访问工具栏和标题栏下方，主要由功能选项卡标签和功能按钮区组成（见图1-28）。

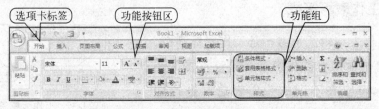

图1-28　功能选项卡区

1.3.4　数据编辑栏

数据编辑栏位于功能选项卡区下方，由三个部分组成，分别是单元格名称栏、插入函数按钮和编辑栏（见图1-29）。

单元格名称栏是显示当前光标所在单元格的名称，由单元格所在的列号和行号组成。例如单元格"B16"是指目前光标所在的单元格是在第B列的第16行。

点击插入函数按钮,可以弹出插入函数对话框,选择相应的函数插入到光标所在的单元格。

编辑栏是用于编辑单元格中的数据。当光标位于编辑栏中时,编辑栏左边会显示取消和输入的按钮,如图1-30所示。

图1-29 数据编辑栏　　　　　　　图1-30 编辑栏

"取消"按钮用于取消当前单元格录入的数据。

"输入"按钮用于确定单元格录入的数据。

编辑栏右边是"展开编辑栏"按钮,当单元格中数据较多,不能完全显示时,点击该按钮可以完全显示单元格的所有内容。

1.3.5 工作表编辑区

工作表编辑区位于数据编辑栏下方,是用户日常处理数据的主要区域。工作表编辑区是由多个行列的小格子,也就是单元格组成(见图1-31)。

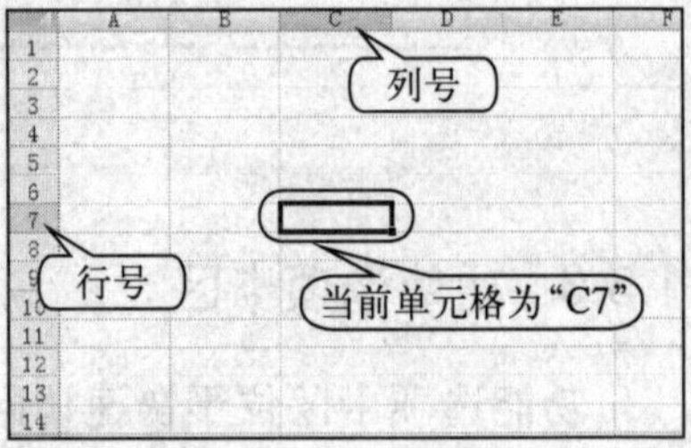

图1-31 工作表编辑区

1.3.6 工作表标签栏

在工作表编辑区下方,是工作表标签栏。当工作簿包含多个工作表时,通过点击工作表标签,可以在不同的工作表之间进行切换。在工作表标签左边,是工作表标签显示

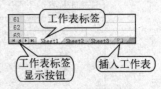

图1-32 工作表标签栏

按钮 |◀ ◀ ▶ ▶|,通过点击显示按钮,将不同的工作表标签显示出来(见图1-32)。

1.3.7 状态栏

状态栏位于工作表区域下方,主要由三个部分组成。分别是状态显示栏、视图切换栏和显示比例(见图1-33)。

状态显示栏是用于显示Excel 2007数据的编辑状态。

图1-33 状态栏

视图切换栏中有三个按钮，分别是当前文档的显示方式进行切换，包括普通方式、页面布局和分页预览三个视图方式。

在状态栏的右边是显示比例滑块，用户可以通过拖动滑块来调整工作表的显示比例。

1.4 工作簿、工作表和单元格

工作簿、工作表和单元格是构成Excel的三大元素，也是日常进行数据处理的主要操作对象。

1.4.1 工作簿

在Excel中，用来储存并处理工作数据的文件叫做工作簿。启动Excel 2007，系统会自动新建一个名为"Book1"的工作簿。每一本工作簿可以拥有一个或多个不同的工作表。

对工作簿的常见操作包括：新建、打开、保存、关闭和保护工作簿。

新建工作簿可以通过Office功能菜单来完成。新建工作簿包括两种常见方式：

1. 新建空白工作簿

通常情况下，利用Office的菜单功能，可以实现空白工作簿的创建。

【第1步】点击Office按钮，在弹出的下拉菜单中选择"新建"（见图1-34）。

【第2步】在"新建工作簿"窗口，选择"空工作簿"，然后点击"创建"按钮，新建空白工作簿（见图1-35）。

图1-34 "新建"菜单

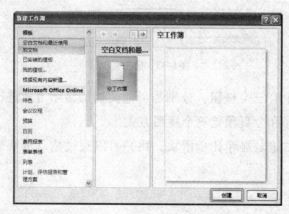

图1-35 新建工作簿对话框

【第3步】点击"创建"按钮后，回到Excel 2007的操作界面，这时候可以看到一个命名为"Book2"的空白工作簿已经创建完毕（见图1-36）。

2. 利用现存的模板新建工作簿

在Excel 2007中，可以利用计算机本地的模板或者Microsoft网站提供的共享文件模板创建新的工作簿。

【第1步】点击Office按钮，在弹出的下拉菜单中选择"新建"（见图1-37）。

【第2步】在新建工作簿窗口中，在"已安装的模板"中选择"账单"，然后点击"创建"按钮，新建一个工作簿（见图1-38）。

【第3步】点击"创建"按钮之后，这时，在操作界面中可以看到给予"账单"模板新建的工作簿。新的工作簿就创建完成（见图1-39）。

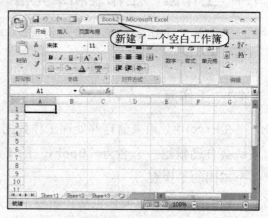

图1-36 创建一个空白工作簿

图1-37 "新建"菜单

图1-38 已安装的模板

图1-39 根据模板创建工作簿

如何利用Microsoft Office Online 新建工作簿

在利用模板新建工作簿时，如果计算机是接入Internet的，就可以通过访问Microsoft Office Online网站，下载网站中提供的模板来创建工作簿。

在新建工作簿窗口中选择Microsoft Office Online栏目下方的模板，然后点击"下载"按钮，系统将模板下载到本地计算机中，并根据模板创建一个工作簿（见图1-40）。

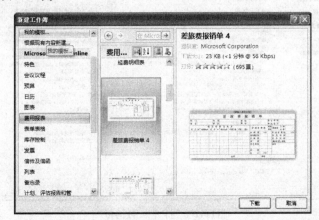

图1-40 下载模板

打开工作簿

在需要对现有的工作簿进行查看和编辑时，需要打开相应的工作簿。具体的操作方式如下：

【第1步】点击Office按钮，在下拉菜单中选择"打开"命令（见图1-41）。

图1-41 "打开"菜单

【第2步】在"打开"对话框中选择要打开的文件后，点击"打开"按钮（见图1-42）。

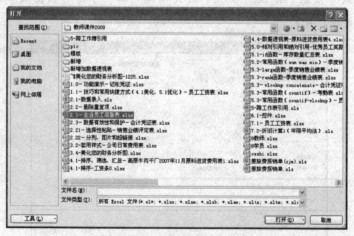

图1-42 "打开"对话框

如何修复工作簿

在日常工作中，如果出现由于病毒或其他原因造成工作簿不能打开。这时候，可以使用Excel 2007自带的修复工作簿的功能来挽救数据。具体办法是：在"打开"对话框中，点击 打开(O) 按钮右侧的 按钮，在弹出的下拉菜单中选择"打开并修复……"就可以将修复的工作簿打开了（见图1-43）。

保存工作簿

完成表格的制作之后，需要把工作簿保存在计算机中，以便随时进行查看。保存工作簿有两种常见的方式。

1）通过点击Office按钮，在下拉菜单中选择"保存"命令（见图1-44）。

2）通过点击快速访问工具栏中的"保存"按钮保存工作簿（见图1-45）。

图1-43　打开并修复工作簿　　　　图1-44　"保存"菜单　　　　图1-45　快速访问工具栏

小技巧

自动保存工作簿

在整理数据的过程中，常常会遇到由于断电或死机等突发事件导致丢失数据。为了避免大量数据的丢失，利用Excel 2007的自动保护功能是非常必要的。

【第1步】点击"Office"按钮，在弹出的菜单中选择"Excel选项"按钮（见图1-46）。

【第2步】在弹出的"Excel选项"对话框中，选择"保存"标签，选择"保存工作簿"栏目下的 ☑ 保存自动恢复信息时间间隔(A) 复选框，并输入自动保存工作簿的时间间隔。然后点击"确认"按钮（见图1-47）。

图1-46　从下拉菜单中选择"Excel选项"按钮

注意：

（1）建议在保存工作簿时，将文件保存的格式设置为"Excel 97-2003工作簿（*.xls)"，这样保存工作簿，能够保证工作簿在其他低版本的Excel中也能够打开进行查看。

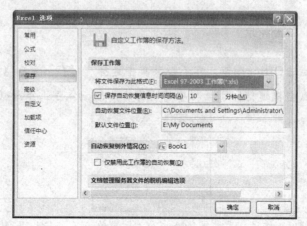

图1-47 自定义保存工作簿

（2）自动保存工作簿的时间间隔，可以根据计算机配置的高低来进行设置。在系统配置较高的计算机中，可以缩小时间间隔，这样能够避免出现死机或断电的突发事件时，丢失的数据过多；如果系统配置较低，可以将时间间隔设置较大一些，这样在整理数据的过程中，不会因为由于系统自动保存工作簿，而占用大量系统资源，影响工作效率。

如何利用快捷键提高工作效率

在日常工作中，为了提高办公效率，经常使用Excel的快捷键是很有必要的。对于一些常用的命令，不用在菜单和功能选项卡中去找，只需要使用快捷键轻轻一按，操作就完成了。例如：要创建一个空白工作簿，可以通过点击"Office"按钮，在下拉菜单中选择"新建"命令，然后在"新建工作簿"中选择"空工作簿"，然后点击创建按钮。如果觉得这种操作还是有些麻烦的话，可以使用快捷键，只需要按住键盘"Ctrl"键不放，按一下"N"键，Excel自然会创建一个新的工作簿。

熟练使用快捷键，对于提供长时间进行大量重复操作的用户尤为重要。不仅操作更方便，而且还不容易出错。因此，对图1-48中的常用快捷键一定要熟悉。

搜索 ▼ 说明	
Ctrl+;	输入当前日期。
Ctrl+1	显示"单元格格式"对话框。
Ctrl+2	应用或取消加粗格式设置。
Ctrl+3	应用或取消倾斜格式设置。
Ctrl+4	应用或取消下划线。
Ctrl+5	应用或取消删除线。
Ctrl+A	选择整个工作表。如果工作表包含数据,则按 Ctrl+A 将选择当前区域,再次按 Ctrl+A 将选择当前区域及其汇总行,第三次按 Ctrl+A 将选择整个工作表。
Ctrl+B	应用或取消加粗格式设置。
Ctrl+C	复制选定的单元格。如果连续按两次 Ctrl+C,则会显示剪贴板。
Ctrl+D	使用"向下填充"命令将选定范围内最顶层单元格的内容和格式复制到下面的单元格中。
Ctrl+F	显示"查找和替换"对话框,其中的"查找"选项卡处于选中状态。
Ctrl+G	显示"定位"对话框。
Ctrl+I	应用或取消倾斜格式设置。
Ctrl+N	创建一个新的空白工作簿。
Ctrl+O	显示"打开"对话框以打开或查找文件。
Ctrl+P	显示"打印"对话框。
Ctrl+S	使用其当前文件名、位置和文件格式保存活动文件。
Ctrl+T	显示"创建表"对话框。
Ctrl+U	应用或取消下划线。
Ctrl+V	在插入点处插入剪贴板的内容,并替换任何所选内容。
Ctrl+W	关闭选定的工作簿窗口。
Ctrl+X	剪切选定的单元格。
Ctrl+Y	重复上一个命令或操作(如有可能)。
Ctrl+Z	使用"撤销"命令来撤销上一个命令或删除最后键入的内容。

图1-48 常用快捷键

1.4.2 工作表

工作表是用户在Excel中进行数据处理的主要场所。对于工作表的常见操作包括新建、编辑和保护等操作。

1. 新建工作表

常见的新建工作表的方法有两种。

第一种:通过点击"插入工作表"按钮新建工作表,如图1-49所示。

图1-49 点击"插入工作表"按钮新建工作表

第二种:将光标移动到工作表标签栏,点击鼠标右键,选择"插入"命令新建工作表,如图1-50所示。

图1-50 利用菜单命令新建工作表

在"插入"对话框中选择"工作表"，然后点击"确定"按钮，新建一个工作表，如图1-51所示。

2. 编辑工作表

编辑工作表包括对工作表的删除、重命名、移动、复制和隐藏。这些功能都可以通过将光标移动到工作表标签栏，点击鼠标右键，选择对应的命名来实现，如图1-52所示。

图1-51　"插入"对话框　　　　　　图1-52　利用菜单插入新的工作表

1.4.3　单元格

单元格是Excel表格存放数据的最小单位，对表格的主要操作也是通过在单元格中实现的。对单元格的常见操作包括选择编辑、合并和拆分以及保护单元格。

1. 选择单元格

在利用Excel 2007进行数据整理时，要编辑单元格数据，首先要选择单元格。

（1）选择单个单元格。选择单个单元格是将鼠标移动到要进行编辑的单元格上，单击鼠标左键选择该单元格，如图1-53所示。

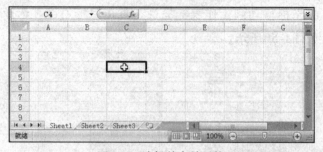

图1-53　选择单个单元格

（2）选择连续的单元格区域。对连续单元格的选择通常是以拖动鼠标的方式完成的。首先选择连续单元格区域的起始单元格，然后按住鼠标左键，并拖动鼠标到连续单元格区域的最末一个单元格释放鼠标。这时候，如图1-54所示，被选择的区域出现了黑色的边框。

（3）选择不连续的单元格区域。选择不连续的单元格区域是通过按住"Ctrl"键，然后点击单元格或拖动选择单元格区域实现的，如图1-55所示。

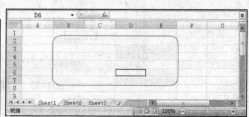

图1-54 选择连续单元格区域　　　图1-55 选择不连续单元格区域

2. 编辑单元格

在整理财务数据时，如果需要对一些数据进行录入或修改。这时候，就需要通过对单元格进行插入和删除的操作。

（1）插入单元格。插入单元格是在光标所在的单元格新插入一个单元格或一行、一列单元格。具体操作方法是：

【第1步】选择需要插入单元格附近的一个单元格，点击鼠标右键，在弹出的菜单中选择"插入"命令，如图1-56所示。

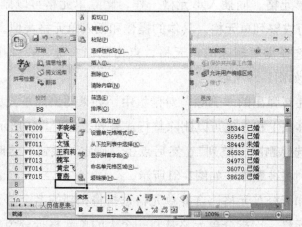

图1-56 利用菜单命令插入单元格

【第2步】在新弹出的"插入"对话框中，如果要插入单元格，可以选择让当前单元格右移或下移，也可以插入整行或整列，如图1-57所示。

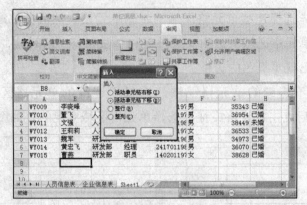

图1-57 "插入"对话框

【第3步】选择插入"整列",然后点击"确定"按钮,如图1-58所示,这时候,在被选择的单元格左边,就新插入了一列单元格。

图1-58 插入一列单元格

（2）删除单元格。同插入单元格一样,删除单元格可以删除一个单元格,也可以删除整行或整列单元格。具体的操作和插入单元格类似。

【第1步】选择需要删除的单元格,点击鼠标右键,在弹出的菜单中选择"删除"命令,如图1-59所示。

【第2步】在新弹出的"删除"对话框中,如果要删除单元格,可以选择让当前单元格左移或上移,也可以删除整行或整列,如图1-60所示。

【第3步】选择删除"整列",然后点击"确定"按钮,这时候,被选择的单元格所在的列将被删除,如图1-61所示。

（3）合并和拆分单元格。合并单元格是指将相邻的多个单元格合并为一个空间更大的单元格。而拆分单元格是将一个大的单元格拆分为小的单元格,可以视做合并单元格一个逆向的操作。合并和拆分单元格都可以通过选择格式工具栏中的合并/拆分单元格按钮 来实现。

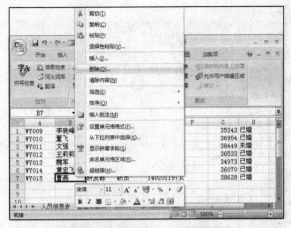

图1-59　利用菜单命令删除单元格

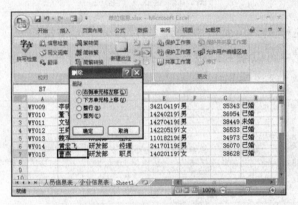

图1-60　"删除"对话框

图1-61　删除一列单元格

【第1步】打开"记账凭证清单.xlsx"工作簿，选择A1:J1单元格区域，然后点击鼠标右键，系统弹出格式工具面板（见图1-62）。

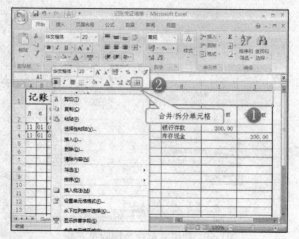

图1-62　格式工具面板

【第2步】在格式工具面板中找到合并/拆分单元格按钮，点击按钮，这时候返回工作表中可以看到，被选择的单元格区域已经合并为一个大的单元格（见图1-63）。

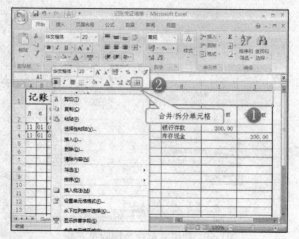

图1-63　合并单元格

同理，需要拆分单元格时，选择需要拆分的大的单元格，然后点击鼠标右键，选择格式工具面板中的，这时候，被选择的大的单元格会被拆分成多个小的单元格。

1.5　退出Excel 2007

在完成Excel 2007的操作之后，需要退出Excel 2007，这样可以节约系统资源。退出Excel 2007的操作很简单，单击"Office"按钮，在弹出的菜单中选择"退出Excel"命令。如果对已经打开的工作簿有修改内容尚未保存，系统会弹出对话框，询问用户是否保存修改后的工作簿（见图1-64）。

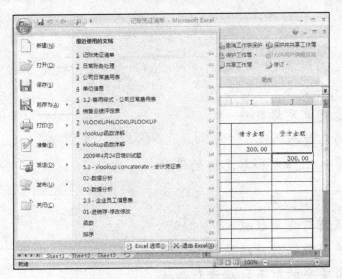

图1-64　退出Excel 2007

第**2**章 创建标准的财务表格

2.1 数据输入

单元格数据是财务表格最基本，也是最重要的组成部分。要创建一个财务表格，我们首先需要把相关财务数据输入到单元格中。通常情况下，我们可以通过选择单元格，直接手工录入数据；也可以通过使用鼠标和对话框快速填充单元格数据。下面，我们分别对这两种录入方式进行分析。

2.1.1 手工录入单元格数据

在财务工作中，经常需要录入不同类型的数据到单元格中，例如文本、数字和标点符号等。手工录入数据是指通过键盘或鼠标操作，直接将这些数据录入到单元格中。

按照输入数据方式的不同，我们可以将数据录入分为两种不同的形式，分别是键盘输入数据和插入特殊符号。

1. 键盘输入数据

普通的数据，例如汉字、数字、字母以及一般的符号，都可以通过键盘进行数据录入。具体操作方法是：在工作簿中，直接选择单元格，然后在键盘上切换到相应的输入法状态，按下相应的按键即可，如图2-1所示。

图2-1　输入数据

2. 插入特殊符号

在制作表格的过程中，除了利用键盘输入文字、字母、数字外，有时还需要插入一些特殊符号，而这些符号，是不能通过键盘直接输入的，例如□、♀和⑩等，这时候则可以使用Excel"插入"功能选项卡中的"特殊符号"来进行特殊符号的输入，如图2-2所示。

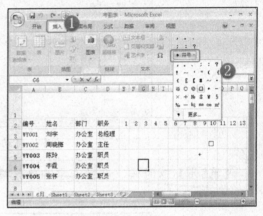

图2-2　插入特殊符号

2.1.2　快速填充单元格数据

Excel 2007为用户提供了快速填充单元格数据的功能，针对财务表格中一些有规则的数据，例如员工编号、产品编号、单位、数量等数据，我们可以通过使用鼠标控制柄、对话框来完成有规则的数据的快速输入。

1. 通过鼠标控制柄填充数据

利用鼠标控制柄填充数据是在填写了一个单元格数据之后，将鼠标移动到单元格的右下方，等鼠标变成十字形的控制柄后，拖动鼠标控制柄，进行数据的快速填充。填充的数据可以是相同的数据，也可以是有规则的数据。

下面我们以制作公司的员工考勤表为例，说明使用鼠标控制柄填充数据的具体操作方法。

【第1步】打开"员工信息表.xlsx"工作簿，在员工信息表中，员工的编

号是一组有规则的数字或者带字母的数字。要快速填充员工的编号，首先需要

选择A3单元格，并将鼠标移动到单
元格的右下方，这时候鼠标会变成
十字形的控制柄，如图2-3所示。

【第2步】按住鼠标左键不放，
拖动十字形控制柄到需要进行数据
填充的单元格区域，如A3:A12区域，
如图2-4所示。

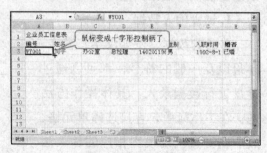

图2-3 鼠标变成控制柄

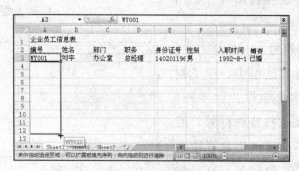

图2-4 拖动控制柄

【第3步】这时候，在被选定的单元格区域，被填充了有规则的数据序列，
如图2-5所示。

图2-5 快速填充数据序列

【第4步】接下来，我们还可以利用控制柄快速填充文字选择C3单元格，同样
将鼠标移动到这个单元格的右下方，鼠标变成了十字形的控制柄，如图2-6所示。

【第5步】按住鼠标左键，拖动控制柄至需要填充的单元格区域，如C3:C12
单元格区域。如图2-7所示，这时候，被选择的单元格区域中填充了与C3单元
格中相同的汉字。

图2-6 鼠标变成控制柄

图2-7 快速填充文字

2. 通过"序列"对话框填充数据

除了利用鼠标控制柄快速填充数据之外,我们还可以通过选择"开始"功能选项卡下的"填充系列"命令,在弹出的"序列"对话框中设置快速填充单元格数据。

我们还是以员工信息表为例,如果需要快速填充的数据是一组数字,这时候,可以使用"序列"对话框来快速填充数据。

【第1步】打开"员工信息表.xlsx"工作簿,在员工信息表中,如果员工的编号是一组有规则的数字。要快速填充员工的编号,首先需要选择A3单元格,然后用鼠标点

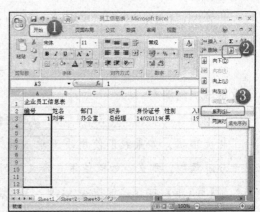

图2-8 填充序列

击"开始"功能选项卡下的"填充"按钮 旁边的 ,在弹出的菜单中,选择"系列"命令,如图2-8所示。

【第2步】在弹出的"序列"对话框中设置序列产生在列，序列的类型为等差序列，步长值为2，如图2-9所示。

【第3步】返回到工作表界面，如图2-10所示。这时候，被选择的单元格区域中，填充上了步长值为2的等差序列。

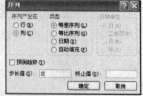

图2-9 "序列"对话框

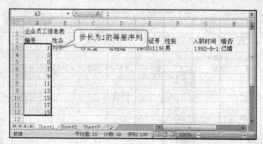

图2-10 填充等差序列

填充自定义序列

在通常情况下，填充单元格数据主要是用于填充有规则的数据。但是，有时候要输入的数据之间没有明显的规则，这时候我们又如何设置数据的快速填充呢？

在Excel 2007中，利用Excel选项中的编辑自定义列表，可以帮助我们解决这个问题。

下面我们以制作值班表为例，分析一下如何利用编辑自定义列表来实现数据的快速填充。

公司需要制作一个2009年6~9月的值班表，具体的值班安排是由六位员工轮流值班。如果我们使用手工录入的方式录入6~9月的值班安排，显然是十分麻烦的。那么，如何使用自定义序列来方便快捷地制作值班表呢？

【第1步】打开"值班表.xlsx"工作簿，我们可以看到：从2009年6月1日起，公司安排陈玲等六位员工轮流值班，如图2-11所示。

【第2步】首先需要输入6~9月的日期。选择A3单元格，将鼠标移动到单元格右下方，当鼠标变成十字形的控制柄后，利用向下拖动鼠标控制柄，快速填充6月1日至9月的日期，如图2-12所示。

图2-11 "值班表.xlsx"工作簿

图2-12 快速填充日期数据

【第3步】这时候日期一列数据已经填充完成。接下来选择B3单元格的星期一，用同样的方式，利用拖动鼠标控制柄进行数据填充，如图2-13所示。

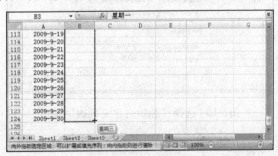

图2-13 填充星期数据

【第4步】填充完成日期和星期数据之后，就需要设置自定义列表了。点击Office按钮，并点击"Excel选项"按钮，如图2-14所示。

【第5步】在弹出的"Excel选项"对话框中，选择"编辑自定义列表"按钮，如图2-15所示。

【第6步】在弹出的"自定义序列"对话框中，选择引用单元格区域按钮，如图2-16所示。

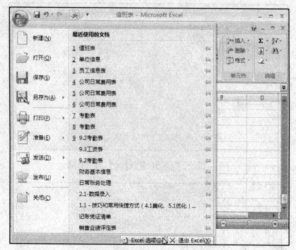

图2-14 Office下拉菜单

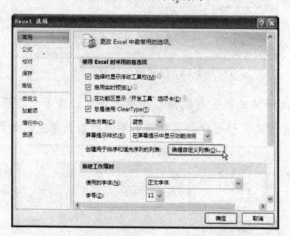

图2-15 选择"编辑自定义列表"按钮

图2-16 自定义序列

【第7步】将鼠标移动到工作表单元格，通过拖动鼠标，选择F3:F8单元格区域，也就是六位参与值班人员姓名所在的单元格。然后再次点击位于"自定义序列"对话框中的单元格区域按钮，如图2-17所示。

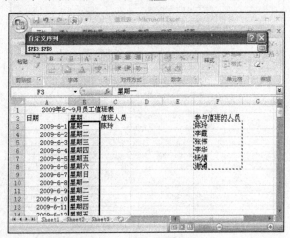

图2-17　引用单元格区域

【第8步】界面返回到"自定义序列"对话框后，这时候可以发现，引用的单元格区域已经设定好了。点击"导入"将参与值班的人员导入到自定义序列中，如图2-18所示。

【第9步】数据导入后的效果如图2-19所示，这时候，自定义序列栏中就新增加了一个参与值班员工姓名的序列。当然，我们也可以通过在"输入序列"栏中，直接输入参与值班员工的姓名，然后点击"添加"按钮，将值班员工姓名添加到自定义序列当中。这两种方式的结果是一样的。

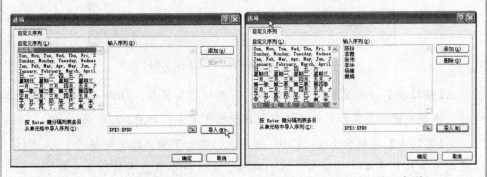

图2-18　导入单元格区域数据　　　　图2-19　手工录入序列

【第10步】点击"确定"按钮，系统返回到"Excel选项"对话框，如图

2-20所示。

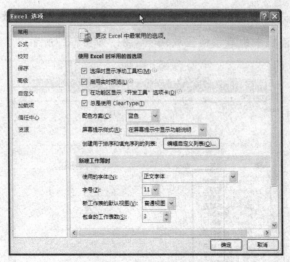

图2-20　点击确定按钮

【第11步】点击"确定"按钮后，返回到工作表界面。接下来，需要进行参与值班员工这个自定义序列的快速填充了。将鼠标移动到C3单元格的右下方，这时候，鼠标变为十字形的控制柄，如图2-21所示。

图2-21　移动鼠标将鼠标变成控制柄

【第12步】按住鼠标左键不放，向下拖动控制柄到"2009-9-30"所在的行，将参与值班员工姓名快速填充到单元格区域中，如图2-22所示。

【第13步】在键盘上按"Ctrl"键不放，按一下向上的方向键"↑"，光标回到了表格的上方。这时候，我们可以看出，一个值班表就制作完成了，如图2-23所示。

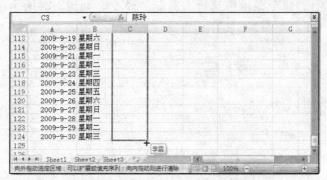

图2-22 填充人员姓名到单元格区域

图2-23 完成制作值班表

2.2 数据编辑

在将基础数据输入到财务表格当中之后，对于这些数据，还需要进一步的整理，我们可以利用Excel的数据编辑功能，对这些数据进行复制、剪切、查询等操作。

2.2.1 数据的复制和剪切

我们遇到需要输入大量相同或相似的财务数据或表格的时候，可以使用数据的复制和剪切功能，来完成数据操作，从而减少工作量，提高工作效率。

1. 复制数据

复制数据是将相同的数据，再生成一份到新的单元格区域，被复制的数据仍然在原来的区域保留。

复制数据的通常方法是选择需要复制的单元格或单元格区域，然后点击鼠标右键，在弹出的命令菜单中选择"复制"命令，如图2-24所示。

图2-24   复制数据

接下来将鼠标移动至需要将数据放置的目标区域，再点击鼠标右键，在弹出的命令菜单中选择"粘贴"命令，如图2-25所示。这样需要复制的数据就在目标区域又产生一份相同的数据。

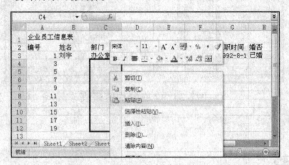

图2-25   粘贴数据到目标区域

复制和粘贴的快捷键

复制数据的办法有很多，可以使用菜单名单进行数据的复制和粘贴，可以通过点击"开始"功能选项卡下的复制按钮和粘贴按钮来实现。还可以使用键盘快捷键的方式，进行数据的复制和粘贴。"复制"命令的快捷键是"Ctrl+C"，也就是按住键盘的Ctrl键不放，然后按C键；"粘贴"命令的快捷键是"Ctrl+V"，即按住键盘的Ctrl键不放，然后按V键。

2. 剪切数据

剪切数据就是在目标单元格或单元格区域生成一份相同的数据，而原来被剪切的数据被清除了。剪切数据的操作方法和复制数据的方法相似。首先选择需要剪切的单元格或单元格区域，然后点击鼠标右键，在弹出的命令菜单中选择"剪切"命令，如图2-26所示。

图2-26 剪切数据

接下来将鼠标移动至需要将数据放置的目标区域，然后点击鼠标右键，在弹出的命令菜单中选择"粘贴"命令，如图2-27所示。这样需要剪切的数据就出现在目标区域，而原来的数据被清除了。

图2-27 移动数据到目标区域

剪切数据的快捷键

和复制数据相似，剪切数据也可以通过点击"开始"功能选项卡下的剪切按钮和粘贴按钮来实现。还可以使用键盘快捷键来实现。剪切数据的快捷键是"Ctrl+X"。

2.2.2 数据的查找和替换

当财务表格中的数据记录特别多的时候，如果要将其中的某一条记录找出来，有时甚至需要把某一条数据找出来并修改成另外一个数据，这样的工作是非常麻烦的。Excel 2007提供了数据的查找和替换功能，可以快速实现这一操作。

如果需要在一个表格中查找或替换某个数据，可以通过设置"查找和替换"对话框中的查询条件和替换内容来实现。

首先点击"开始"功能选项卡下的"查找和选择"按钮，在弹出的菜单中选择"查找"命令，如图2-28所示。

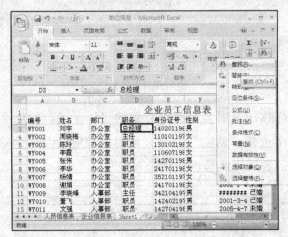

图2-28　查找数据

这时候，系统会弹出"查找和替换"对话框。在这个对话框中，可以通过选择"查找"和"替换"的标签，设置查找数据和替换数据，如图2-29所示。

图2-29　查找和替换对话框

接下来，如果是要在表格中查询数据，可以输入查找内容，然后点击"查找下一个"按钮来进行数据的查找，如图2-30所示。这时候光标会移动到满足查询条件的第一个单元格。通过多次点击"查找下一个"按钮，可以对所有满足条件的数据进行查阅。

还可以通过点击"查找全部"来显示所有满足查询条件的数据信息，如图2-31所示。

如果是要进行数据的替换，可以在"查找和替换"对话框中选择"替换"标签，如图2-32所示。

输入查找内容和要替换的内容。然后点击对话框下方的按钮，可以完成数据的全部替换或者逐一替换，也可以先查找内容，然后有选择地进行数据的替换，如图2-33所示。

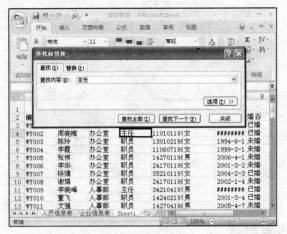

图2-30 逐个查找数据

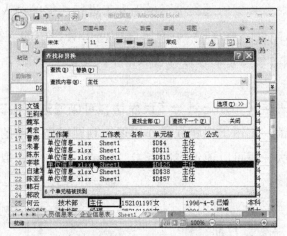

图2-31 查找全部数据

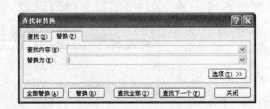

图2-32 查找并替换数据

查找和替换的键盘快捷键是"Ctrl+F"。

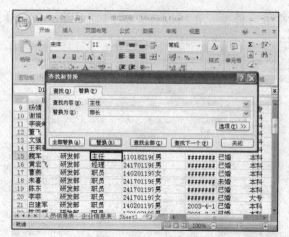

图2-33 逐个进行数据的查找并替换

2.2.3 撤销与恢复数据

在日常处理财务数据的过程中，由于人工进行数据的录入和编辑，难免会出现误操作。我们可以通过Excel的快速访问工具栏中的"撤销"按钮 和"恢复"按钮 对之前进行的操作进行撤销和恢复。

1. 撤销操作

如果在编辑表格时不小心进行了误操作，可以通过点击Excel的快速访问工具栏中的"撤销"按钮 撤销误操作，返回到误操作之前的状态。如果进行的误操作不止一次，还可以通过多次点击"撤销"按钮 ，取消掉所有的误操作。

例如在录入公司日常费用表时，在完成输入序号、日期、姓名、部门和摘要之后，发现"交通费"误输入为"交流费"了，如图2-34所示。

这时候，可以通过点击快速访问工具栏中的"撤销"按钮 ，将误操作取消，如图2-35所示。

图2-34 发生录入错误的公司日常费用表

如果还需要撤销之前的操作，比如撤销此前D18单元中输入的"办公室"，只需要再点击一次快速访问工具栏中的"撤销"按钮 ，此时工作表回到了此前没有在D18单元录入数据的状态，如图2-36所示。

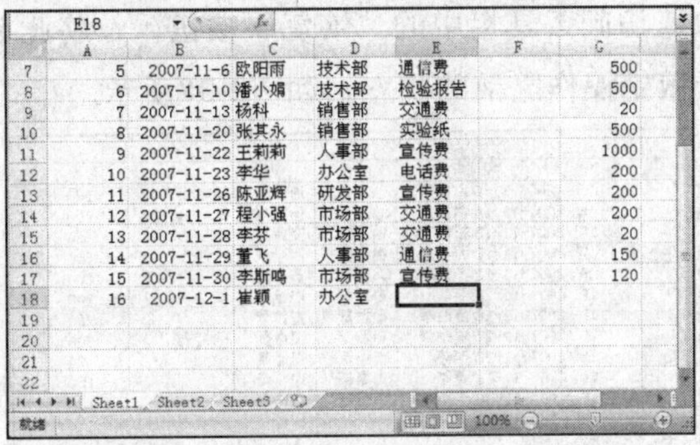

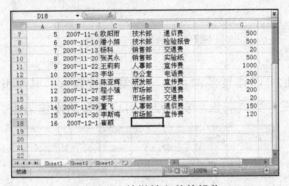

E18

	A	B	C	D	E	F	G
7	5	2007-11-6	欧阳雨	技术部	通信费		500
8	6	2007-11-10	潘小娟	技术部	检验报告		500
9	7	2007-11-13	杨科	销售部	交通费		20
10	8	2007-11-20	张其永	销售部	实验纸		500
11	9	2007-11-22	王莉莉	人事部	宣传费		1000
12	10	2007-11-23	李华	办公室	电话费		200
13	11	2007-11-26	陈亚辉	研发部	宣传费		200
14	12	2007-11-27	程小强	市场部	交通费		200
15	13	2007-11-28	李芬	市场部	交通费		20
16	14	2007-11-29	董飞	人事部	通信费		150
17	15	2007-11-30	李斯鸣	市场部	宣传费		120
18	16	2007-12-1	崔颖	办公室			
19							
20							
21							
22							

Sheet1 Sheet2 Sheet3 就绪 100%

图2-35 撤销上一步操作

D18

	A	B	C	D	E	F	G
7	5	2007-11-6	欧阳雨	技术部	通信费		500
8	6	2007-11-10	潘小娟	技术部	检验报告		500
9	7	2007-11-13	杨科	销售部	交通费		20
10	8	2007-11-20	张其永	销售部	实验纸		500
11	9	2007-11-22	王莉莉	人事部	宣传费		1000
12	10	2007-11-23	李华	办公室	电话费		200
13	11	2007-11-26	陈亚辉	研发部	宣传费		200
14	12	2007-11-27	程小强	市场部	交通费		200
15	13	2007-11-28	李芬	市场部	交通费		20
16	14	2007-11-29	董飞	人事部	通信费		150
17	15	2007-11-30	李斯鸣	市场部	宣传费		120
18	16	2007-12-1	崔颖				
19							
20							
21							
22							

Sheet1 Sheet2 Sheet3 就绪 100%

图2-36 连续撤销之前的操作

2. 恢复操作

对于出现的误操作，可以使用“撤销”按钮撤销误操作，如果发现被撤销的操作是正确的，还可以通过点击“恢复”按钮将被撤销的操作恢复过来。

同样以录入公司日常费用表为例。此前我们已经撤销了输入的部门、费用、日期，如图2-37所示。

A18 16

	A	B	C	D	E	F	G
7	5	2007-11-6	欧阳雨	技术部	通信费		500
8	6	2007-11-10	潘小娟	技术部	检验报告		500
9	7	2007-11-13	杨科	销售部	交通费		20
10	8	2007-11-20	张其永	销售部	实验纸		500
11	9	2007-11-22	王莉莉	人事部	宣传费		1000
12	10	2007-11-23	李华	办公室	电话费		200
13	11	2007-11-26	陈亚辉	研发部	宣传费		200
14	12	2007-11-27	程小强	市场部	交通费		200
15	13	2007-11-28	李芬	市场部	交通费		20
16	14	2007-11-29	董飞	人事部	通信费		150
17	15	2007-11-30	李斯鸣	市场部	宣传费		120
18	16						
19							
20							
21							
22							

Sheet1 Sheet2 Sheet3 就绪 100%

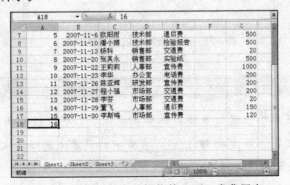

图2-37 已经撤销之前操作的公司日常费用表

现在我们希望取消之前撤销的操作，也就是恢复B18单元格中被清除掉的日期，可以点击快速访问工具栏中的"恢复"按钮，将此前被撤销的操作恢复过来，回到执行撤销操作之前的状态，如图2-38所示。

图2-38　恢复上一步操作

同理，我们也可以通过多次点击"恢复"按钮，恢复此前撤销的操作，直至"恢复"按钮变成灰色，表明没有可以恢复的操作为止，如图2-39所示。

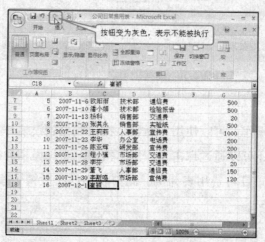

图2-39　连续恢复之前撤销的操作

小技巧

快速撤销或恢复操作

如果需要在表格中进行多步撤销和多步恢复，还可以点击"撤销"按钮和"恢复"按钮旁边的 ▼ 按钮，在弹出的菜单中选择具体撤销或恢复到某个操作之前的状态，如图2-40所示。

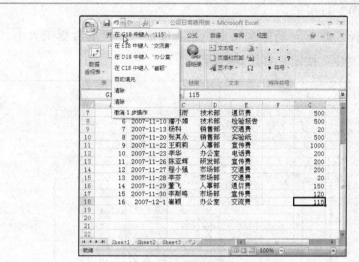

图2-40　快速撤销或恢复操作

2.3　数据的有效性

在财务工作当中，数据的准确性是非常重要的。然而在人工整理财务数据的过程中，在财务表格中常常会出现各种财务项目，难免会出现个别手工失误的现象。如果不小心输入错误的数据，很有可能会给公司带来巨大的经济损失。

如何避免或减少由于手工失误造成数据的错误录入呢？

在Excel 2007中，我们通过对数据单元格的数据有效性进行设置，来避免错误录入，或者对已经录入的数据进行校检。

2.3.1　限制录入条件

在数据输入过程中，我们可以设定需要输入数据的单元格区域的数据有效性，来限制输入数据的大小范围、数据的长度等。如果用户输入不符合输入条件的数据，系统会进行提示和报错。

我们以整理员工工资信息表为例。利用数据的有效性，设置基本工资一列中的空白单元格区域，只能填写大于800，小于10 000的数据。如果输入的数据不能满足设置的条件，那么数据输入不能继续进行。

【第1步】打开"员工工资信息表.xlsx"工作簿，选择需要限制数据范围的单元格区域，如图2-41所示。

【第2步】选择"数据"功能选项卡，在功能选项卡区的数据工具中，点击其中的"数据有效性"按钮，如图2-42所示。

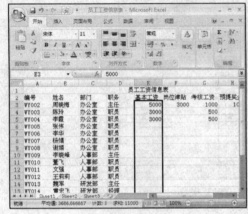 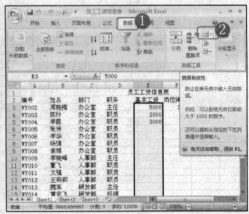

图2-41 选择单元格区域　　　　　图2-42 点击"数据有效性"按钮

【第3步】在弹出的"数据有效性"对话框中，可以设置允许输入的数据有效性条件，通过点击下拉菜单可以选择允许输入数据的类型，如图2-43所示。在这里我们选择允许输入小数。

【第4步】接下来，设置数值的大小范围。这里，我们设置数据形式是"介于"，最小值和最大值分别是800、10 000，如图2-44所示。

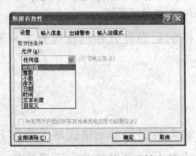 

图2-43 设置数据的有效性条件　　　　图2-44 设置数值范围

【第5步】完成数据的有效性条件设置后，选择"输入信息"标签，接下来设置数据有效性的输入信息，也就是输入录入数据时的提示信息。在标题栏中输入"注意"，在输入信息栏中输入提示信息"请输入介于800～10000的数据！"，如图2-45所示。

【第6步】设置好输入数据前的提示信息后，然后点击"出错警告"标签，设置当输入不符合要求的数据时的处理方式和出错的警告信息。这里我们选择处理的方式为"停止"，即如果输入的数据不满足有效性条件，则不能进行数据录入，如图2-46所示。

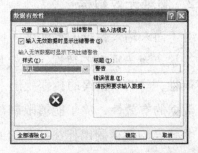

图2-45　设置选定单元格时的提示信息　　　图2-46　设置数据有效性的出错警告

【第7步】点击"确定"按钮后，系统返回到工作表界面。这时候，将鼠标移动到设置好数据有效性的单元格区域，系统会显示数据输入的注意事项，即我们在设置数据有效性输入信息时输入的提示信息，如图2-47所示。

图2-47　系统显示数据输入的注意事项

【第8步】如果我们在设置好数据有效性的单元格中输入不符合有效性条件的数据，这时候，系统会将数据输入中断，并弹出此前设置好的警告信息。如图2-48所示，点击"取消"后，只有输入满足数据有效性条件的数据，数据输入操作才能继续进行。

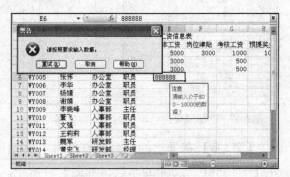

图2-48　数据有效性的警告信息

从这个案例，我们可以看出，通过设置数据有效性，能够提示数据输入人员按照要求录入数据，同时，对不满足有效性条件的数据，可以进行警告或停止数据输入的处理，这样，可以有效地减少数据录入的失误。

2.3.2 圈释无效数据

对于尚未输入数据的单元格区域，设置数据限制录入条件可以减少数据录入的失误。对于现有的数据，也就是已经录入完成的数据，我们如何检查数据的正确性，将其中错误的数据找出来呢？

数据的有效性，除了能够限制数据录入条件之外，还可以通过圈释无效数据，将错误的数据周围标注红色的圈，把错误的数据找出来。只有错误的数据被修改正确之后，红色的圈才会自动消失。

还是以员工工资信息表为例。企业员工的岗位津贴是大于1 000，小于5 000的数据，现在，我们如何通过数据有效性，将无效的数据圈出来，并且进行修改呢？

【第1步】打开"员工工资信息表1.xlsx"工作簿，选择需要进行审校的数据范围的单元格区域，如图2-49所示。

【第2步】选择"数据"功能选项卡，在功能选项卡区的数据工具中，点击"数据有效性"按钮，如图2-50所示。

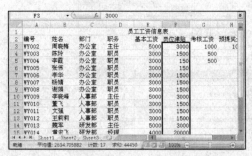

图2-49 选择需要进行审校的单元格区域

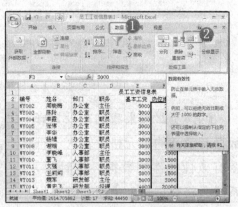

图2-50 点击"数据有效性"按钮

【第3步】在弹出的"数据有效性"对话框中，设置数据的有效性条件为允许介于1 000～5 000的小数，如图2-51所示。

【第4步】点击确定按钮，系统返回工作表界面。这时候，点击"数据有效性"按钮旁边的▼按钮，在下拉菜单中选择"圈释无效数据"命令，如图2-52

所示。

【第5步】返回工作表页面，这时候，所有不符合有效性条件的数据都被红色的圈标注出来了，如图2-53所示。

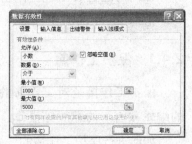

图2-51 设置数据有效性条件

【第6步】对错误的数据进行修改，使其满足数据的有效性条件。完成修改的数据周围，红色的圈会自动消失，如图2-54所示。

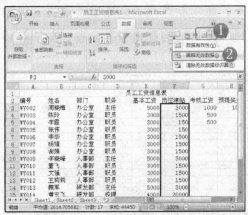

图2-52 选择"圈释无效数据"命令

图2-53 圈释不符合有效性条件的数据

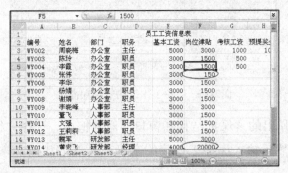

图2-54 修正后的数据将不再被圈释

2.4 数据的保护

财务数据信息的保密性和安全性是非常重要的。有的财务表格，财务工作者在整理完成之后，不希望其他人进行阅读和修改，只有特定的人，才能阅读和修改；有的财务表格，财务工作者希望其他人不能对工作簿的结构进行修改。

如何对这些数据进行保密性和安全性处理呢?

借助Excel 2007工作簿、工作表的保护功能,能够实现数据的保护。

2.4.1 保护工作簿

保护工作簿是对工作簿的结构和窗口进行限制,防止其他用户进行工作表的编辑和窗口的缩放等操作。

如何进行保护工作簿的设置?我们以"单位信息.xlsx"工作簿为例进行分析。

【第1步】选择"审阅"功能选项标签,在功能选项卡区域中,点击"保护工作簿"按钮,在弹出的下拉菜单中选择"保护结构和窗口"命令,如图2-55所示。

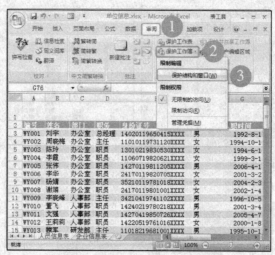

图2-55 保护工作簿的结构和窗体

【第2步】在弹出的"保护结构和窗口"对话框中,选择"结构"和"窗口"前面的复选框。然后输入保护工作簿的密码,并点击"确定"按钮,如图2-56所示。

【第3步】在"确认密码"的对话框中重新输入保护工作簿的密码,然后点击"确定"按钮,如图2-57所示。

图2-56 设置保护工作簿的密码

图2-57 确认密码

【第4步】返回操作界面，如图2-58所示，我们可以发现：这时候，对工作簿进行缩放的按钮消失了，而且也不能进行工作表的新建、删除、改名和隐藏了。

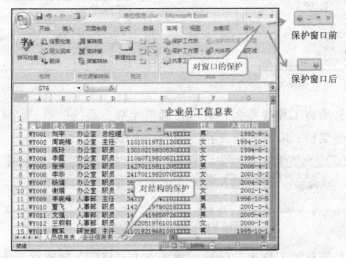

图2-58 被保护起来的工作簿

2.4.2 保护工作表

保护工作表可以防止其他人员对已经整理好的工作表进行更改。在工作表被保护起来之后，工作表的单元格将不能被编辑。只有输入正确的密码，才能解除工作表的保护状态。

以"记账凭证"具体操作步骤如下。

【第1步】选择"审阅"功能选项卡下的"保护工作表"按钮，如图2-59所示。

【第2步】在"保护工作表"对话框输入密码，然后点击"确定"按钮，如图2-60所示。

【第3步】在弹出的"确认密码"对话框中重新输入密码，并点击确定，完成工作表的保护，如图2-61所示。

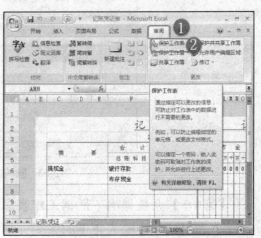

图2-59 选择"保护工作表"按钮

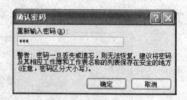

图2-60 设置保护工作表的密码　　　　　　　　图2-61 确认密码

【第4步】返回工作表界面，点击任意单元格，系统提示"您试图更改的单元格或图表受保护，因而是只读的"，如图2-62所示。

图2-62 Excel提示信息

【第5步】要解除工作表的保护，需要点击"审阅"功能选项卡中的"撤销工作表保护"按钮，如图2-63所示。

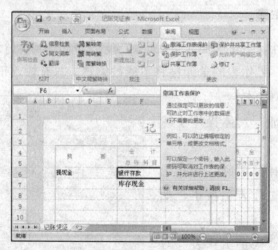

图2-63 撤销工作表保护

【第6步】系统弹出"撤销工作表保护"对话框，在对话框中输入正确的密码，然后点击确定按钮，如图2-64所示。

图2-64 输入正确的密码

【第7步】系统返回工作表界面，这时候选择单元格，就能够进行数据的编辑修改了，如图2-65所示。

图2-65 单元格可以进行编辑了

2.4.3 保护单元格

单元格的保护主要是通过单元格是否锁定和隐藏公式，来设定用户对单元格中的数据的阅读和修改。需要注意的是，单元格的保护必须和工作表的保护结合起来使用才能有效。

我们以记账凭证清单为例，说明如何将单元格和工作表的保护结合起来，从而实现对单元格数据的隐藏和保护。

【第1步】打开"记账凭证清单.xlsx"工作簿，选择J4单元格，这时候我们在数据编辑栏中可以看到J4单元格中使用了公式"=I3"，如图2-66所示。

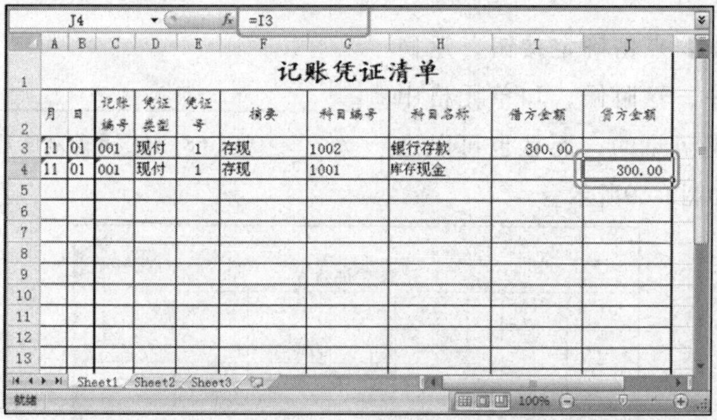

图2-66 选择单元格区域

【第2步】选择J4单元格并点击鼠标右键，在弹出的菜单中选择"设置单元格格式"命令，如图2-67所示。

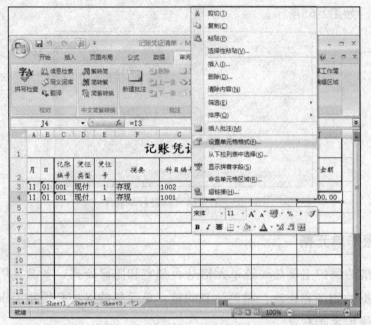

图2-67 选择"设置单元格格式"命令

【第3步】在弹出的对话框中，选择保护标签，并将"锁定"和"隐藏"栏前面的复选框都选择，如图2-68所示。

【第4步】点击确定按钮，返回到工作表中。这时候，J4单元格中的公式还是可见的，而且也可以进行修改，如图2-69所示。

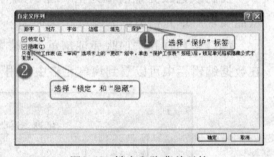

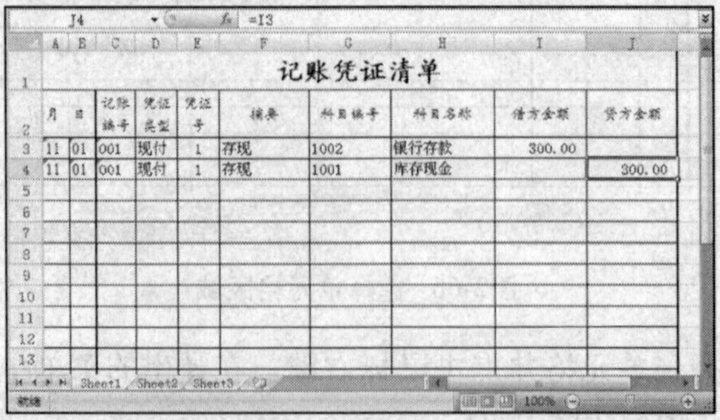

图2-68 锁定和隐藏单元格

图2-69 返回工作表

【第5步】选择"审阅"功能选项卡，点击"保护工作表"按钮，如图2-70所示。

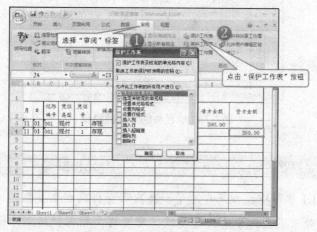

图2-70 单元格的保护必须和工作表的保护结合起来设置

【第6步】设置取消工作表保护时使用的密码，并点击确定按钮。并在弹出的"确认密码"对话框中重复输入密码，点击确认，如图2-71所示。

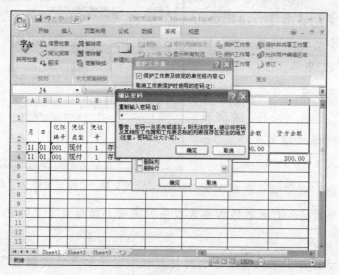

图2-71 保护工作表

【第7步】这时候，J4单元格中的公式并不显示在编辑栏，而且，用户也不能对单元格数据进行编辑修改，如图2-72所示。

图2-72 单元格的公式被隐藏

Excel文档的加密

在Excel工作簿中，如果存放了一些内部资料或者重要数据，一旦泄露可能会给公司带来不良的影响。这时候，需要将文档保护起来，保障数据的安全。例如我们完成了一个工作簿的数据整理以后，需要对文档进行加密时，需要进行如下操作。

【第1步】点击Office按钮，在下拉菜单中选择"另存为"命令，如图2-73所示。

【第2步】在"另存为"对话框中点击"工具"按钮，在弹出的菜单中选择"常规选项"，如图2-74所示。

【第3步】在"常规选项"对

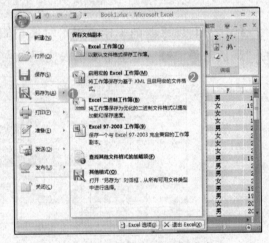

图2-73 选择"另存为"命令

话框中，分别输入打开权限和修改权限的密码。然后点击"确定"按钮，如图2-75所示。

【第4步】接下来，需要分别对打开权限密码和修改权限密码进行确认。首先，在弹出的对话框中输入打开权限密码，然后点击"确定"按钮，如图2-76所示。

【第5步】在新弹出的对话框中输入修改权限密码，然后点击确认，如图2-77所示。

图2-74 选择"常规选项"命令

图2-75 设置只读和编辑权限的密码

图2-76 确认只读权限的密码

【第6步】这时候，系统会回到"另存为"对话框，点击"保存"按钮，就完成了文档的加密。关闭工作簿后，如果需要打开文档，系统会自动弹出"密码"对话框。输入打开权限的密码，然后点击"OK"按钮，如图2-78所示。

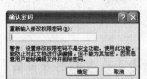

图2-77 确认修改权限的密码

图2-78 提示输入只读权限的密码

【第7步】系统弹出要求输入修改权限密码的对话框。如果只需要查看文档，可以点击"只读"按钮查阅文档。如果需要修改文档，需要在对话框中输入正确的密码，并点击"确定"按钮，即可打开文档进行修改了，如图2-79所示。

注意：如果选择"只读"按钮，用户在打开工作簿之后，可以进行数据的修改。但是在修改数据之后，

图2-79 提示输入修改
权限的密码

不能够进行保存，只能够以另存为一个副本的形式进行文档的保存。

第**3**章 格式化财务表格

主要知识点

- 单元格格式设置
- 单元格以及表格样式的使用
- 条件格式设置

需要注意的问题

- 利用单元格格式设置数据类型
- 如何调整和套用表格格式
- 如何设置条件格式的规则

3.1 设置单元格格式

在日常工作中，我们常常可以看到，有的财务工作者的财务表格，不仅做得非常漂亮，而且数据表现得也非常直观，一眼就可以看出哪些数据重要，哪些数据不重要。而且，数据与数据之间的大小关系，也一目了然。

为了让阅读报表的人员清晰直观地了解财务表格的内容，设置好财务表格的样式，以及选择适当的条件格式突出重点数据，也是很重要的。

格式化单元格是指设置单元格中的数据格式、字体、对齐方式以及对单元格的边框、背景色进行设置。这些属性的设置都是通过"设置单元格格式"对话框来实现的。

3.1.1 设置单元格字体格式

设置单元格字体格式包括设置单元格或单元格区域内数据的字体、字形、字号、颜色等属性。字体格式的设置是在"设置单元格格式"对话框中的"字体"标签栏进行设置的。

下面我们以"市场部第一季度销售业绩表.xlsx"工作簿为例,详细说明如何设置单元格或单元格区域的格式。

【第1步】在"市场部第一季度销售业绩表.xlsx"工作簿中,选择A1单元格,点击鼠标右键,在弹出的菜单中选择"设置单元格格式"命令,如图3-1所示。

图3-1 选择"设置单元格格式"命令

【第2步】在弹出的"设置单元格格式"对话框中,选择"字体"标签。这时候,对话框显示如图3-2所示。这里可以对单元格数据的字体、字形、字号、下划线以及字体颜色等属性进行设置。

【第3步】在"字体"栏中选择"隶书",在"字形"栏中选

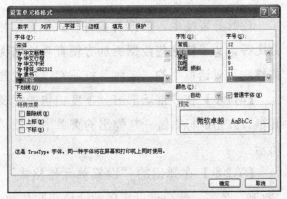

图3-2 选择"字体"标签

择"加粗",在"字号"栏中选择"18","颜色"设置为红色。在对话框下方的"预览"栏目中,可以查看当前字体属性设置的效果,如图3-3所示。

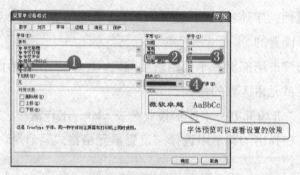

图3-3 设置单元格字体

【第4步】点击确定按钮，系统返回工作表界面，这时候，单元格中的数据字体设置就完成了，如图3-4所示。

	A	B	C	D	E
1	市场部第一季度销售业绩表				
2	部门	一月份	二月份	三月份	总计
3	一小组	93450	124620	166250	3843
4	二小组	125050	96200	155280	3765
5	三小组	193800	146200	163490	5034
6	四小组	113930	108960	124690	3475
7	五小组	189560	153890	135520	4789
8	六小组	88560	108590	125360	3225
9	七小组	109560	123140	155540	3882

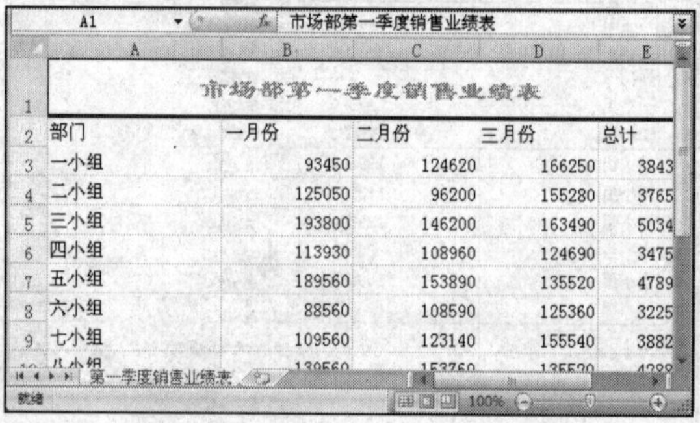

图3-4 完成单元格字体设置

3.1.2 设置单元格数字格式

在财务表格中，数据有多种样式的数字格式，比如数值、货币、日期、百分比等，为了使这些数据更加方便直观地展现出来，我们可以通过“设置单元格格式”对话框中的“字体”标签栏进行设置。

【第1步】在“市场部第一季度销售业绩表.xlsx”工作簿中，选择B3:B10单元格，点击鼠标右键，在弹出的菜单中选择“设置单元格格式”命令，如图3-5所示。

【第2步】在弹出的“设置单元格格式”对话框中，首先选择数据分类为“数值”类型，然后再设定保留两位小数位数，如图3-6所示。

【第3步】点击确定按钮，系统回到工作表页面。这时候，选定的单元格区域内所有数据，都转变为保留两位小数的数值型数据，如图3-7所示。

同理，还可以通过选择“设置单元格格式”对话框的“对齐”标签、“边框"标签以及"填充"标签，来设定单元格数据的对齐方式、边框的颜色和粗细、单元格背景颜色等。由于设置方式都很类似，就不一一列举了。

图3-5　选择"设置单元格格式"命令

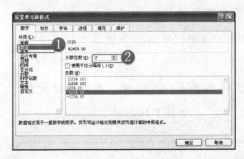

图3-6　设置数值类型

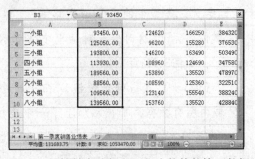

图3-7　数据转变为保留两位小数的数值型数据

为单元格数据添加单位

在"设置单元格格式"对话框的"数字"标签下，不仅可以设置单元格数字格式，还可以为单元格数据添加单位。还是以"市场部第一季度销售业绩表.xlsx"工作簿为例，我们为C3:C10单元格中的数据统一添加一个单位"元"。

【第1步】在"市场部第一季度销售业绩表.xlsx"工作簿中，选择C3:C10单元格，点击鼠标右键，在弹出的菜单中选择"设置单元格格式"命令，如

图3-8所示。

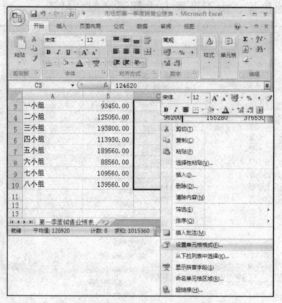

图3-8 选择"设置单元格格式"命令

【第2步】在弹出的"设置单元格格式"对话框中，首先选择数据分类为"自定义"类型中的"G/通用格式"，然后类型中的"G/通用格式"后输入数据单位"元"。这时候，对话框中的"示例"栏中的数据也会被添加一个单位"元"，如图3-9所示。

【第3步】点击确定按钮，系统回到工作表页面。这时候，选定的单元格区域内所有数据，都被添加上了一个单位"元"，如图3-10所示。

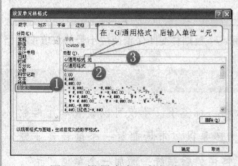

图3-9 设置自定义数据类型

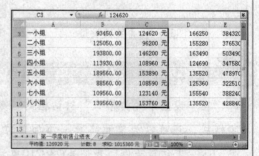

图3-10 为单元格区域内的数据添加单位

3.2 使用单元格样式

通过对"设置单元格格式"对话框的设置，可以对单元格中数据的数字字体、边框和背景色进行分别设置。但是这样设置起来是比较麻烦的。有没有办法能一下子将单元格的这些属性都设置好呢？

在Excel 2007中，系统为我们提供了单元格样式这一功能。通过选择套用单元格样式，可以将单元格的字体格式、边框样式、背景色等属性快速运用到选定的单元格或单元格区域中。

3.2.1 套用单元格样式

套用单元格样式相当于将设置好单元格格式的表格作为模板，把模板中的单元格字体、对齐方式、背景色应用到目标单元格或单元格区域。

下面我们还是以"市场部第一季度销售业绩表.xlsx"工作簿为例，分析如何套用单元格样式。

【第1步】打开"市场部第一季度销售业绩表.xlsx"工作簿，如图3-11所示，选择表头部分A2:E2单元格。

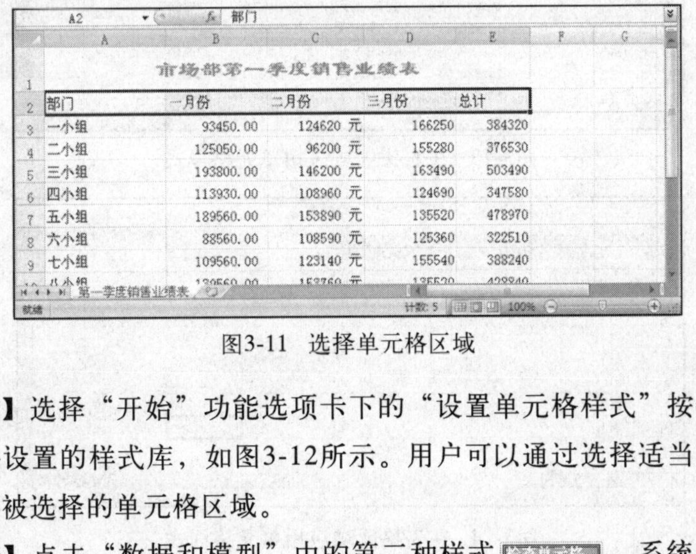

图3-11 选择单元格区域

【第2步】选择"开始"功能选项卡下的"设置单元格样式"按钮，系统会弹出单元格设置的样式库，如图3-12所示。用户可以通过选择适当的单元格样式，应用到被选择的单元格区域。

【第3步】点击"数据和模型"中的第二种样式 检查单元格 ，系统返回到工作表界面，这时候，单元格样式已经被应用到A2:E2单元格，如图3-13所示。

【第4步】同理，我们可以将其他单元格样式应用到表格的其他单元格区域，如图3-14所示。

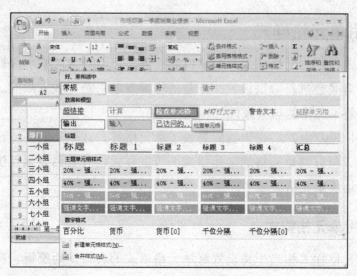

图3-12 选择单元格样式

	A	B	C	D	E
1	市场部第一季度销售业绩表				
2	部门	一月份	二月份	三月份	总计
3	一小组	93450.00	124620 元	166250	384320
4	二小组	125050.00	96200 元	155280	376530
5	三小组	193800.00	146200 元	163490	503490
6	四小组	113930.00	108960 元	124690	347580
7	五小组	189560.00	153890 元	135520	478970
8	六小组	88560.00	108590 元	125360	322510
9	七小组	109560.00	123140 元	155540	388240

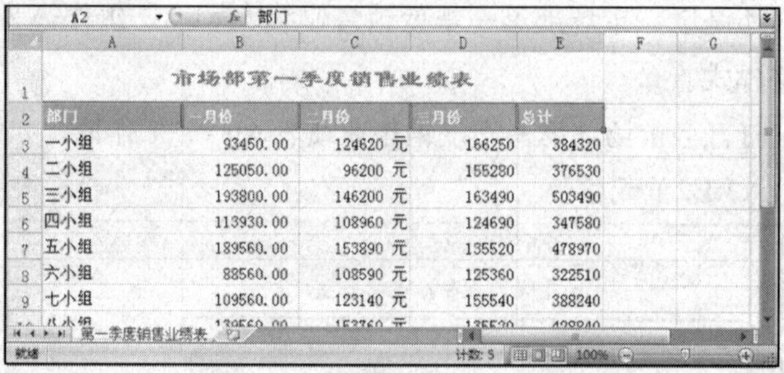

图3-13 在表头区域应用单元格样式

	A	B	C	D	E
2	部门	一月份	二月份	三月份	总计
3	一小组	93450.00	124620 元	166250	384320
4	二小组	125050.00	96200 元	155280	376530
5	三小组	193800.00	146200 元	163490	503490
6	四小组	113930.00	108960 元	124690	347580
7	五小组	189560.00	153890 元	135520	478970
8	六小组	88560.00	108590 元	125360	322510
9	七小组	109560.00	123140 元	155540	388240
10	八小组	139560.00	153760 元	135520	428840

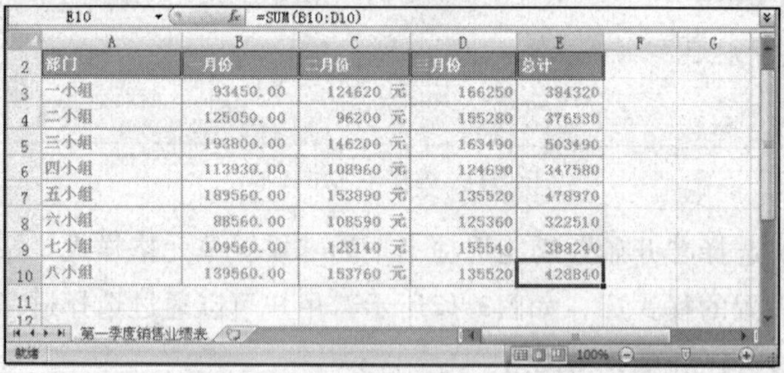

图3-14 在表格区域应用单元格样式

3.2.2 新建单元格样式

在通常情况下，我们直接套用单元格样式就可以了。如果不使用现有的单元格样式，也可以通过新建单元格样式来进行表格的美化。

新建单元格样式的操作方法和设置单元格格式比较相似，都是通过"设置单元格格式"对话框，实现对单元格数据或样式的字体、对齐方式、边框、背景色等各个元素进行设置，从而实现对表格的美化。

【第1步】选择"开始"功能选项卡下的"设置单元格样式"按钮，系统会弹出单元格样式。点击"新建单元格样式"，如图3-15所示。

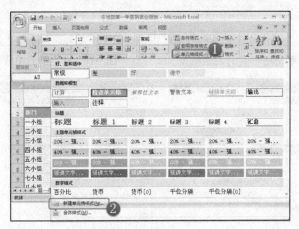

图3-15　选择"新建单元格样式"命令

【第2步】在弹出的"样式"对话框中，在"样式名"栏目中输入新建单元格样式的名称，点击"格式"按钮，来设置单元格样式的属性，如图3-16所示。

【第3步】在弹出的"设置单元格格式"对话框中，设置单元格样式的数据格式为货币，并保留两位小数，如图3-17所示。

图3-16　设置单元格样式的属性

【第4步】接下来设置样式的数据对齐方式。点击"设置单元格格式"对话框中的"对齐"标签，通过选择下拉菜单，将文本对齐方式栏目中的"水平对齐"和"垂直对齐"都设置为"居中"，如图3-18所示。

【第5步】点击"设置单元格格式"对话框中的"字体"标签，将"字体"设置为"宋体"，"字形"设置为"加粗"，字体颜色设置为红色，如图3-19所示。

【第6步】点击"设置单元格格式"对话框中的"边框"标签，为单元格样式添加边框。通过点击边框栏目下的线条按钮，将"边框"设置为封闭的实线，如图3-20所示。

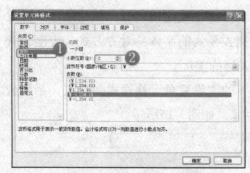

图3-17　设置单元格样式的数据类型　　图3-18　设置单元格样式的对齐方式

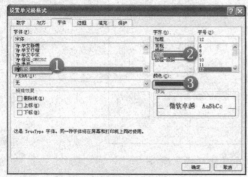

图3-19　设置单元格样式的字体　　　　图3-20　设置单元格样式的边框

【第7步】最后，在为单元格样式填充背景色。点击"设置单元格格式"对话框中的"填充"标签，设置单元格样式的背景色，如图3-21所示。

【第8步】点击确定按钮之后，系统返回"样式"对话框，如图3-22所示，这时候，"包括样式（例子）"栏目下，设定好的单元格样式属性显示出来。点击确定按钮，新建的单元格样式被保存下来，如图3-22所示。

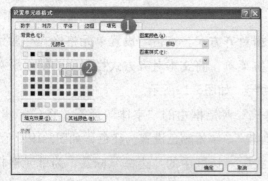

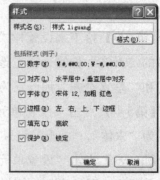

图3-21　设置单元格样式的填充色　　　图3-22　保存单元格样式

【第9步】返回工作表界面，点击"开始"功能选项卡下的"单元格样式"按钮，在单元格样式库中，可以看到新建的单元格样式显示在"自定义"栏目下，如图3-23所示。

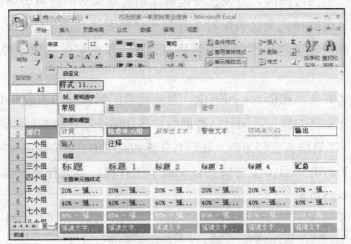

图3-23 新建的单元格样式出现在自定义样式栏

【第10步】点击新建的样式，把建立好的样式运用到表格中，如图3-24所示。

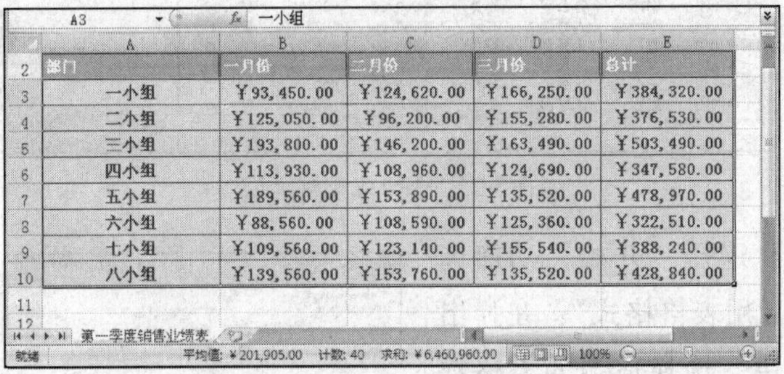

图3-24 应用自定义单元格样式

3.3 套用表格格式

套用表格格式是指利用Excel 2007提供的各种表格样式，快速设置表格的表头、表格的边框以及背景色等属性，从而实现表格的美观，并且能够保证同一类表格有统一的表现形式。

3.3.1　使用自带的样式美化表格

在Excel 2007中，系统为用户提供了多样化的表格样式，利用这些表格样式，可以在很短的时间内，方便快捷地制作出美观大方的财务表格。

在使用自带的样式美化表格时，首先选择需要进行美化的单元格区域，通过点击"开始"功能选项卡中的"套用单元格"按钮可以选择各种样式，来进行表格的美化。

需要注意的是，在Excel 2007中，当单元格区域被应用上表格的样式之后，除了起到美化表格的作用，同时，数据的排序和筛选功能也被添加到表格中了。

以"员工工资信息表"为例，我们来分析如何使用系统自带的样式美化表格。

【第1步】打开"员工工资信息表.xlsx"工作簿，并选择整个表格的单元格区域，如图3-25所示。

图3-25　选择单元格区域

【第2步】选择"开始"功能选项卡下的"套用表格格式"，在弹出的表格样式中，选择适当的表格样式，如图3-26所示。

【第3步】点击相应的样式图标，这时候系统会弹出"套用表格式"对话框，其中表数据的来源就是我们选择的单元格区域。由于所选择的单元格区域中包含了表格的表头（即各列的列标题），因此，在"表包含标题"前面打上"√"，如图3-27所示。

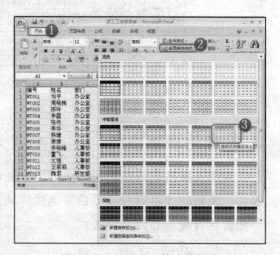

图3-26　Excel 2007的表格样式

【第4步】点击确定按钮，系统返回工作表界面，这时候可以看到，我们选择的表格样式已经应用于整个表格了，如图3-28所示。

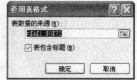

图3-27 设置表数据的来源

【第5步】在表格的列标题旁边，生成了数据排序和筛选的按钮▼，通过点击排序和筛选的按钮，可以进行数据的排序和筛选。例如，点击标题"基本工资"标题旁边的排序和筛选按钮▼，系统显示数据排序和筛选的命令菜单，如图3-29所示。

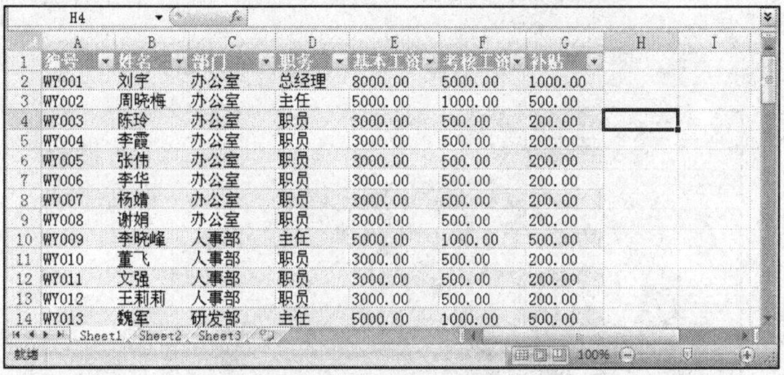

图3-28 应用表格样式

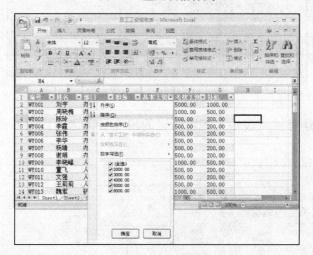

图3-29 排序和筛选菜单

【第6步】选择"降序"命令，将表格中的记录按照基本工资的由大到小进行降序排列，如图3-30所示。

【第7步】如果要清除列标题旁边的排序和筛选的按钮▼，可以点击表格内部的任意单元格，选择"开始"功能选项卡中的"排序和筛选"，在弹出的菜单中选择“筛选”命令，如图3-31所示。

编号	姓名	部门	职务	基本工资	考核工资	补贴
WY001	刘宇	办公室	总经理	8000.00	5000.00	1000.00
WY002	周晓梅	办公室	主任	5000.00	1000.00	500.00
WY009	李晓峰	人事部	主任	5000.00	1000.00	500.00
WY013	魏军	研发部	主任	5000.00	1000.00	500.00
WY023	何云	技术部	主任	5000.00	1000.00	500.00
WY036	钟治明	市场部	主任	5000.00	1000.00	500.00
WY055	张其永	销售部	主任	5000.00	1000.00	500.00
WY014	黄宏飞	研发部	经理	4000.00	800.00	300.00
WY024	刘运红	技术部	经理	4000.00	800.00	300.00
WY032	张跃华	技术部	经理	4000.00	800.00	300.00
WY037	路河	市场部	经理	4000.00	800.00	300.00
WY044	王小盈	市场部	经理	4000.00	800.00	300.00
WY049	李芬	市场部	经理	4000.00	800.00	300.00

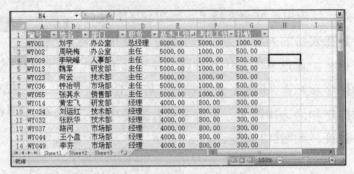

图3-30 按照“基本工资”进行降序排列

编号	姓名	部门	职务	基本工资	考核工资	补贴
WY001	刘宇	办公室	总经理	8000.00	5000.00	1000.00
WY002	周晓梅	办公室	主任	5000.00	1000.00	500.00
WY009	李晓峰	人事部	主任	5000.00	1000.00	500.00
WY013	魏军	研发部	主任	5000.00	1000.00	500.00
WY023	何云	技术部	主任	5000.00	1000.00	500.00
WY036	钟治明	市场部	主任	5000.00	1000.00	500.00
WY055	张其永	销售部	主任	5000.00	1000.00	500.00
WY014	黄宏飞	研发部	经理	4000.00	800.00	300.00
WY024	刘运红	技术部	经理	4000.00	800.00	300.00
WY032	张跃华	技术部	经理	4000.00	800.00	300.00
WY037	路河	市场部	经理	4000.00	800.00	300.00
WY044	王小盈	市场部	经理	4000.00	800.00	300.00
WY049	李芬	市场部	经理	4000.00	800.00	300.00

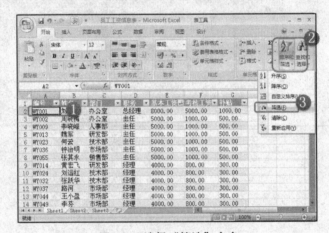

图3-31 选择“筛选”命令

【第8步】这时候，表格列标题旁边的排序和筛选的按钮▼就消失了，如图3-32所示。

编号	姓名	部门	职务	基本工资	考核工资	补贴
WY001	刘宇	办公室	总经理	8000.00	5000.00	1000.00
WY002	周晓梅	办公室	主任	5000.00	1000.00	500.00
WY009	李晓峰	人事部	主任	5000.00	1000.00	500.00
WY013	魏军	研发部	主任	5000.00	1000.00	500.00
WY023	何云	技术部	主任	5000.00	1000.00	500.00
WY036	钟治明	市场部	主任	5000.00	1000.00	500.00
WY055	张其永	销售部	主任	5000.00	1000.00	500.00
WY014	黄宏飞	研发部	经理	4000.00	800.00	300.00
WY024	刘运红	技术部	经理	4000.00	800.00	300.00
WY032	张跃华	技术部	经理	4000.00	800.00	300.00
WY037	路河	市场部	经理	4000.00	800.00	300.00
WY044	王小盈	市场部	经理	4000.00	800.00	300.00
WY049	李芬	市场部	经理	4000.00	800.00	300.00

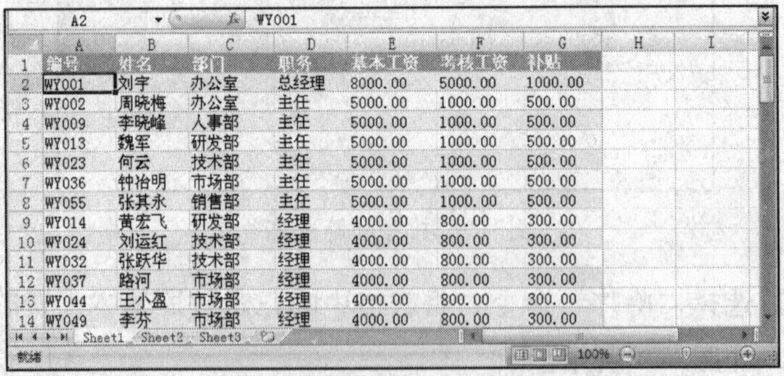

图3-32 隐藏排序和筛选的按钮

改变样式应用范围

在对表格使用样式进行美化时，不知道大家注意到没有，在应用了表格样式的单元格区域右下方，有一个半十字的图标，将鼠标移动到上面时，鼠标变成了倾斜的双箭头状态，拖动鼠标，可以修改表格样式应用的单元格区域范围。

如图3-33所示，工作表中的A1:B2单元格区域已经使用的表格样式。如果需要将表格样式应用到A1:D4单元格区域，应该如何操作呢？

图3-33 套用表格样式的工作表

接下来我们就来分析，如何改变样式的应用范围。

【第1步】将鼠标移动到B2单元格右下方的图标上方，鼠标变成了倾斜的双箭头状态，如图3-34所示。

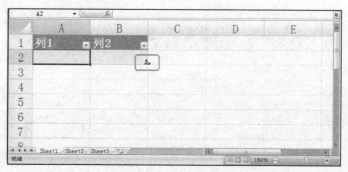

图3-34 移动鼠标至表格右下方

【第2步】按住鼠标左键不放，拖动鼠标至D2单元格，如图3-35所示。

【第3步】放开鼠标左键，这时候样式已经应用于A1:D2单元格区域。然后，将鼠标再次移动到D2单元格右下方的图标上方，并按住鼠标左键，拖动鼠标至D4单元格，如图3-36所示。

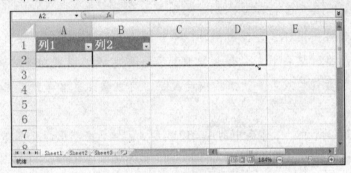

图3-35　拖动鼠标

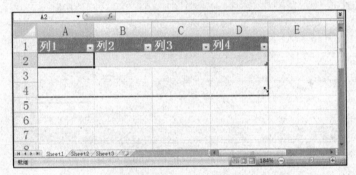

图3-36　改变套用表格样式的单元格区域

【第4步】放开鼠标，这时候，表格的样式应用范围就改变为A1:D4单元格区域了，如图3-37所示。

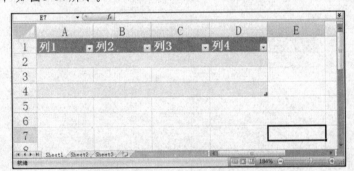

图3-37　在新的单元格区域应用表格样式

3.3.2　新建表格样式

和新建单元格样式的方式相似，新建表格样式也是通过"设置单元格格式"

对话框，来对组成表格标题行、表头等各个单元格元素进行设置实现的。

我们还是以员工工资信息表为例，分析如何新建表格样式。

【第1步】打开"员工工资信息表.xlsx"工作簿，选择"套用表格样式"弹出菜单下的"新建表样式"命令，如图3-38所示。

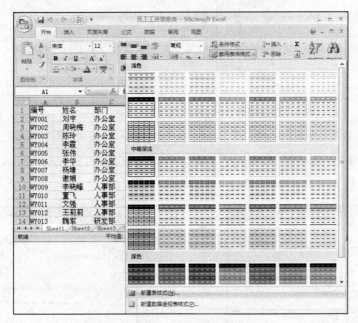

图3-38　选择"新建表样式"命令

【第2步】在弹出的"新建表快速样式"对话框中，输入新建表格样式的名称，如图3-39所示。

【第3步】在表元素栏目中，拖动滚动条，选择设置标题行的格式，如图3-40所示。

【第4步】点击"格式"按钮，进入"设置单元格格式"对话框，如图3-41所示。和设置单元格格式一样，在通过点击"字体"、"边框"和"填充"，分别设置标题行字体的字形、颜色、单元格的边框以及背景色等属性。

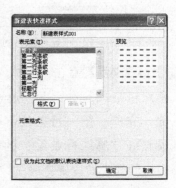

图3-39　新建表快速样式

【第5步】设置好标题行的格式之后，点击确定按钮，系统返回到"新建表快速样式"对话框中。这时候，在"预览"栏可以看到标题行的样式，如图3-42所示。

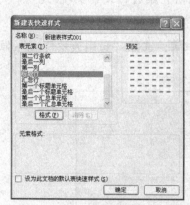
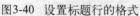

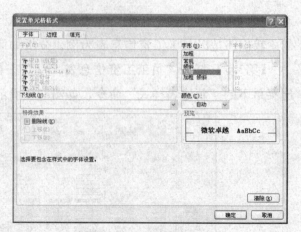

图3-40 设置标题行的格式　　　　　　　　图3-41 设置标题行字体

【第6步】完成标题行的样式设置之后，接下来选择"第一行条纹"，来设置表格奇数行单元格区域的格式，如图3-43所示。

图3-42 预览标题行的样式　　　　　　　　图3-43 设置"第一行条纹"格式

【第7步】点击"格式"按钮，进入"设置单元格格式"对话框。通过对单元格格式的设置，完成"第一行条纹"的样式设置。同理，设置好"第二行条纹"的样式设置。这时候，表格的样式就设置完成了，如图3-44所示。

【第8步】点击确认按钮，系统返回工作表界面。这时候，选择"开始"功能选项卡下的"套用表格格式"，新建的表格样式就已经在"自定义"栏中显示出来了，如图3-45所示。

图3-44 设置"第二行条纹"格式

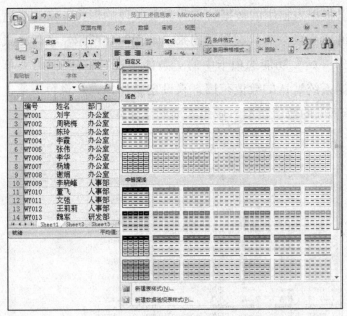

图3-45　新建的表格样式显示在"自定义"栏

3.4　设置条件格式

在整理财务表格的过程中，除了需要考虑表格的美观大方。同时，我们也需要考虑将其中部分重要的数据，以较为特殊的格式展现出来，使阅读者能够在很短的时间内，把握住表格中数据的重点内容，或者对表格中的数据进行一个简单的对比。

设置条件格式能够帮助我们将一些重点内容展现出来。当单元格中的数据满足条件格式设置的条件时，这个单元格就会应用与之相对应的格式。

设置条件格式在阅读数据记录量比较大的表格，或者需要按照不同的层次、级别进行对比分析时，应用的比较广泛。

Excel 2007提供的条件格式包括五种类型，分别是：

- 突出显示单元格规则
- 项目选取规则
- 数据条
- 色阶
- 图标集

我们可以根据表格中的数据特点和需要表现的形式，来选择适当的条件格式，将数据的大小或分布状况展现出来。如图3-46所示，条件格式的设置，可以通过点击"开始"功能选项卡中的"条件格式"，在弹出的菜单中选择具体的样式，根据系统默认的数值范围，来设定条件样式；也可以通过点击"新建规则"，选择不同的数值范围，应用不同的条件样式。

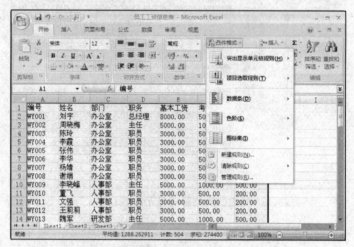

图3-46 条件样式的类型

3.4.1 突出显示单元格规则

突出显示单元格规则是针对单元格中数据的大小范围或文本内容设置条件，对满足条件数据的单元格使用不同的颜色进行突出显示。

以"员工工资信息表1.xlsx"工作簿为例，对员工基本工资大于4 000元的单元格区域添加背景色进行突出显示，下面我们就来分析如何使用突出单元格规则。

【第1步】打开"员工工资信息表1.xlsx"工作簿，选择员工的基本工资所在列的单元格区域E2:E72，点击"开始"功能选项卡下的"条件格式"按钮，并将鼠标移动到"突出显示单元格规则"命令上，在弹出的子菜单中选择"大于"命令，如图3-47所示。

图3-47 选择显示单元格规则为"大于"

【第2步】在弹出的“大于”对话框中，输入为数值大于4 000的单元格设置格式，设置的单元格格式为“黄填充色深黄色文本”，如图3-48所示。

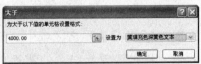

图3-48 设置满足条件的单元格格式

【第3步】点击确定按钮后，系统返回工作表界面，E2:E72单元格区域中，数据值大于4000的单元格被突出显示，如图3-49所示。

	A	B	C	D	E	F	G
1	编号	姓名	部门	职务	基本工资	考核工资	补贴
2	WY001	刘宇	办公室	总经理	8000.00	5000.00	1000.00
3	WY002	周晓梅	办公室	主任	5000.00	1000.00	500.00
4	WY003	陈玲	办公室	职员	3000.00	500.00	200.00
5	WY004	李霞	办公室	职员	3000.00	500.00	200.00
6	WY005	张伟	办公室	职员	3000.00	500.00	200.00
7	WY006	李华	办公室	职员	3000.00	500.00	200.00
8	WY007	杨婧	办公室	职员	3000.00	500.00	200.00
9	WY008	谢娟	办公室	职员	3000.00	500.00	200.00
10	WY009	李晓峰	人事部	主任	5000.00	1000.00	500.00
11	WY010	董飞	人事部	职员	3000.00	500.00	200.00
12	WY011	文强	人事部	职员	3000.00	500.00	200.00
13	WY012	王莉莉	人事部	职员	3000.00	500.00	200.00
14	WY013	魏军	研发部	主任	5000.00	1000.00	500.00

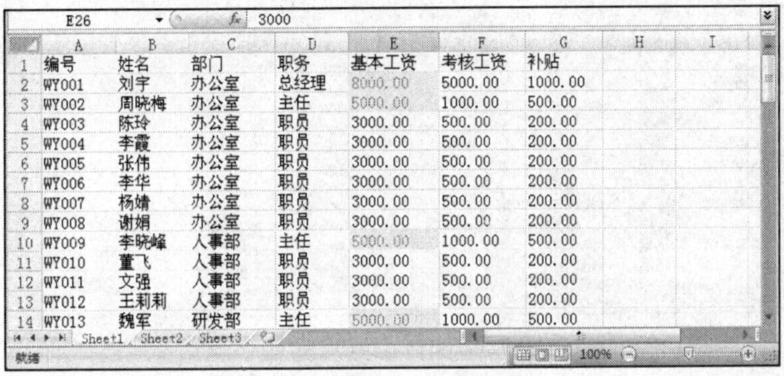

图3-49 应用条件格式

3.4.2 项目选取规则

项目选取规则是针对单元格中数据的大小范围或文本内容设置条件，对满足条件数据的单元格使用不同的颜色进行突出显示。

以“员工工资信息表2.xlsx”工作簿为例，对员工基本工资高于所有员工的平均值的单元格区域添加背景色进行突出显示。

图3-50 选择“高于平均值”命令

【第1步】打开“员工工资信息表2.xlsx”工作簿，选择员工的基本工资所在列的单元格区域E2:E72，点击“开始”功能选项卡下的“条件格式”按钮，并将鼠标移动到“项目选取规则”命令上，在弹出的子菜单中选择“高于平均值”命令，如图3-50所示。

【第2步】在弹出的“高于平均值”的对话框中，选择为高于平均值的单元

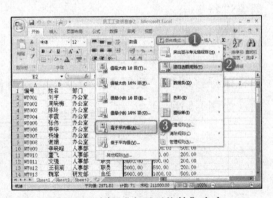

格设置格式为"绿填充色深绿色文本",如图3-51所示。

【第3步】单击确定按钮,系统返回到工作表界面。E2:E72单元格区域中,数据值大于平均值的单元格被设置为绿色的背景色,而文字变成了深绿色,如图3-52所示。

图3-51 设置"高于平均值"的单元格样式

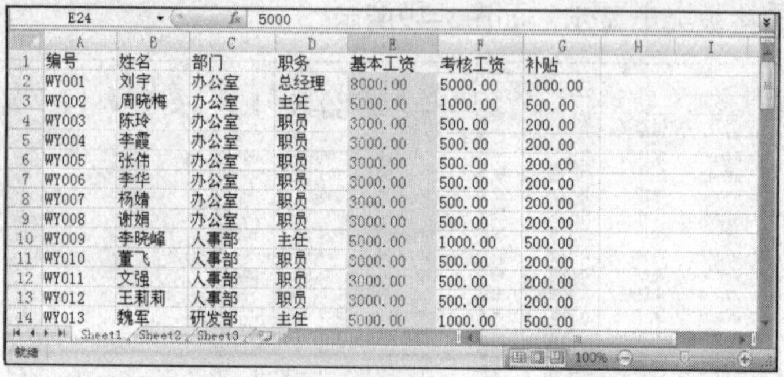

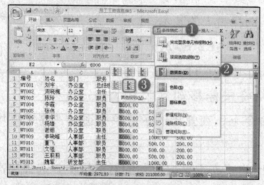

图3-52 应用项目选取规则样式设置

3.4.3 数据条

数据条条件格式是利用在单元格中添加不同长度的条状图,来反映不同单元格数值的大小对比。帮助阅读者对表格中的数据大小情况有一个直观的认识。

以"员工工资信息表3.xlsx"工作簿为例,对员工基本工资数据,使用数据条进行显示。

【第1步】打开"员工工资信息表3.xlsx"工作簿,选择员工的基本工资所在列的单元格区域E2:E72,点击"开始"功能选项卡下的"条件格式"按钮,并将鼠标移动到"数据条"命令上,这时候,系统显示了不同颜色的数据条样式,如图3-53所示。

图3-53 选择"数据条"条件样式

【第2步】点击蓝色渐变色的数据条样式选项，系统回到工作表界面，这时候E2:E72单元格区域内的所有单元格中，都被添加了蓝色渐变色的数据条。根据数据条的长短，我们可以很直观地比较单元格区域数值的大小，如图3-54所示。

图3-54 应用"数据条"条件样式

3.4.4 色阶

色阶条件格式是利用不同的颜色，将表格中不同大小范围的数据，用不同的颜色，将数据的大小分布直观地展现出来，就像地理中的地形图似的，通过查看不同颜色的分布状况，数值的高低分布一目了然。

以"员工工资信息表4.xlsx"工作簿为例，对员工基本工资数据，使用色阶条件格式进行显示。

【第1步】打开"员工工资信息表4.xlsx"工作簿，选择员工的基本工资所在列的单元格区域E2:E72，点击"开始"功能选项卡下的"条件格式"按钮，并将鼠标移动到"色阶"命令上，这时候，系统显示了不同颜色分布的色阶样式，如图3-55所示。

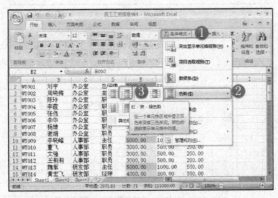

图3-55 选择"色阶"条件样式

【第2步】点击红、黄、绿色阶的色阶样式选项，系统回到工作表界面，这时候E2:E72单元格区域内的所有单元格中，根据数值的大小，都被添加了不同颜色的单元格背景色。根据单元格背景色红、黄、绿三种渐变颜色的分布，单元格数据的数值大小，被直观地展现出来了，如图3-56所示。

图3-56 应用"色阶"条件样式

3.4.5 图标集

图标集条件格式是利用在单元格数据前面，添加不同的图表，来反映单元格数据在整个单元格区域数据中所处的高低范围。

以"员工工资信息表5.xlsx"工作簿为例，对员工基本工资数据，使用图标集条件格式进行显示。

【第1步】打开"员工工资信息表4.xlsx"工作簿，选择员工的基本工资所在列的单元格区域E2:E72，点击"开始"功能选项卡下的"条件格式"按钮，并将鼠标移动到"图标集"命令上，这时候，系统显示了不同颜色分布的图标集样式，如图3-57所示。

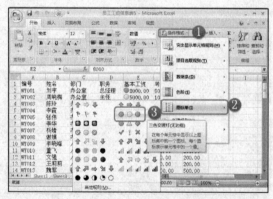

图3-57 选择"图标集"条件样式

【第2步】点击绿、红、黄三色交通灯选项，系统回到工作表界面，这时候
E2:E72单元格区域内的所有单元格中，根据数值的大小，数据前面都被添加了
不同颜色的交通灯图标。根据绿、红、黄三种颜色交通灯的分布，单元格数据
的数值大小范围，也被标记出来了，如图3-58所示。

图3-58　应用"图标集"条件样式

取消所设置的条件格式

对于已经设置好条件格式的表格，我们可以通过"条件格式规则管理"
对话框来清除所设置的条件格式。

【第1步】打开"市场部第一季度销售业绩表1.xlsx"工作簿。在工作表中
的部分单元格区域，已经分别应用了"数据条"和"图标集"的条件格式。
如果需要清除所设置的条件格式，需要点击"条件格式"按钮，在弹出的菜
单中选择"清除规则"命令，并在随后弹出的子菜单中选择"清除整个工作
表的规则"命令，如图3-59所示。

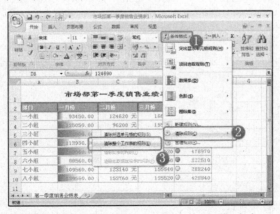

图3-59　选择"清除整个工作表的规则"命令

【第2步】系统返回工作表界面，如图3-60所示。这时候，表格中的所有条件格式都被清除了。

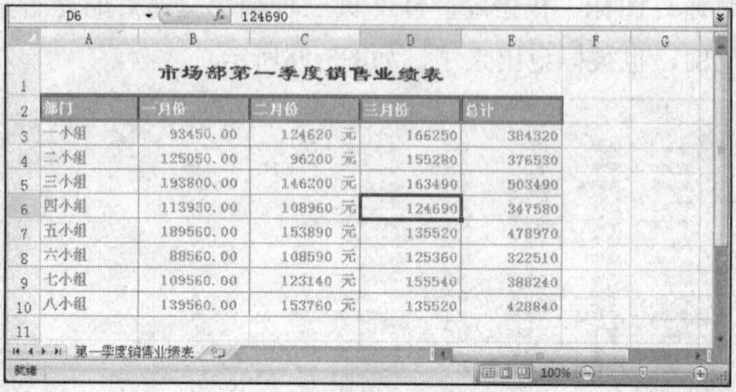

市场部第一季度销售业绩表

部门	一月份	二月份	三月份	总计
一小组	93450.00	124620 元	166250	384320
二小组	125050.00	96200 元	155280	376530
三小组	193800.00	146200 元	163490	503490
四小组	113930.00	108960 元	124690	347580
五小组	189560.00	153890 元	135520	478970
六小组	88560.00	108590 元	125360	322510
七小组	109560.00	123140 元	155540	388240
八小组	139560.00	153760 元	135520	428840

图3-60 条件样式被清除

当然，如果只需要清除部分单元格区域的条件格式，可以先选择需要清除条件格式的区域，然后再选择图3-59中的“清除所选单元格的规则”，就可以清除所选择单元格区域的条件格式了。

第4章 形象化财务数据

主要知识点
- 图像和形状的使用
- 制作财务图表

需要注意的问题
- 利用形状绘制流程图
- 利用图表工具美化财务图表

作为一个合格的财务工作者，不仅仅需要能够创建财务表格，整理财务数据，还需要将财务数据形象化地展现出来，使阅读财务表格的人员能够快速地了解财务数据内容，把握公司的财务活动状况。

在这一章，我们将学习如何使用图片和图表来形象化财务数据。

4.1 使用插图形象化财务数据

Excel 2007为用户提供了丰富的插图功能，用户可以选择在表格中插入本地计算机中的图像，也可以使用Office自带的剪贴画；可以使用插入形状来制作流程图，甚至还可以使用SmartArt来制作复杂的组织结构图。这里，我们看看如何插入图像和形状让表格变得更加形象生动。

4.1.1 插入图像

在有些数据表格中，我们可以插入一些图像，对财务表格中的数据进行补充说明，让表格变得更加美观、生动。

例如，在产品销售收入统计表中，为了帮助阅读者了解公司的产品，我们可以在产品目录中加入产品的样图。

下面我们就来分析一下Excel 2007的图像编辑功能。

【第1步】在"产品销售收入统计表.xlsx"工作簿中，打开"产品目录工作"表。选择"插入"功能选项卡，如图4-1所示。

图4-1 插入图片按钮

【第2步】如果需要在表格中的C3单元格插入服务器的图像，可以通过点击"插入"栏中的"图片"按钮，系统弹出"插入图片"对话框，如图4-2所示。

图4-2 "插入图片"对话框

【第3步】通过点击"查找范围"栏右边的下拉菜单，找到图像所在的文件夹，如图4-3所示。

【第4步】在文件夹中找到服务器的图像，选择图像文件"服务器.jpg"，并点击"插入"按钮。图像就被插入到工作表中，如图4-4所示。

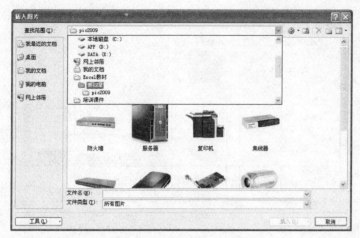

图4-3　选择要插入的图像

图4-4　插入图像到工作表

【第5步】这时候图表的大小需要我们进行调整，并放置在C3单元格的位置。将鼠标移动到图像的边缘，当鼠标变成倾斜的双箭头时，按住鼠标左键不放，拖动鼠标可以改变图像的大小，如图4-5所示。

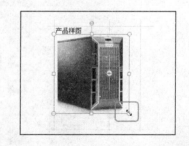

图4-5　通过拖动鼠标改变图像的大小

【第6步】在调整好图像的大小之后，还可以通过键盘的方向键"↑"、"↓"、"←"、"→"键调整图像所在的位置，如图4-6所示。

【第7步】插入图像后，在图像被选择的情况下，功能选项卡区域这时候会出现一个新的功能选项卡"图片工具"，选择"图片工具"选项卡下的"格式"标签，可以设置图像的亮度、图像的样式以及图像的大小等属性，如图4-7所示。

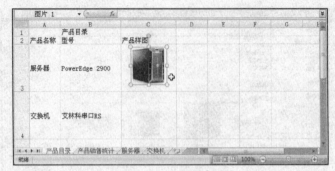

图4-6 通过键盘的方向键调整图像的位置

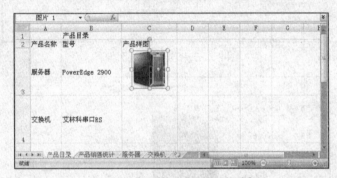

图4-7 选择"格式"功能选项卡

【第8步】通过点击图片样式右边的更多样式设置按钮 ，可以将Excel 2007提供的图像样式——展现出来，如图4-8所示。

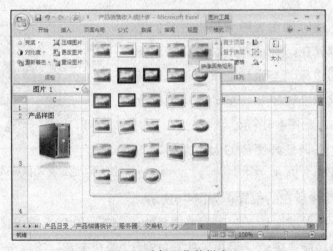

图4-8 选择图像的样式

【第9步】点击选择适当的样式，完成对新插入图像的属性编辑。依此类推，在表格中插入其他产品的图像，并设置图像的样式，如图4-9所示。

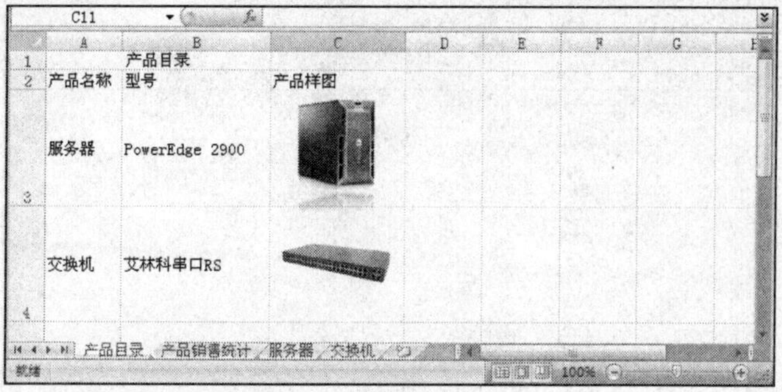

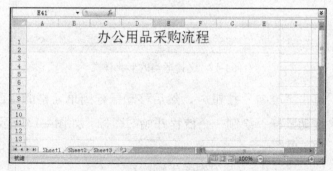

图4-9 应用图像的样式

4.1.2 使用形状

在Excel 2007中，系统新增加了很多图形和符号，使用这些图形和符号，可以像专业的制图软件一样，制作示意图和流程图变得异常简单。

比如我们要利用Excel 2007制作某公司的办公用品采购流程，就可以在一个新建的工作簿中，利用插入形状来制作流程图。

【第1步】打开"办公用品采购流程.xlsx"工作簿，工作表中的标题区域和用于绘制流程图的区域都是合并后的单元格。找到位于"插入"功能选项卡下，插图工具栏中的"形状"按钮 ，如图4-10所示。

图4-10 "形状"按钮位于"插入"功能选项卡中

【第2步】点击"形状"按钮 按钮，系统显示所有Excel 2007提供的形状样式库，包括线条、矩形、基本形状、箭头总汇、公式形状等各种类型的形状样式，如图4-11所示。

【第3步】通过点选相应的样式，然后通过在工作表中拖拽鼠标，可以绘制出相应的图形。如图4-12所示，选择"流程图"栏目中的"准备"按钮 。

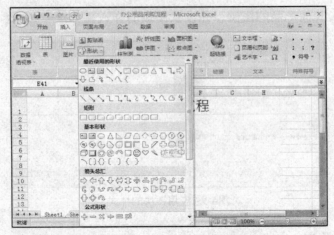

图4-11　Excel 2007的形状样式库

图4-12　选择适当的形状样式

【第4步】点击"准备"按钮 ◯，然后移动鼠标到单元格的空白处，按住鼠标左键不放，拖动鼠标，绘制一个流程开始的图标，如图4-13所示。

图4-13　添加形状到工作表中

【第5步】单击绘制出来的图形，这时候功能选项卡区域会出现一个绘图工具下的"格式"标签，点击"格式"标签，可以在"形状样式"中选择相应的样式，来修改图形的展现形式，如图4-14所示。

图4-14 设置图形的形状样式

【第6步】设置好图形的样式后，点击鼠标右键，在弹出的菜单中选择"编辑文字"命令，为图形添加文字，如图4-15所示。

图4-15 为形状添加文字说明

【第7步】如图4-15中，文字的字体和大小可以通过快捷栏进行设置，也可以通过"开始"功能选项卡下的"字体"栏进行设置，如图4-16所示。

【第8步】完成了流程图的图形添加和设置之后，我们可以用同样的方法，绘制下一流程的图形，并添加文字，如图4-17所示。

图4-16 完成添加文字的设置

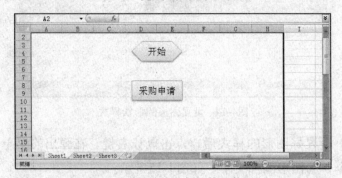

图4-17 继续添加新的形状

【第9步】选择"形状"按钮 下的箭头、样式图标，绘制流程图的箭头，如图4-18所示。

图4-18 绘制流程图的箭头

【第10步】在第一个图形下方绘制箭头，并将两个过程的图形连接起来。通过"格式"功能选项卡下的"形状样式"可以选择线条的样式，如图4-19所示。

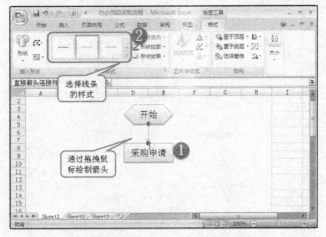

图4-19 用箭头将两个形状衔接起来

【第11步】依此类推，将逐个流程的流程图标绘制出来，并用箭头连接起来，一个简单的流程图就制作完成了，如图4-20所示。

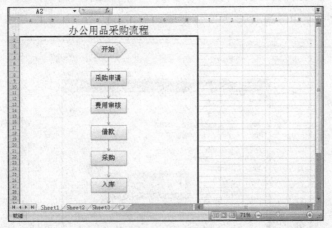

图4-20 完成流程图

小技巧

设置形状内文字的排版方式

在插入的形状中，通常情况下，文本框都是按照横向排版的。如果我们需要将文本框按照垂直方向排版，需要如何设置呢？

【第1步】选择需要修改排版方式的形状，点击鼠标右键，在弹出的菜单中选择"设置形状格式"命令，如图4-21所示。

图4-21　设置形状格式

【第2步】在弹出的"设置形状格式"对话框中，选择"文本框"标签，然后在文字版式中设置文字方向为竖排，如图4-22所示。

图4-22　设置文本框的文字方向

【第3步】点击确定按钮后，系统返回工作表界面，文本框被设置成按照垂直方向的排版，如图4-23所示。

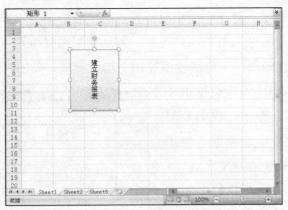

图4-23　将形状中的文字设置为垂直方向的排版

4.2　认识图表

Excel 2007的图表通常是指建立在数据基础之上，显示在工作表中，能够直观地反映数据的属性、变化特点等信息的图形结构。图表是Excel的重要数据分析工具。通过阅读图表，可以将繁杂而又抽象的数据，用形象的方式表现出来，把握各种财务活动的数据变化趋势、走向，并进行数据的对比，从而为财务统计和分析提供参考。

4.2.1　图表的组成

Excel 2007提供了丰富多样的图表样式和类型。不同类型的图表，使用的条件和展现的形式不同，但是从图表的构成元素来看，通常包括了图表的标题、图表的主体、图例、坐标轴以及数据刻度等，如图4-24所示。

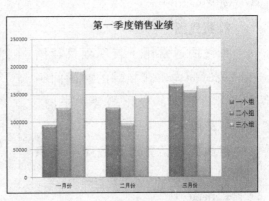

图4-24　图表

4.2.2 图表的类型

根据图表展现形式的不同，图表可以分为不同的类型。在Excel 2007中包含了柱形图、折线图、饼图、面积图、散点图、股价图等11个类型的图表。每一个类型的图表中又分为若干小的类型，例如柱形图就包含了簇状柱形图、堆积柱形图、三维柱形图、三维圆柱图等19个小的类型，如图4-25所示。

由于Excel 2007为我们提供了种类繁多的图表，那么，我们要形象化表现一个表格中的数据，使用什么样的图表是最合适的呢？

图4-25 图表的类型

要解决这个问题，我们必须对常见类型图表的功能和特点有一个了解。

1. 柱形图

柱形图常常用于表现某一个项目数据在某一时间段内的数据变化情况，并对数据之间进行差异比较，从而使数据的大小一目了然。

柱形图又分为了普通柱形图、三维柱形图、圆柱图、圆锥图等类型，如图4-26所示。

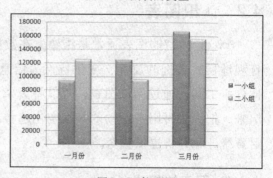

图4-26 柱形图

2. 折线图

折线图通常用于表现项目数据在一段时间内，在相等的时间间隔节点上，数据的变化趋势和走向，如图4-27所示。

折线图包括普通折线图、堆积折线图、三维折线图等7个类型。

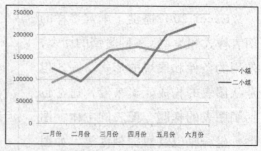

图4-27 折线图

3. 饼图

饼图通常用于表现一组数据中的某一项目数据，在某一时间点，占这一组数据所有项目数据总和的比例关系，如图4-28所示。

饼图包括普通饼图、三维饼图、符合饼图、分离型饼图等6个类型。

4. 条形图

条形图通常用于表现各个项目数据之间的差异对比情况。简单地说，条形图相当于一个旋转了90度的柱形图，如图4-29所示。

条形图包括簇状条形图、堆积条形图、簇状水平圆柱图、簇状水平圆锥图等15个类型。

5. 股价图

股价图通常用于表现数据走势的图形，其中数据在每一个时间阶段内都存在不同的值，比如股市的开盘价、最高价、最低价、收盘价，又比如气温的最高值、最低值、平均值，如图4-30所示。

6. 雷达图

雷达图通常用来显示某一项目或某一事物不同属性的数值，由中心点到数值之间的变化情况，适用于不适合直接进行对比的数据。例如，人力资源部用于分析一个人的综合能力时，这个人的技术能力、沟通能力、学习能力、执行力等属性，用雷达图表现出来时，这个人擅长做什么，不擅长做什么的特性，也就很直观地表现出来了，如图4-31所示。

雷达图可分为普通雷达图、带数据标记的雷达图和填充雷达图三种内容。

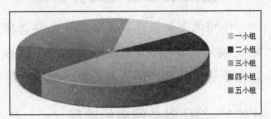

图4-28　饼图

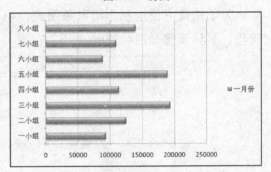

图4-29　条形图

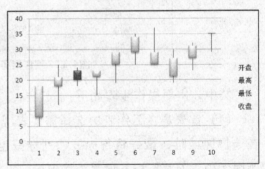

图4-30　股价图

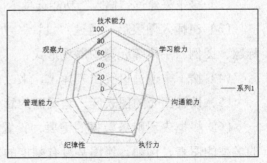

图4-31　雷达图

4.3 用图表形象化财务数据

使用图表形象化财务数据，是在选择需要进行分析的财务数据所在的单元格区域后，利用Excel的图表功能，选择"插入"功能选项卡下的图表工具，根据数据的特性，用适当的图表类型，制作财务分析图。

4.3.1 制作财务图表的流程

为了快捷方便地制作出财务图表，我们总结了一个制作财务分析图的基本流程，具体步骤如图4-32所示。

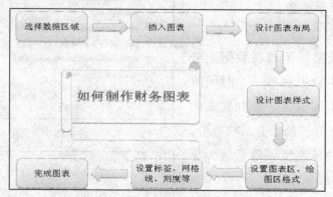

图4-32 制作财务图表的流程

其中，主要操作步骤如下：

（1）首先是在工作表中选择需要表现的财务数据所在的单元格区域。建议在选择区域时，最好将行标签和列标签也选择上，Excel会自动将列标签设置为图例项，而将行标签设置为横坐标；

（2）接下来通过"插入"功能选项卡区的图表工具，插入适当类型的图表；

（3）在插入图表后，通过"设计"功能选项卡下的图表布局来设置图表的标题、图例、主体等元素的展现形式；

（4）接下来通过设置图表样式，来改变图表主体的展现形式；

（5）设置图表的图表区、绘图区的背景色、边框、阴影和三维格式；

（6）根据表现财务数据的需要，设置数据标签、网格线和刻度等属性；有的类型的图表，例如，饼图是没有刻度的，因此这一步骤可以省略。

通过以上步骤的操作，一个图表就制作完成了。

接下来，我们就通过如何创建柱形图，来学习如何使用图表形象化数据。

4.3.2 创建图表

要使用图表形象化数据，首先需要在工作表中创建图表，并对图表进行简单的美化。

以公司2009年上半年办公费用表为例，我们来比较办公室、市场部和研发部这三个部门的办公费用支出情况。

由于我们要表现的是三个部门办公费用数据的对比和变化情况，因此我们选择用簇状柱形图来表现数据。具体操作步骤如下。

【第1步】打开"2009年上半年办公费用表.xlsx"工作簿，并选择需要表现的单元格区域，如图4-33所示。

图4-33 选择单元格区域

【第2步】选择"插入"功能选项卡，点击图表工具中的"柱形图"按钮，并在弹出的柱形图样式库中，点击"簇状柱形图"图标，如图4-34所示。

【第3步】系统返回工作表界面，这时候，图表被插入到工作表中，如图4-35所示。

【第4步】选择图表工具下的"设计"功能选项卡，点击"快速布局"按钮，并在弹出的布局样式中选择

图4-34 选择簇状柱形图

适当的图表样式，如图4-36所示。

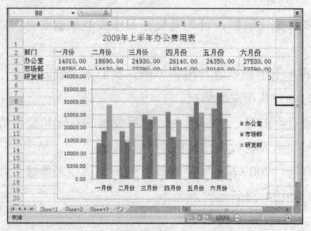

图4-35 插入簇状柱形图到工作表

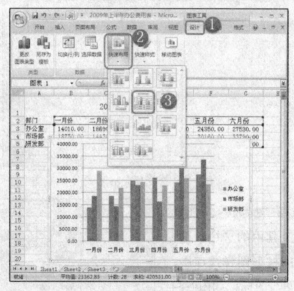

图4-36 选择适当的图表布局

【第5步】系统返回工作表界面，这时候，图表已经按照设置好的布局样式
进行显示，如图4-37所示。

【第6步】点击"快速样式"按钮，在弹出的图表样式库中选择适当的样式，
如图4-38所示。

【第7步】这时候，图表的样式也设计好了。接下来，点击图表的标题栏，
在图表标题栏目输入图表的标题，如图4-39所示。

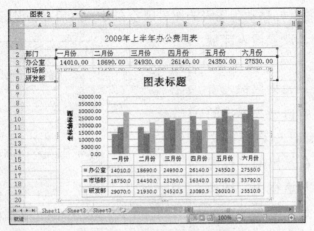

图4-37 应用图表布局

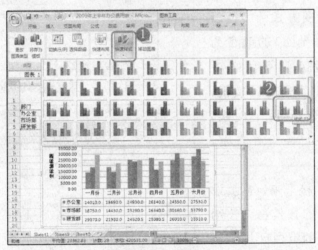

图4-38 选择适当的图表样式

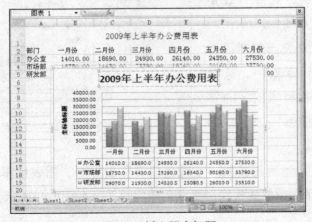

图4-39 插入图表标题

【第8步】将鼠标移动到图表的图表区空白处，然后点击鼠标右键，在弹出的菜单中选择"设置图表区域格式"命令，如图4-40所示。需要注意的是，如果鼠标没有移动到图表区空白处，弹出的菜单中不能设置图表区的格式。

【第9步】在弹出的"设置图表区格式"对话框中，选择填充的背景色为"渐变填充"，渐变的类型为默认值"线性"，即背景色的渐变方式为线性渐变。然后设置光圈1的颜色为"水绿色"，如图4-41所示。

【第10步】点击关闭按钮，系统返回工作表界面，这时候，图表的背景色已经设置完成，如图4-42所示。

图4-40 选择"设置图表区域格式"命令

【第11步】接下来，需要设置图表绘图区的背景色。移动鼠标到绘图区的空白区域，然后点击鼠标右键，选择"设置绘图区格式"，如图4-43所示。

【第12步】在弹出的"设置绘图区格式"对话框中，选择"纯色填充"，并将绘图区的背景色设置为橄榄色，如图4-44所示。

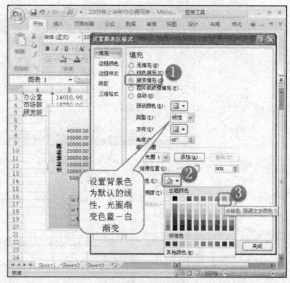

图4-41 设置图表区的背景色填充方式

【第13步】点击关闭按钮，系统返回工作表界面。图表绘图区的背景色也设置好了。这样，一个簇状柱形图就创建完成了，如图4-45所示。

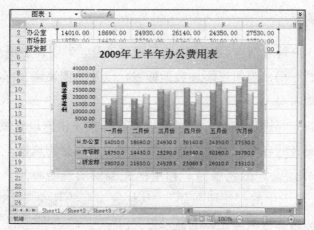

图4-42 应用渐变色填充背景色

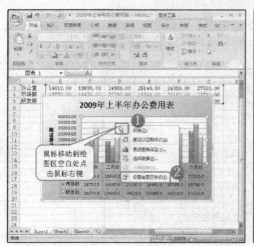

图4-43 选择"设置绘图区格式"命令

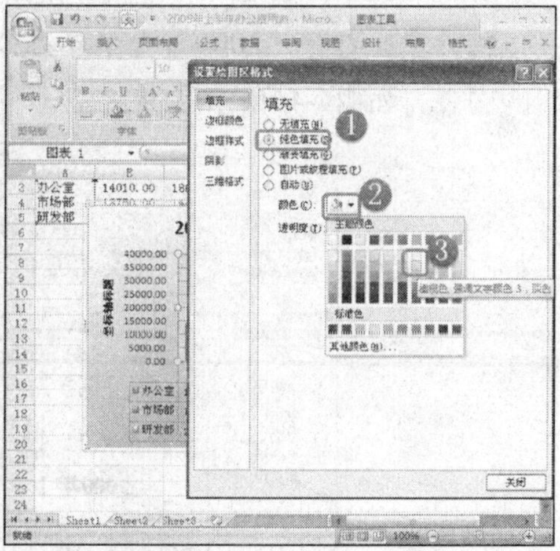

图4-44 填充绘图区的背景色

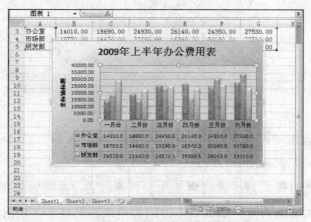

图4-45 完成簇状柱形图的制作

4.3.3 编辑图表

在创建好一个财务图表后，通过使用图表工具，对图表显现形式进行编辑。例如修改图表的布局，为图表添加数据标签，以及为图表添加网格线等。

1. 编辑图表布局

要对图表的布局进行编辑，可以通过布局样式来快速设置图表的布局，也可以根据组成图表的各个元素，分别设置图表各个部分的属性。

（1）利用样式设计图表布局。利用样式编辑图表的布局，可以通过点击"设计"功能选项卡中的"快速布局"，从快速布局的样式库中选择布局样式，来改变图表的标题、图例等元素的显示方式。

以此前已经创建好的公司2009年上半年办公费用表为例。

【第1步】打开"2009年上半年办公费用表1.xlsx"工作簿，选择要进行编辑的图表，如图4-46所示。

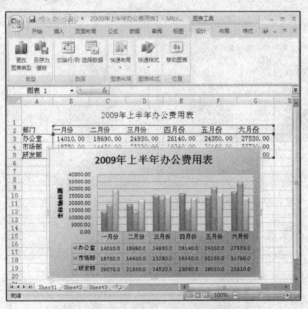

图4-46 选择需要进行编辑的图表

【第2步】点击"设计"功能选项卡中的"快速布局"，从快速布局的样式库中选择"布局9"，如图4-47所示。

【第3步】这时候，系统返回到工作表界面，通过重新设置图表布局，图表的图例显示在图表的右边，而图表下方的数据表不再显示，如图4-48所示。

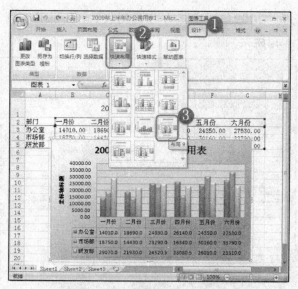

图4-47 选择图表的快速布局样式

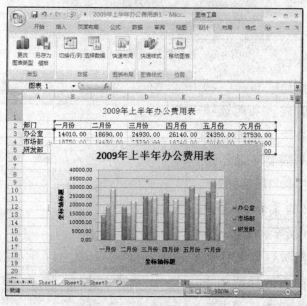

图4-48 完成快速布局设置

（2）利用"布局"功能选项卡设置图表布局。在Excel 2007中，当创建的图表被选中的情况下，功能选项卡区域会出现图表工具，我们可以通过"布局"的标签，来设置图表的标题、图例、坐标轴、背景等各个组成部分的属性。

还是以此前已经创建好的公司2009年上半年办公费用表为例。

【第1步】打开"2009年上半年办公费用表1.xlsx"工作簿，选择要进行编辑的图表，如图4-49所示。

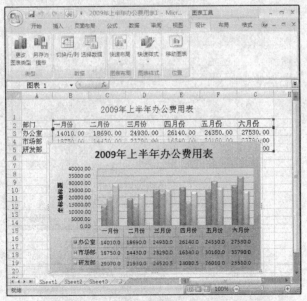

图4-49 选择需要进行编辑的图表

【第2步】选择"布局"功能选项卡，这时候，功能选项卡区有图表的各个组成部分的设置按钮。如果需要不显示图表标题，可以点击"图表标题"按钮，在弹出的菜单中选择"无"，如图4-50所示。

【第3步】系统返回工作表界面，这时候图表的标题消失了。同样，如果需要将图表的图例显示在左边，我们可以点击"图例"按钮，在弹出的菜单中选择"在左侧显示图例"，如图4-51所示。

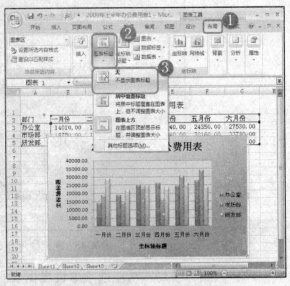

图4-50 选择不显示图表标题

【第4步】系统返回工作表界面，这时候，图表的图例从图表的右侧移动到了左侧，如图4-52所示。通过点击相应的按钮，我们可以改变图表的各个部分的显示方式。

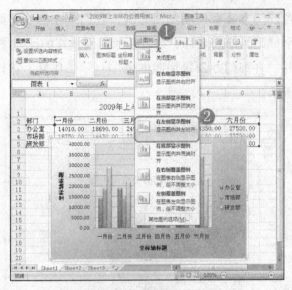

图4-51　选择在图表左侧显示图例

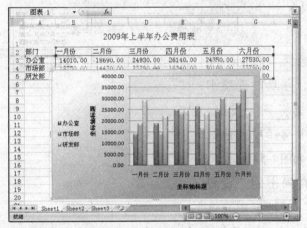

图4-52　完成图表的布局设置

2.添加数据标签

数据标签是显示在图表上的数据信息，包括项目的名称、类别的名称、项目的数值等。为了更加具体地将数值显示在图表中，我们可以根据需要在图表中添加数据标签。

如果需要为图表添加数据标签，可点击图表工具下的"布局"功能选项卡，点击"数据标签"按钮，可以在弹出的菜单中选择数据标签是否显示，或显示在图表内的位置。

以一月份的各部门办公费用明细图为例，我们来分析一下如何设置图表的数据标签，将三个部门的部门名称、办公费用以及所在的比重显示在图表中。

【第1步】打开"各部门办公费用明细表.xlsx"工作簿，选择要进行编辑的图表，如图4-53所示。

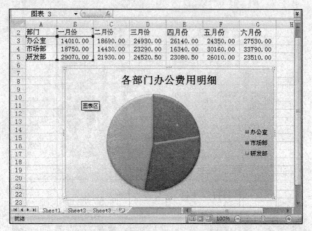

图4-53　选择需要进行编辑的图表

【第2步】选择"布局"功能选项卡标签，在功能选项卡区，点击"数据标签"按钮，在弹出的菜单中选择"其他数据标签选项"，如图4-54所示。

【第3步】在弹出的"设置数据标签格式"对话框中，选择显示类别名称、值、百分比，如图4-55所示。

【第4步】点击关闭按钮，系统返回工作表界面。这时候，图表的数据标签已经显示出来，

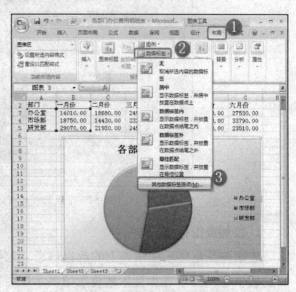

图4-54　选择"其他数据标签选项"命令

如图4-56所示。标签的内容包括了部门信息、费用明细数据以及各部门费用占合计费用的百分比。

图4-55 设置数据标签格式

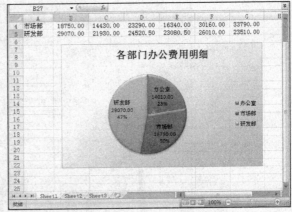

图4-56 完成图表标签的设置

3. 添加网格线

网格线是图表中, 为了方便比较数据的相对大小, 在绘图区显示的横向或纵向的线条。

添加网格线可以通过图表工具的"布局"标签下, 点击"网格线"按钮进行设置, 为图表添加横向的网格线。

【第1步】打开"2009年上半年办公费用表1.xlsx"工作簿, 选择要进行编辑的图表, 如图4-57所示。

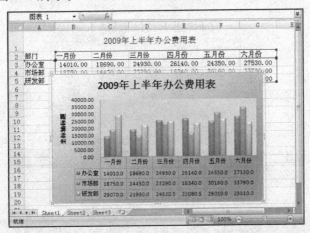

图4-57 选择需要添加网格线的图表

【第2步】选择"布局"功能选项卡中的"网格线"按钮, 在弹出的菜单中选择"主要横网格线", 并在随后弹出的下一级子菜单中, 选择"主要网格线", 如图4-58所示。

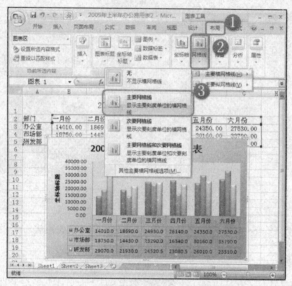

图4-58　选择显示主要刻度的横网格线

【第3步】系统返回工作表界面，这时候，在图表的绘图区，横向的主要网格线就显示出来了，如图4-59所示。

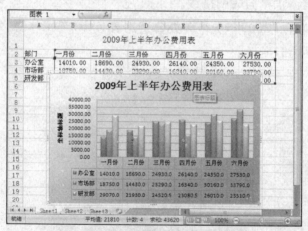

图4-59　显示图表的主要网格线

为财务图表的文字添加特效

在制作财务图表过程中，为了使图表显示得更加美观大方、重点突出，我们可以为标题文字、重点文字添加特殊的艺术效果。在Excel 2007中，通过设置图表工具的格式，可以将图表中的文字设置为艺术字的特效。

【第1步】选择图表的标题，点击图表工具中的"格式"功能选项卡，在艺术字样式中，可以通过对字体样式的设置来对图表进行美化，如图4-60所示。

图4-60 图表工具中的艺术字样式栏

【第2步】点击"快速样式"按钮，在弹出的下拉菜单中选择应用的文字样式，如图4-61所示。

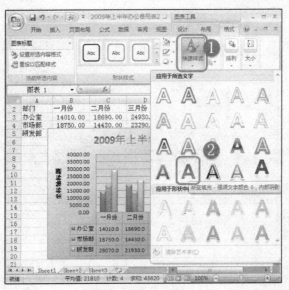

图4-61 艺术字样式库

【第3步】点击"文本效果"按钮，在弹出的菜单中选择"映像"命令，并选择适当的映像变体，如图4-62所示。

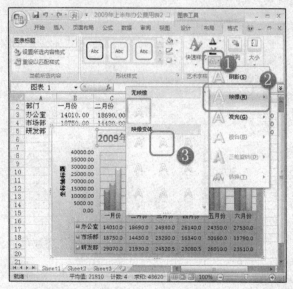

图4-62 艺术字的文本效果

【第4步】这时候，图表的标题变成了艺术字体的效果，并且为标题添加了倒影的效果，如图4-63所示。

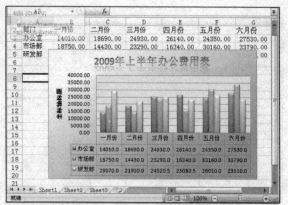

图4-63 应用艺术字体

第5章 财务数据汇总与分析

主要知识点
- 数据的排序
- 数据的筛选
- 制作数据透视表

需要注意的问题
- 利用数据的排序快速制作工资条
- 如何使用数据的高级筛选
- 利用数据透视表分析财务数据的汇总和分析

财务工作包含了数据的记录、整理和汇总、分析。通过对前几章的学习，大家已经掌握了财务数据的记录、整理，接下来，我们来了解一下如何利用Excel 2007进行财务数据的汇总和分析。Excel的数据汇总与分析功能包括数据的排序、数据的筛选、数据的分类汇总，以及利用数据透视表来处理财务数据。

5.1 数据的排序

财务管理是一个严谨的工作，所有财务数据都要求管理得规格准确、井井有条。Excel 2007的数据排序能够帮助财务工作者将财务数据按照一定的条件，进行有规则的排序，从而更好地把握公司的经济活动发展方向。

按照排序的规则，数据的排序分为快速排序和自定义排序。

5.1.1　快速排序

Excel 2007为用户提供了两种操作极为方便的快速排序方式，即升序和降序。也就是根据需要进行排序的单元格区域的内容，进行升序或降序排列。

所谓升序是指，当需要进行排序的数据是数值的时候，数据将根据数值的大小，从小到大进行排列；如果数据是英文文本的时候，数据将按照英文字母表的顺序进行排列；如果数据是中文文本的时候，数据将按照汉字的汉语拼音第一个字母，在英文字母表中的顺序进行排列；而数据是日期类型的时候，将按照日期从早到晚的顺序进行排列。

降序是升序的逆向排序，排顺序列和升序排列相反。在此就不详细说明了。

升序和降序都是通过选择需要排序的单元格区域后，点击"数据"功能选项卡中的升序按钮 或降序按钮 ，将数据按照相应的规律进行排列。

我们以销售部2008年下半年的销售业绩为例，说明如何进行数据的快速排序。

【第1步】打开"销售业绩表.xlsx"工作簿，将鼠标移动至需要进行排序的单元格区域所在的列。然后点击"数据"功能选项卡标签，在"排序和筛选"栏找到升序按钮 ，如图5-1所示。

【第2步】点击升序按钮 ，系统会自动选定参与排序的数据为整个表格，并按照鼠标所在列的数据，从小到大进行排列，如图5-2所示。

图5-1　选择按照"序号"进行排序

图5-2　升序排列表格数据

注意：当表格中存在合并单元格，并且合并单元格的大小不相同时，不能对表格中的数据进行排序，如图5-3所示。

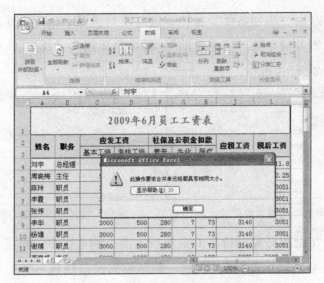

图5-3　不能进行排序的提示信息

5.1.2　自定义排序

在财务实际工作当中，我们对财务数据进行排序时，往往不仅仅需要按照快速排序的方法进行简单的升序或降序排列，还需要根据财务数据的特点，利用自定义排序方式或者需要设置多个条件进行排序。

同样以销售部2008年下半年的销售业绩为例。在这个例子中，我们需要根据销售团队的名称来作为数据排序的第一个条件，然后，以销售人员的订单金额作为数据排序的第二个条件。

【第1步】打开"销售业绩表.xlsx"工作簿，点击"数据"功能选项卡下的"排序"按钮，如图5-4所示。

【第2步】在弹出的"排序"对话框中，通过点击下拉菜单，设置主要关键字为"销售团队"，排序的依据为"数值"，排序的次序按照升序排列，如图5-5所示。

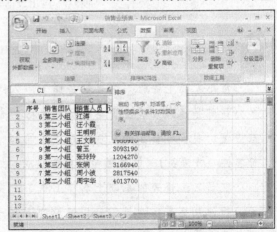

图5-4　选择"销售人员"进行数据排序

【第3步】点击"添加条件"按钮，这时候对话框中出现设置次要关键字的栏目。选择次要关键字为"订单金额"，排序的依据为"数值"，排序的次序按照降序排列，如图5-6所示。

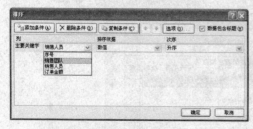 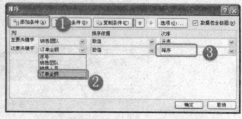

图5-5　设置主要关键字排序的规则　　　　图5-6　设置次要关键字排序的规则

【第4步】在设置好数据排序的条件后，点击确定按钮，系统返回工作表界面。这时候，系统显示如图5-7所示，数据首先按照销售人员所属团队进行排列，然后按照订单金额由大到小进行排列。

图5-7　应用数据的排序

如何制作工资条

　　每个人的工资收入信息都是属于个人的隐私，为了保护个人的隐私，很多公司都是通过发放工资条来通知员工的个人收入信息。一般说来，为了裁剪方便，我们在员工的工资信息下方添加一行空白行。这样，工资条就是有标签栏（或表头）、信息栏和空白栏组成，如图5-8所示。

　　在员工工资表的基础上制作工资条，需要手工在每条员工工资记录的上面一行添加标签，在员工公司记录的下面一行添加一个空白行。如果公司的员工数目较大，制作工资条非常麻烦。

　　如果在员工工资表的下方，根据公司员工的人数，添加相应数量的标签行。并插入一列序号，在序号列中，为员工信息记录所在的行、标签行以及空白行，分别插入大小不同的数据序号，然后根据序号的大小进行排序，就可以将工资表按照标签行、信息记录行、空白行的数据进行排列了。

姓名	职务	基本工资	考核工资	养老	失业	医疗	应税工资	税后工资
周晓梅	主任	5000	1000	840	21	213	7826	7035.8
姓名	职务	基本工资	考核工资	养老	失业	医疗	应税工资	税后工资
陈玲	职员	3000	500	280	7	73	3140	3051
姓名	职务	基本工资	考核工资	养老	失业	医疗	应税工资	税后工资
李霞	职员	3000	500	280	7	73	3140	3051
姓名	职务	基本工资	考核工资	养老	失业	医疗	应税工资	税后工资
张伟	职员	3000	500	280	7	73	3140	3051
姓名	职务	基本工资	考核工资	养老	失业	医疗	应税工资	税后工资
张伟	职员	3000	500	280	7	73	3140	3051

图5-8 工资条

接下来，我们就来看看如何利用数据的排序，快速制作员工的工资条。

【第1步】打开“员工工资表.xlsx”工作簿，在表格中，由于表头的单元格区域存在大小不同的合并单元格，不能进行数据的排序。因此，需要将表头的标签复制到表格下方，如图5-9所示。

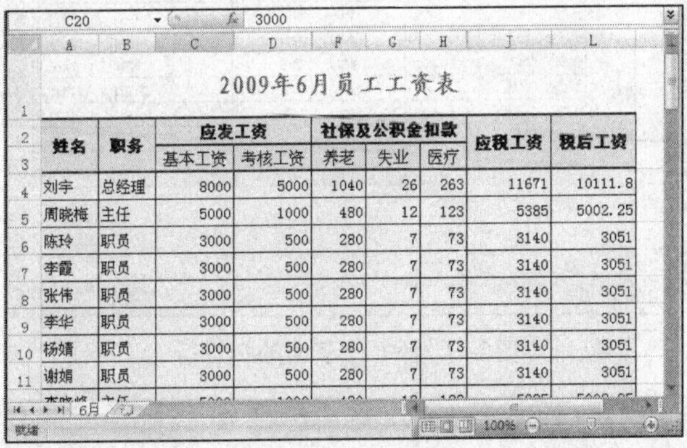

2009年6月员工工资表

姓名	职务	应发工资		社保及公积金扣款			应税工资	税后工资
		基本工资	考核工资	养老	失业	医疗		
刘宇	总经理	8000	5000	1040	26	263	11671	10111.8
周晓梅	主任	5000	1000	480	12	123	5385	5002.25
陈玲	职员	3000	500	280	7	73	3140	3051
李霞	职员	3000	500	280	7	73	3140	3051
张伟	职员	3000	500	280	7	73	3140	3051
李华	职员	3000	500	280	7	73	3140	3051
杨婧	职员	3000	500	280	7	73	3140	3051
谢娟	职员	3000	500	280	7	73	3140	3051

图5-9 员工工资表

【第2步】在“姓名”一列前插入一列单元格，并且为这一列添加标签为“序号”。并且按照顺序为员工信息记录所在的行添加数据序列。如图5-10所示，可以利用拖动鼠标，快速填充自然数序列。

【第3步】为了让标签行能够排列在员工信息记录行的上方，需要在标签行填充小于信息记录行的数据，这里，我们在标签行填写数字0.8，如图5-11所示。

【第4步】为了给每行员工信息记录都分配一个标签行，我们必须复制相应数量的标签行。在本例中，员工的人数为71人，那么至少要复制71行标签。

选择标签所在的单元格区域，通过拖动鼠标复制标签行数据，至少要复制71行标签，如图5-12所示。

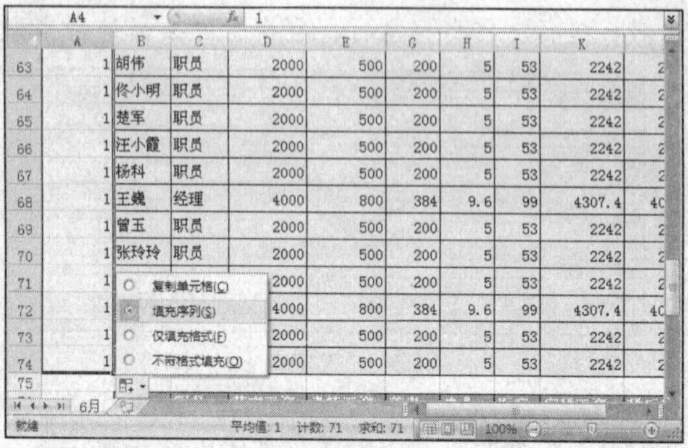

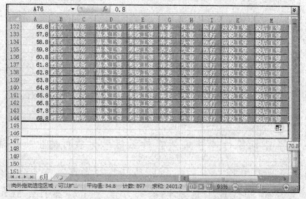

图5-10   快速填充数据序列

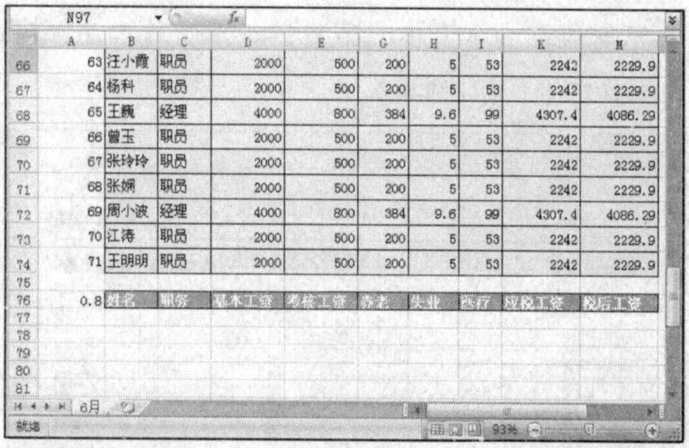

图5-11   添加工资条的标签行

图5-12   复制工资条的标签行

【第5步】为了方便选择单元格区域进行排序，删除员工信息记录和标签之间的空白行，如图5-13所示。

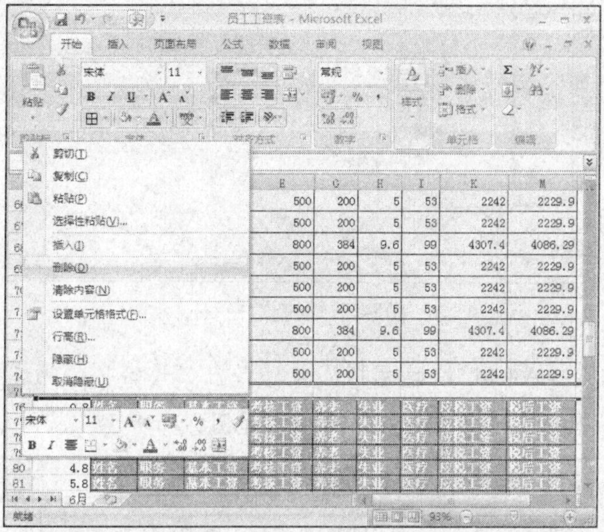

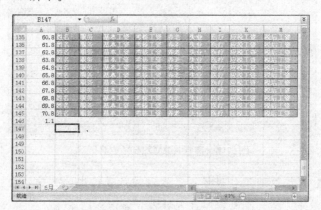

图5-13 删除员工信息记录和标签之间的空白行

【第6步】为了让空白行在按照升序的规则进行数据排序时，能够排列在员工信息记录的下方，因此，在空白行的序号列，需要填写比1大的数据，例如1.1，如图5-14所示。

图5-14 添加空白行的序号

【第7步】通过拖动鼠标，快速填充数据序列。和复制标签行一样，同样复制71行数据，并将填充数据设置为"填充序列"，如图5-15所示。

图5-15 复制空白行

【第8步】选择A4:M216单元格区域,点击"开始"功能选项卡下的"排序和筛选"按钮 ,选择"升序"命令,如图5-16所示。

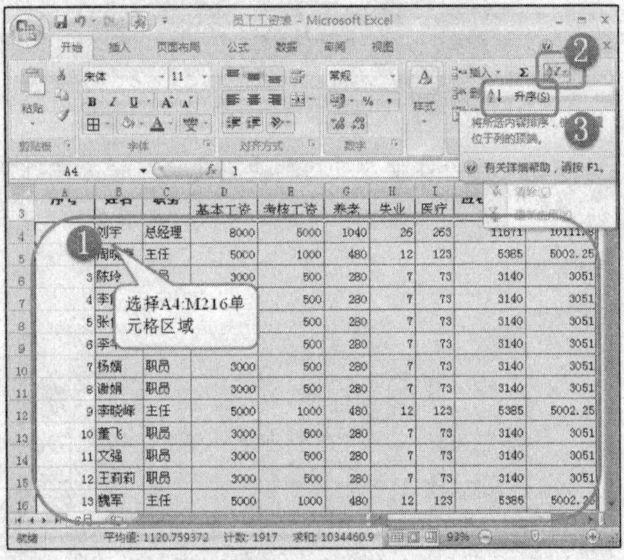

图5-16 选择A4:M216单元格区域

【第9步】系统返回工作表界面。这时候,表格中的数据已经按照标签行、员工信息记录行、空白行的顺序进行排列,如图5-17所示。

【第10步】删除"序号"所在的A列以及标题、工资表标签所在的1、2、3行。将工作表格式调整为适合打印的大小,就可以打印工资条了,如图5-18所示。

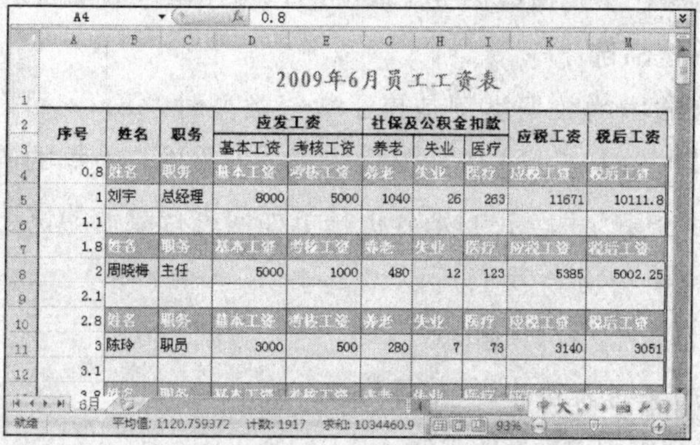

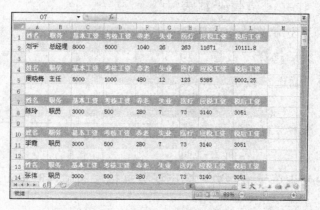

图5-17　完成表格数据的排序

图5-18　完成工资条的制作

5.2　数据的筛选

在数量记录繁多的财务表格中，我们常常需要将一些重要的数据有针对性地筛选出来，单独进行查阅和分析。Excel 2007的数据筛选功能可以帮助大家，根据一定的条件，将这些满足条件的数据有选择地进行显示，同时隐藏其他不满足条件的数据。

在Excel 2007中，数据的筛选包括快速筛选和高级筛选。

5.2.1　快速筛选

快速筛选是指利用"数据"功能选项卡下的"筛选"按钮，对表格数据进行筛选。根据所在单元格数据类型的不同，快速筛选的筛选条件也有所不同。

1. 数值的快速筛选

当单元格区域内的数据类型是属于数值类型时，Excel可以利用数据之间的大小关系，等于、大于、小于、平均值等条件来进行数据的筛选。

以数据的平均值为例，我们来分析一下如何进行数值的快速筛选。

通过数据的平均值，我们可以设置筛选条件为高于平均值和低于平均值两个方式来对表格中的数据进行选择显示。

【第1步】打开"销售业绩表1.xlsx"工作簿，选择表格中的任意一个单元格，然后选择"数据"功能选项卡下的"筛选"按钮，如图5-19所示。

【第2步】点击"筛选"按钮后，系统返回到工作表界面。这时候，在表格的表头单元格右边，会出现数据排序和筛选的按钮，如图5-20所示。

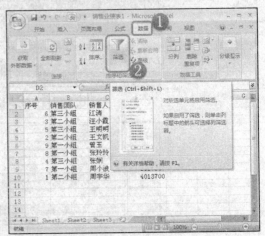

图5-19 点击"数据"功能选项卡下的"筛选"按钮

图5-20 应用数据的筛选

【第3步】在表格中，订单金额是属于数值类型的数据。点击"订单金额"所在单元格右边的排序和筛选的按钮，在弹出的菜单中选择"数字筛选"命令，并在子菜单中选择"高于平均值"命令，如图5-21所示。

【第4步】这时候系统对表格中的数据进行筛选，订单金额高于平均值的数据，都被显示出来了，而低于数据平均值的数据都被隐藏起来了，如图5-22所示。

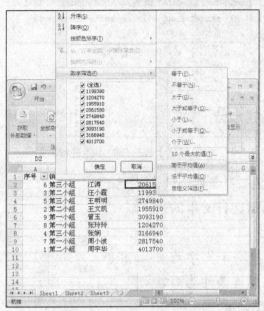

图5-21 选择数字筛选的方式

图5-22 完成数据的数字筛选

注意：对表格数据的筛选，只有当鼠标选中表格中的任意单元格的时候才可以进行筛选，当鼠标位于表格之外时，如果点击"筛选"按钮 ，系统会提示"使用指定的区域无法完成该命令。请在区域内选择某个单元格，然后再次尝试该命令"，如图5-23所示。

2. 对文本的快速筛选

当单元格区域内的数据类型是属于文本类型时，Excel可以利用组成文本的文字或者字母的包含、不包含、或者开头是、结尾是等条件来进行数据的筛选。

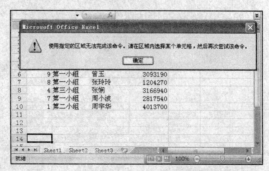

图5-23 当鼠标位于表格外时不能进行数据筛选

以文本的"开头是"条件为例，我们来分析一下如何进行文本的快速筛选。

通过以数据的第一个文字为条件，我们可以设置筛选条件为周姓员工的数据进行选择显示。

【第1步】打开"销售业绩表1.xlsx"工作簿，选择表格中的任意一个单元格，然后选择"数据"功能选项卡下的"筛选"按钮，如图5-24所示。

图5-24 点击"数据"功能选项
卡下的"筛选"按钮

【第2步】点击"筛选"按钮后，系统返回到工作表界面。这时候，在表格的表头单元格右边，会出现数据排序和筛选的按钮，如图5-25所示。

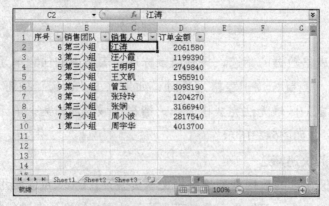

图5-25 应用数据的筛选

【第3步】在表格中，销售人员是属于文本类型的数据。点击"销售人员"所在单元格右边的排序和筛选的按钮 ，在弹出的菜单中选择"文本筛选"命令，并在子菜单中选择"开头是"命令，如图5-26所示。

【第4步】在弹出的"自定义自动筛选方式"对话框中，设置销售人员姓名开始是"周"为筛选的条件，如图5-27所示。

【第5步】设置好筛选的条件后，点击确定按钮，系统返回到工作表界面。这时候，工作表区域只显示满足条件的周姓员工的销售数据，而其他员工的信息都被隐藏起来了，如图5-28所示。

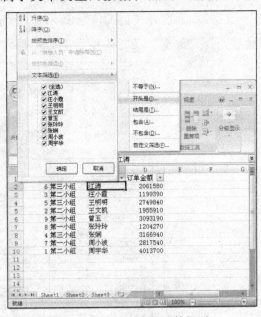

图5-26 选择文本筛选的规则

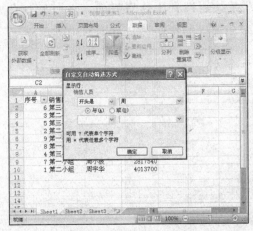

图5-27 自定义自动筛选方式

图5-28 完成数据的文本筛选

3.对日期数据的快速筛选

当单元格区域内的数据类型是属于日期类型时，Excel可以利用时间点的之前、之间和之后以及是前一天（周/月/季度/年）、当日（周/月/季度/年）、后一天（周/月/季度/年）来按照时间阶段进行数据的筛选。

以日期的"之前"条件为例，在企业员工信息表中，我们来对2000年之前进入公司的员工数据进行快速筛选。

【第1步】打开"员工信息表.xlsx"工作簿，选择表格中的任意一个单元格，然后选择"数据"功能选项卡下的"筛选"按钮 ，如图5-29所示。

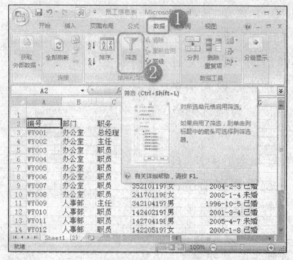

图5-29 点击"数据"功能选项卡下的"筛选"按钮

【第2步】点击"筛选"按钮 后，系统返回到工作表界面。这时候，在表格的表头单元格右边，会出现数据排序和筛选的按钮 ，如图5-30所示。

图5-30 应用数据的筛选

【第3步】在表格中，入职时间是属于日期类型的数据。点击"入职时间"所在单元格右边的排序和筛选的按钮 ，在弹出的菜单中选择"日期筛选"命令，并在子菜单中选择"之前"命令，如图5-31所示。

【第4步】在弹出的"自定义自动筛选方式"对话框中，设置员工入职时间在2000年1月1日之前为筛选的条件，如图5-32所示。

图5-31 选择日期筛选的规则

图5-32 自定义自动筛选方式

【第5步】设置好筛选的条件后，点击确定按钮，系统返回到工作表界面。这时候，工作表区域只显示满足条件的员工的信息数据，而其他员工的信息都被隐藏起来了，如图5-33所示。

图5-33 完成数据的日期筛选

5.2.2 高级筛选

在Excel 2007中，除了可以根据数据的类型，设置不同的筛选条件进行筛选之外，还可以设置多个筛选条件对表格中的数据进行筛选。

高级筛选是通过在一个单元格区域中输入数据筛选的条件，然后在对话框中设置好筛选的方式、需要进行筛选的数据单元格区域以及筛选条件所在的单元格区域，从而将满足所有条件的数据显示出来。

以市场部第一季度销售业绩表为例，我们利用高级筛选，将8个小组中，每个月的销售额都在100 000以上，且销售总计在400 000以上的小组数据信息显示出来。

【第1步】打开"市场部第一季度销售业绩表.xlsx"工作簿，在A12:D13单元格区域中分别输入四个数据筛选条件。然后点击"数据"功能选项卡区域中的"高级"按钮，如图5-34所示。

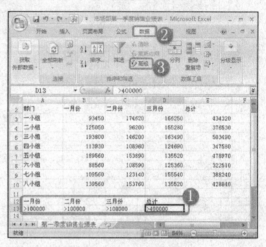

图5-34 输入高级筛选的条件

【第2步】在系统弹出的"高级筛选"对话框中，选择高级筛选的显示方式为"在原有区域显示筛选结果"，而列表区域是要进行数据筛选的单元格区域，系统自动选择为整个表格。然后点击条件区域栏右边的单元格引用按钮，通过引用来设置高级筛选的条件，如图5-35所示。

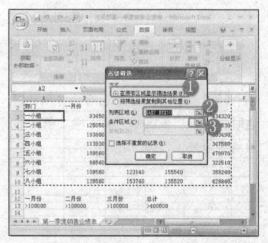

图5-35 设置高级筛选的方式和列表区域

【第3步】点击单元格引用按钮之后，系统会弹出一个"高级筛选-条件区域"的对话框。移动鼠标至A12单元格，通过拖动鼠标选择高级筛选的条件区域A12:D13。这时候，对话框中会

显示鼠标所选择的单元格区域为"第一季度销售业绩表!\$A\$12:\$D\$13",如图
5-36所示。

【第4步】点击"高级筛选－条
件区域"对话框右边的单元格引用
按钮，系统返回到"高级筛选"
对话框，这时候，高级筛选的条件
区域就设置好了，如图5-37所示。

【第5步】点击确定按钮，系统
返回工作表界面。如图5-38所示，
Excel已经将不满足条件的数据隐藏
了，只是显示满足条件的数据。

图5-36 选择高级筛选的条件区域

图5-37 完成高级筛选的条件设置

图5-38 应用数据的高级筛选

5.2.3 清除筛选

当我们利用Excel 2007进行数据筛选时，如果已经对表格的数据进行了筛
选之后，又需要再查看整个表格的数据记录，这时候，可以通过清除数据筛选
的条件，将表格中所有的数据记录都显示出来。

我们以上一节中已经完成高级筛选的市场部第一季度销售业绩表为例。

【第1步】打开"市场部第一季度销售业绩表1.xlsx"工作簿，将鼠标移动
至表格的任意一个单元格。找到"数据"功能选项卡下"排序和筛选"栏，如
图5-39所示。

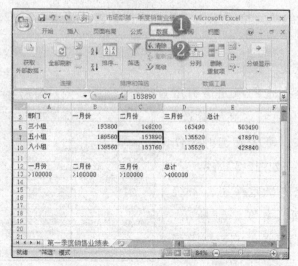

图5-39　选择清除筛选按钮

【第2步】点击"排序和筛选"栏中的"清除"按钮 清除，Excel 2007撤销此前进行数据筛选的条件，显示表格中所有数据，如图5-40所示。

图5-40　显示所有数据

5.3　分类汇总

面对大量财务数据记录时，如何将财务数据进行分门别类地汇总分析，条理清晰地把握财务活动的运行状态？Excel 2007提供了将表格数据进行分类汇总的功能。

5.3.1　创建分类汇总

创建数据的分类汇总，是通过点击"数据"功能选项卡下的"分类汇总"

按钮，在"分类汇总"对话框中选择分类的关键字段，并设置数据汇总的方式，从而实现对表格数据的分类汇总。在对表格数据进行分类汇总后，数据会按照关键字段进行分类整理，将整个表格中的数据记录，按照一种树状结构进行显示。通过点击位于工作表左边树形结构的 ⊞ 和 ⊟，可以将表格中的数据进行展开或折叠起来。

接下来，我们就以2008年下半年销售业绩表为例，分析说明如何创建分类汇总。

【第1步】打开"2008年下半年销售业绩表.xlsx"工作簿，移动鼠标至表格中任意单元格。首先需要选择"数据"功能选项卡中的"分级显示"命令，然后在弹出的菜单中点击"分类汇总"命令 ▦，如图5-41所示。

图5-41　点击"分级显示"按钮下"分类汇总"命令

【第2步】系统弹出"分类汇总"对话框，在对话框中，通过点击"分类字段"栏的下拉菜单。在下拉菜单中，可以根据表格的表头字段作为分类汇总的关键字段，这里选择按照月份进行数据的分类汇总，如图5-42所示。

【第3步】在"汇总方式"栏，通过选择下拉菜单中的命令设置数据汇总的方式，可以按照求和、计数、平均值、最大值、最小值等方

图5-42　设置分类字段

式进行汇总。在这里我们选择按照求和方式汇总数据，如图5-43所示。

【第4步】点击确定按钮，系统返回工作表界面。这时候，表格数据已经按照分类汇总的方式显示了，如图5-44所示。

图5-43 设置汇总方式

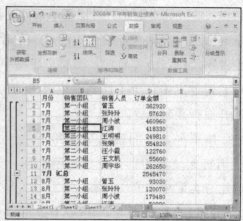
图5-44 应用分类汇总

小技巧

分类汇总的展开和折叠

通过点击工作表左边树形结构的 ⊞ 和 ⊟ ，可以将工作表中与之相应的数据展开或者折叠起来。还可以通过点击树形结构上方的按钮 1 2 3 ，将整个表格的数据展开或者折叠，如图5-45所示。

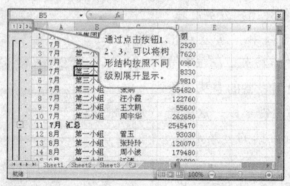
图5-45 分类汇总的展开和折叠

5.3.2 清除分类汇总

对于已经进行分类汇总的数据，如果不需要显示分类汇总，这时候可以通过清除分类汇总，将数据恢复成原始状态。

【第1步】要清除分类汇总状态，首先需要选择"数据"功能选项卡中的"分级显示"命令，然后在弹出的菜单中点击"分类汇总"命令 ，如图5-46所示。

【第2步】然后在弹出的"分类汇总"对话框中，点击"全部删除"按钮，如图5-47所示。

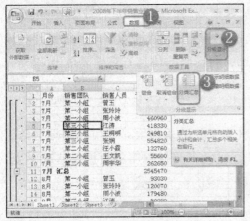

图5-46 点击"分级显示"按钮下　　　　　　图5-47 分类汇总对话框
"分类汇总"命令

【第3步】系统返回工作表界面，工作表恢复到没有进行数据筛选前的原始状态，如图5-48所示。

图5-48 删除分类汇总

5.4 数据透视表

在财务工作中，常常会遇到有大量财务数据记录需要进行统计整理。当我们面对成千上万的数据记录时，我们如何来对所有的数据进行求和？或者从大量销售记录中，找出每月、每季度销售额最好的部门和业务员？如何比较每月销售额的变化情况？

这些财务统计分析的工作，Excel 2007的数据透视表都能够帮助我们来完成。

数据透视表是Excel 2007强大的数据处理和数据分析工具，在数据透视表中，同时具备了数据排序、数据筛选以及数据分类汇总。在进行数据分析之前，我们只需要明确进行财务分析的目的和思路，然后，通过简单的系统操作和设置，就可以将庞大的数据，化繁杂为简单，将正确的信息直观地表现出来。

5.4.1　认识数据透视表

在Excel 2007中，数据透视表是一种交互式的工作表，它可以根据财务工作者的业务需求和进行财务分析的思路，在已有的财务明细数据的基础之上，通过确认数据分析的关键字段，以及这些字段的汇总方式、显示方式，生成一个动态的汇总表格。

为什么说数据透视表是一个交互式的工作表呢？这是因为，数据透视表能够根据我们分析数据的需要，按照不同的分析思路，将明细数据通过不同汇总方式和不同的布局方式，在工作表中展现出不同的数据信息。

当工作簿中创建数据透视表之后，我们就可以在工作表界面查看新创建的数据透视表。数据透视表主要有数据透视表显示区域和数据透视表字段列表两个部分组成，如图5-49所示。

数据透视表显示区域是显示新

图5-49　数据透视表界面

生成表格数据的单元格区域。当我们在数据透视表字段列表中选中字段列表中某个字段名称旁边的复选框后，这个字段的数据就会在数据透视表显示区域显示出来。

数据透视表字段列表包括两个部分，一个部分是明细数据表格中存在的列标题，我们可以通过选择这些列标题，将相应的数据显示在左边的工作表中；另一部分是设置这些被选中字段的数据显示方式，包括数据的布局设置、数值的汇总方式、报表筛选。

5.4.2 创建数据透视表

在了解数据透视表的基本特点和操作界面之后，接下来我们来了解如何创建数据透视表。

首先，需要整理好数据源，也就是需要进行分析处理的明细数据。然后通过点击"插入"按钮，在工作簿中创建一个空白的数据透视表。然后，在通过选择和设置数据透视表的数据字段，完成透视表的创建。

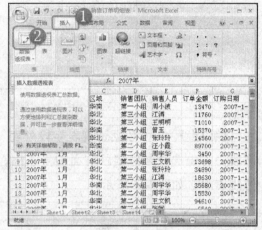

图5-50 插入数据透视表

以销售订单明细表为例，我们来看看如何创建数据透视表。

【第1步】打开"销售订单明细表.xlsx"工作簿，将鼠标移动至表格中任意单元格，点击"插入"功能选项卡下的"插入数据透视表"按钮，如图5-50所示。

【第2步】系统弹出"创建数据透视表"对话框。在对话框中，我们可以设定数据源和新创建数据透视表的位置。系统默认的数据源区域为当前整个表格。为了让数据透视表显示方便查阅，我们一般选择在新的工作表中创建数据透视表。系统设置如图5-51所示。

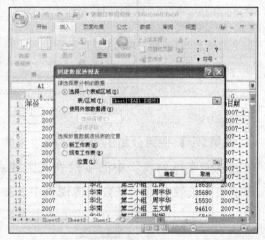

图5-51 "创建数据透视表"对话框

【第3步】点击确定按钮，系统进入空白数据透视表的界面。系统界面如图5-52所示。

在空白数据透视表中，接下来的操作就和我们进行数据分析的目的紧密联系在一起了。比如，如果我们需要按照年份汇总所有销售人员的销售业绩，那么，分析的思路是先按照年份进行分类，然后显示各个销售人员的订单金额。因此，我们接下来的操作应该选择年份、销售人员和订单金额这三个关键字段。

图5-52 数据透视表界面

【第4步】在"数据透视表字段列表"中的字段列表区域选中要显示的关键字段。首先选择年份字段前面的复选框，将"年份"字段数据显示在空白数据透视表中，如图5-53所示。

图5-53 添加"年份"字段到数据透视表

【第5步】按照分析的思路，接下来需要显示销售人员的信息。同样在"数据透视表字段列表"中的字段列表区域点选"销售人员"字段前面的复选框，将销售人员姓名显示在数据透视表中，如图5-54所示。

图5-54 添加"销售人员"字段到数据透视表

【第6步】在数据透视表中显示"年份"和"销售人员"两个字段信息之后，我们需要显示2007年和2008年各个销售人员的订单金额的汇总数据。在"数据透视表字段列表"中的字段列表区域点选"订单金额"字段前面的复选框，将订单金额的信息显示在数据透视表中。这时候，系统界面如图5-55所示。所有销售人员的销售业绩都按照年份进行了汇总。

图5-55 添加"订单金额"字段到数据透视表

同样，如果我们需要分析的目的不是按照年份汇总所有销售人员的销售业绩，而是需要汇总各个销售团队在不同区域的销售业绩，那么，我们分析的思路也就改变了。这时候，我们进行分析的关键字段不是年份、销售人员、订单金额，而是销售团队、区域、订单金额这三个字段。

【第7步】在"数据透视表字段列表"中的字段列表区域，再次点击"年份"、"销售人员"、"订单金额"三个字段前面的复选框，将这三个字段的信息从数据透视表中隐藏起来，如图5-56所示。

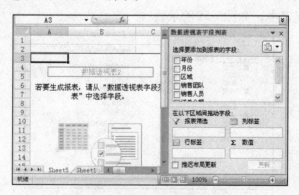

图5-56 隐藏所有显示的字段

【第8步】在"数据透视表字段列表"中的字段列表区域，选择"销售团队"字段前面的复选框，将销售团队信息显示在数据透视表中，如图5-57所示。

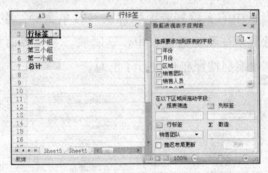

图5-57 添加"销售团队"字段到数据透视表

【第9步】选择"区域"字段前面的复选框，将区域信息显示在数据透视表中，如图5-58所示。

图5-58 添加"区域"字段到数据透视表

【第10步】选择"订单金额"字段前面的复选框，将销售人员的销售业绩显示到数据透视表中，如图5-59所示。

图5-59 添加"订单金额"字段到数据透视表

5.4.3 分析数据透视表

在已经创建好的数据透视表中，可以进行数据的排序、筛选和分类汇总。

以上一节中已经创建好的数据透视表为例，分别对数据进行排序、筛选和分类汇总。

【第1步】点击数据透视表中行标签右边的下拉菜单按钮 ▾，在弹出的菜单中可以进行数据的排序和筛选，如图5-60所示。

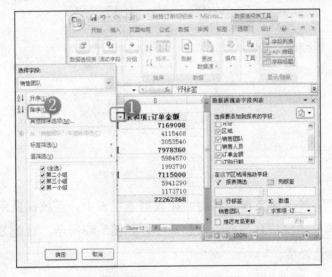

图5-60 选择"降序"命令

【第2步】点击"降序"命令，数据将根据销售团队的降序方式进行排列，如图5-61所示。这就是数据透视表包含的排序功能。

图5-61 对"销售团队"应用降序方式排列

【第3步】点击数据透视表中行标签右边的下拉菜单按钮 ▾，在弹出的菜单中，仅仅选择"第一小组"前面的复选框，如图5-62所示。

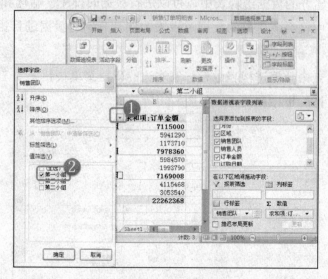

图5-62 选择数据筛选方式

【第4步】系统返回工作表界面，在数据透视表中，系统仅显示第一小组的销售数据，其他字段信息都被隐藏起来了，如图5-63所示。这就是数据透视表包含的数据筛选功能。

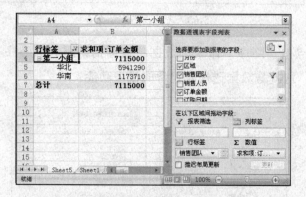

图5-63 在数据透视表中应用数据筛选

【第5步】点击"第一小组"左边的分类汇总按钮 ⊟，可以将数据进行折叠，如图5-64所示。这是数据透视表包含的分类汇总功能。

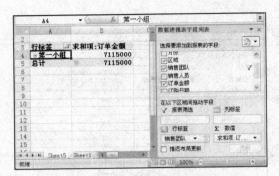

图5-64　数据透视表中的分类汇总功能

5.4.4　数据透视表的字段设置

在数据透视表字段列表栏中，除了在创建数据透视表时要选择相应的数据字段，还有报表筛选、列标签、行标签以及数值汇总方式的设置。这些属性的设置，也决定了数据透视表的展现形式。

我们以一个已经创建好的数据透视表为例，说明如何进行数据透视表的字段设置。

【第1步】打开"销售订单明细表1.xlsx"工作簿，如图5-65所示，数据透视表中显示了2007年、2008年三个销售团队的销售汇总数据。

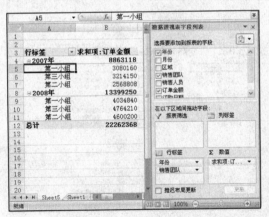

图5-65　打开数据透视表

【第2步】首先，我们需要分析的是"报表筛选"栏，利用报表筛选将数据透视表按照不同区域进行筛选。将鼠标移动到数据字段"区域"上面，点击鼠标左键不放，并将该字段从数据透视表字段列表中拖动到"报表筛选"栏中，如图5-66所示。

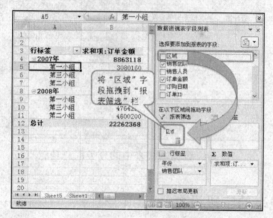

图5-66 拖动"区域"标签到"报表筛选"栏

【第3步】这时候"区域"标签被移动到"报表筛选"栏中，而在数据透视表显示区域的上方，增加了一个报表筛选栏，通过点击"区域"右边的下拉菜单按钮 ▼ ，可以按照区域对数据透视表中的数据进行筛选，如图5-67所示。

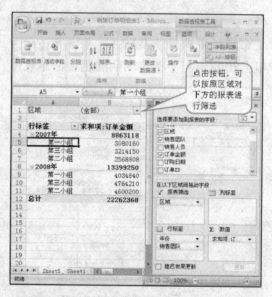

图5-67 数据透视表中增加了报表筛选的按钮

【第4步】点击"区域"右边的下拉菜单按钮 ▼ ，在弹出的下拉菜单中选择显示华北地区销售数据的数据透视表，如图5-68所示。

图5-68 选择"华北"区域进行报表筛选

【第5步】如图5-69所示，数据透视表中显示的数据都是华北地区的销售信息了。

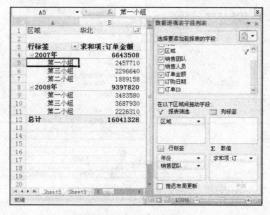

图5-69 应用报表筛选

【第6步】为了更加符合阅读者的习惯，我们还可以将销售团队按照列标签进行显示。具体操作是将鼠标移动到行标签栏中的"销售团队"上方，将"销售团队"从行标签栏拖动到列标签栏中，如图5-70所示。

【第7步】这时候，"销售团队"字段从行标签栏拖动到列标签栏中，数据透视表显示如图5-71所示。各个销售团队的数据由横向排列变成了纵向排列。通过对行标签和列标签的设置，可以使数据透视表的数据行、列进行转置。

当前报表中的数据汇总方式就是系统默认的求和方式，我们还可以通过数值汇总方式的设置，来显示数据的平均值、最大值、最小值。

【第8步】将鼠标移动到数值栏的"求和项：订单金额"上，点击标签右边

的下拉菜单按钮 ▾ ，在弹出的菜单中选择"值字段设置"命令，如图5-72所示。

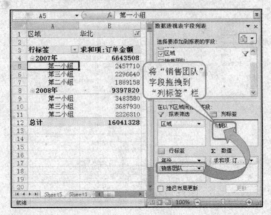

图5-70 将"销售团队"字段从行标签栏拖动到列标签栏

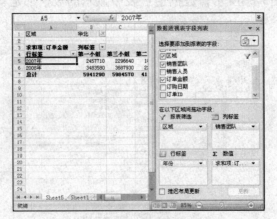

图5-71 改变数据透视表字段的布局显示

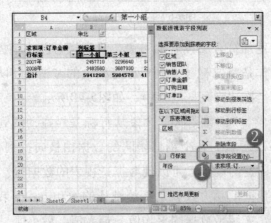

图5-72 选择"值字段设置"命令

【第9步】在弹出的"值字段设置"对话框中，选择用于汇总所选字段数据的计算类型为平均值，如图5-73所示。

【第10步】点击确定按钮，系统返回到工作表界面。这时候，如图5-74所示，数据透视表中显示的是2007年、2008年每月销售数据的平均值。

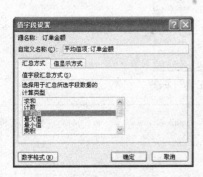

图5-73 设置值字段的汇总方式

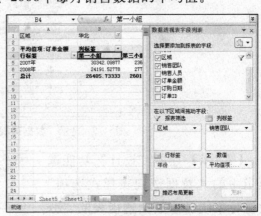

图5-74 显示数据的平均值

5.4.5 数据透视表的布局

在数据透视表中，通过设置数据透视表的布局，可以让数据透视表的数据信息更加清晰和美观，便于阅读者把握报表的重点数据，很方便地进行数据的分析和对比。

数据透视表的布局，是通过数据透视表工具下的设计功能选项卡来进行设置的。具体包含了分类汇总、总计以及报表布局的设置。

1. 分类汇总

对于数据透视表的分类汇总显示形式，我们可以按照不显示分类汇总、在组的底部显示所有的分类汇总、在组的顶部显示所有分类汇总三种形式进行设置。

以销售订单明细表为例，数据透视表的布局具体操作如下。

【第1步】打开"销售订单明细表2.xlsx"工作簿，将鼠标移动到数据透视表显示区域，在功能选项卡区会显示"数据透视表工具"标签。"数据透视表工具"标签下方有两个关于数据透视表设置的功能选项卡区，分别是"选项"和"设计"，如图5-75所示。

图5-75　显示"数据透视表工具"标签

【第2步】点击"设计"功能选项卡中的"数据透视表样式选项"按钮，系统显示数据透视表的"分类汇总"、"总计"和"报表布局"三个选项，点击"分类汇总"进入数据透视表的分类汇总设置菜单，如图5-76所示。

【第3步】如果要隐藏每个月销售数据的汇总信息，可以选择"不显示分类汇总"命令，这时候，如图5-77所示，数据透视表中的所有数据汇总信息都不再显示。

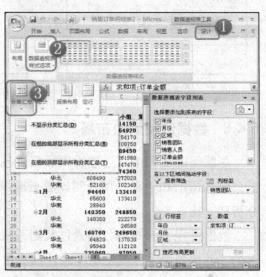

图5-76　选择数据透视表的分类汇总显示方式

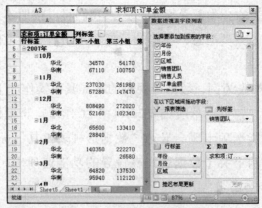

图5-77　隐藏分类汇总信息

【第4步】也可以选择"在组的底部显示所有分类汇总",将每个月销售数据的汇总信息显示在每组的底部,如图5-78所示。

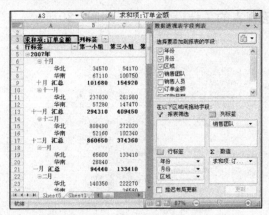

图5-78 将分类汇总信息显示在每组的底部

2. 总计

对于数据透视表的总计显示形式,我们可以分别按照行、列的数据是否显示总计的形式进行设置。

以销售订单明细表为例,数据透视表的布局具体操作如下。

【第1步】打开"销售订单明细表3.xlsx"工作簿,将鼠标移动到数据透视表显示区域,在功能选项卡区会显示"数据透视表工具"标签。"数据透视表工具"标签下方有两个关于数据透视表设置的功能选项卡区,分别是"选项"和"设计",如图5-79所示。

图5-79 显示"数据透视表工具"标签

【第2步】点击"设计"功能选项卡中的"数据透视表样式选项"按钮，系统显示数据透视表的"分类汇总"、"总计"和"报表布局"三个选项，点击"总计"进入数据透视表的总计设置菜单，如图5-80所示。

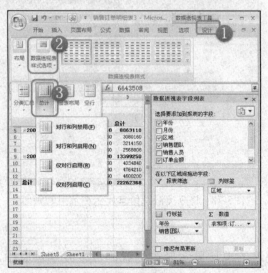

图5-80 选择数据透视表的总计显示方式

【第3步】选择"对行和列禁用"命令，将数据透视表中的总计数据信息隐藏起来，如图5-81所示。

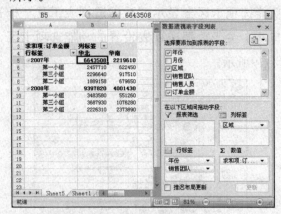

图5-81 隐藏数据透视表的总计数据

3. 报表布局

Excel 2007提供了数据透视表的压缩、大纲和表格三种形式的报表布局。以销售订单明细表为例，数据透视表的报表布局具体操作如下。

【第1步】打开"销售订单明细表2.xlsx"工作簿，将鼠标移动到数据透视表显示区域，在功能选项卡区会显示"数据透视表工具"标签。"数据透视表工具"标签下方有两个关于数据透视表设置的功能选项卡区，分别是"选项"和"设计"，如图5-82所示。

图5-82　显示"数据透视表工具"标签

【第2步】点击"设计"功能选项卡中的"数据透视表样式选项"按钮，系统显示数据透视表的"分类汇总"、"总计"和"报表布局"三个选项，点击"报表布局"进入数据透视表的布局设置菜单，如图5-83所示。通过选择相应的命令，可以对数据透视表的布局进行设置。

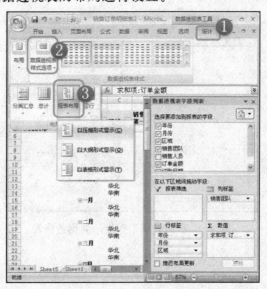

图5-83　选择数据透视表的报表布局显示方式

【第3步】压缩形式的布局可以将数据透视表中的一些相邻列的数据信息以紧凑的方式，按照水平方向折叠，并且按照一定的缩进方式嵌套在一列当中。选择"以压缩形式显示"命令，数据透视表如图5-84所示。

图5-84　按照压缩形式显示数据透视表

【第4步】如果需要数据透视表以大纲形式进行显示，可以选择"以大纲形式显示"命令。大纲形式的布局和文档的大纲相似，每个行标签字段和文章的章节标题一样，根据所显示的数据字段的级别，逐级进行显示各个字段的数据信息。

以大纲形式显示的数据透视表如图5-85所示。

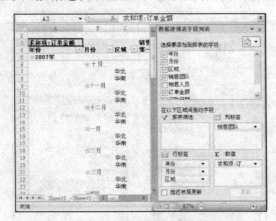

图5-85　按照大纲形式显示数据透视表

第6章 公式与函数

主要知识点
- 公式的使用
- 单元格的引用
- 函数应用

需要注意的问题
- 公式中的常见错误
- 相对引用与绝对引用
- IF嵌套函数的应用

6.1 认识公式

在Excel中，公式是对工作表中的数值执行计算的等式，使用公式可进行加、减、乘、除等简单的计算，也可以完成很复杂的财务、统计及数学计算。公式是工作表的核心，如果没有公式，Excel这种电子表格软件就失去了其存在的意义。

公式示例如图6-1、图6-2和图6-3所示：

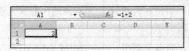

图6-1 数字运算公式

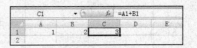

图6-2 单元格引用公式

上面的例子体现了Excel公式的语法，每个Excel的公式必须包含三个基本元素：

（1）等于号（=），这是公式的标志；

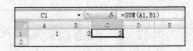

图6-3 含有函数的公式

（2）用于计算的数据或单元格引用；

（3）运算符，运算数可以是常数、单元格引用、单元格名称和工作表函数。

单元格的引用我们将在6.3中详细介绍，下面我们来看一下运算符，在Excel中，有以下4类运算符：

（1）算术运算符：完成基本数学运算，如加、减、乘、除等，它们连接数字并产生计算结果。

（2）比较运算符：用来比较两个数值大小关系的运算符，它们返回逻辑值TRUE或FALSE。

（3）文本运算符：用来将多个文本连接成组合文本。

（4）引用运算符：可以将单元格区域合并运算。

各种运算符的含义及示例如表6-1所示。

表6-1　各种运算符的含义及示例

类别	运算符及含义	含义	示例
算术	+（加号）	加	1+2
	−（减号）	减	2−1
	−（负号）	负数	−1
	*（星号）	乘	2*3
	/（斜杠）	除	4/2
	%（百分比）	百分比	10%
	^（乘方）	乘幂	3^2
比较	=（等号）	等于	A1=A2
	>（大于号）	大于	A1>A2
	<（小于号）	小于	A1<A2
	>=（大于等于号）	大于等于	A1>=A2
	<=（小于等于号）	小于等于	A1<=A2
	<>（不等号）	不等于	A1<>A2
文本	&（连字符）	将两个文本连接起来产生连续的文本	"2009年" & "6月8日"（结果为"2009年6月8日"）
引用	:（冒号）	区域运算符，对两个引用之间包括这两个引用在内的所有单元格进行引用	A1:D4（引用A1到D4范围内的所有单元格）
	,（逗号）	联合运算符，将多个引用合并为一个引用	SUM（A1:D1,A2:C2）将A1:D2和A2:C2两个区域合并为一个
	（空格）	交集运算符，生成对两个引用中共有的单元格的引用	A1:D1 A1:B4（引用A1:D1和A1:B4两个区域的交集即A1:B1）

如果一个公式中含有若干个运算符时，Excel将按每个运算符的优先级进行运算，表6-2列出了各种运算符的优先级，对于不同优先级的运算，按照优先级从高到低的顺序进行。对于同一优先级的运算，按照从左到右的顺序进行。

表6-2 各种运算符的优先级

运算符（优先级从高到低）	说　　明
：（冒号）	区域运算符
，（逗号）	联合运算符
%（百分号）	百分比
*和/	乘和除
&	连接两个文本字符串（串联）
（单个空格）	交集运算符
−（负号）	负数
∧（乘方）	乘幂
+和−	加和减
=、>、<、>=、<=、<>	比较运算符

使用括号把公式中优先级低的运算括起来，可以改变运算的顺序，如图6-4所示。

以上公式的结果是7，因为Excel先进行乘法运算后进行加法运算。将2与3相乘，然后再加上1，即得到结果。

图6-4 不同优先级的公式

但是，如果用括号对该语法进行更改，Excel将先求出1加2之和，再用结果乘以3得9，如图6-5所示。

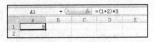

图6-5 有括号的公式

6.2 使用公式

6.2.1 创建公式

创建公式有两种方式，一种是在数据编辑栏中输入，一种是在单元格中直接输入。

1. 在数据编辑栏输入公式

【第1步】选定要输入公式的单元格。

【第2步】在数据编辑栏中输入公式。

【第3步】按Enter键或单击数据编辑栏左边的 按钮。

示例：

【第1步】打开光盘"素材"文件夹中的"6月销售收入统计"文件。

【第2步】选定单元格E3。

【第3步】在数据编辑栏中输入"＝"，然后用鼠标单击C3单元格，发现数据编辑栏中显示"＝C3"，在数据编辑栏中输入"＊"，再用鼠标单击D3单元格，数据编辑栏中显示"＝C3*D3"，如图6-6所示。

图6-6　E3单元格的公式

【第4步】按Enter键或单击数据编辑栏左边的 ✓ 按钮，E3单元格就会显示计算结果。

2. 在单元格中直接输入公式

【第1步】选定要输入公式的单元格。

【第2步】在单元格中直接输入公式。

【第3步】按Enter键。

示例：

【第1步】打开光盘"素材"文件夹中的"6月销售收入统计"文件。

【第2步】选定单元格E3。

【第3步】在E3单元格中输入"＝C3*D3"，如图6-7所示。

图6-7　E3单元格的公式

2009年6月销售收入统计表				
产品名称	单位	单价	销售数量	销售收入
服务器	台	58000.00	105	6090000.00
交换机	台	20500.00	28	574000.00
集线器	个	2600.00	2	5200.00
UPS电源	台	2910.00	92	267720.00
网卡	个	80.00	300	24000.00
调制解调器	个	165.00	234	38610.00
中继器	台	1350.00	14	18900.00
网络摄像机	台	3390.00	25	84750.00
防火墙	台	18500.00	2	37000.00

金额单位：元

图6-8　运算结果

【第4步】按Enter键，E3单元格就会显示计算结果。

两种公式输入方式产生的运算结果是一致的，如图6-8所示。

小技巧

当要在一个单元格区域中输入同一个公式时，先选定该区域，在编辑栏中输入公式，按"Ctrl+Enter"键，该公式就填充到了该区域每个单元格。如图6-9所示。

另外，也可以采用"填充"的方式进行公式填充。先用鼠标选中已经设好公式的单元格，将光标停在该单元格的右下角，按住鼠标进行拖拽，将公式填充到目标区域。如图6-10所示。

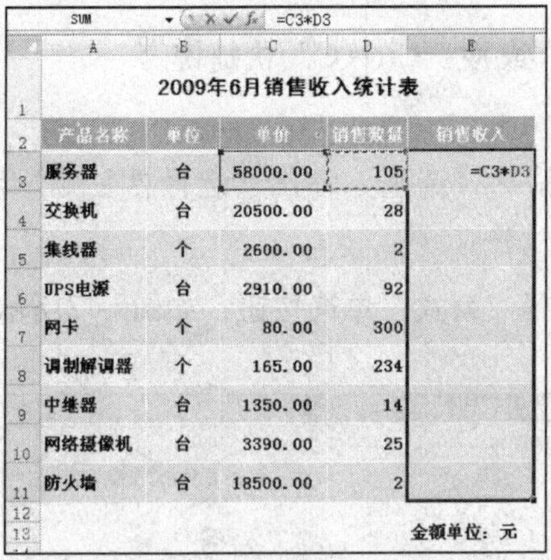

图6-9 快捷键方式填充公式　　　　图6-10 填充柄的方式填充公式

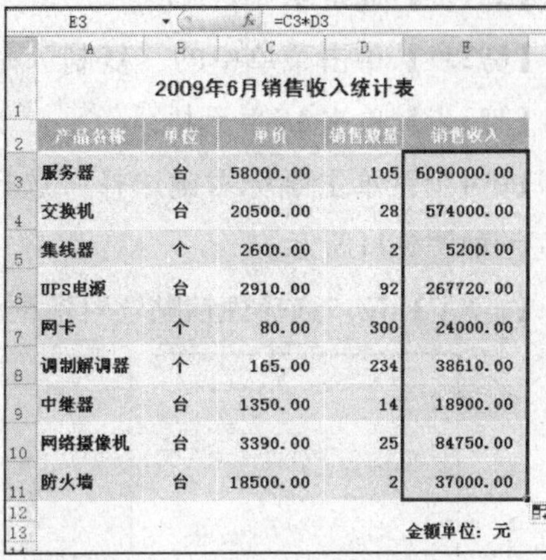

注意：在按Enter键或单击数据编辑栏左边的 ✔ 按钮确认输入的公式之前，公式实际上并没有被存储在单元格中，可以单击数据编辑栏左边的 ✘ 按钮或按Esc键来取消输入的公式。

6.2.2 编辑公式

单元格中的公式也可以像单元格中的其他数据一样进行编辑，例如修改、复制、删除等。

1. 修改公式

修改公式同修改单元格中数据的方法一样。

【第1步】单击包含要修改公式的单元格。

【第2步】如果要删除公式中的某些项，在编辑栏中用鼠标选中要删除的部分后，再按Backspace或者Delete键。

【第3步】如要替换公式中的某些部分，须先选中被替换的部分，然后再进行修改。

注意：在未确认之前单击 ✘ 按钮或按Esc键放弃本次修改。如果已确认修改但还未进行其他命令，单击菜单中的 ↶ 按钮或按"Ctrl+Z"键仍可放弃本次修改。

2. 复制公式

以将单元格A1中的公式复制到单元格A2中为例，操作步骤如下：

【第1步】选定单元格A1。

【第2步】单击菜单中的"复制"命令，或按"Ctrl+C"快捷键。

【第3步】单击A2单元格。

【第4步】单击鼠标右键选择"选择性粘贴"选项，弹出"选择性粘贴"对话框，如图6-11所示。

【第5步】在"选择性粘贴"对话框中选择"公式"单选按钮，如图6-12所示。

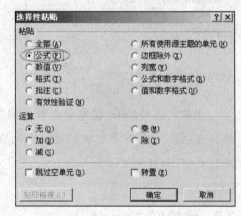

图6-11 选择"选择性粘贴"命令　　　图6-12 "选择性粘贴"对话框

【第6步】单击"确定"按钮，将A1中的公式就复制到了A2。

3. 删除公式

【第1步】单击要删除公式的单元格。

【第2步】按Delete键，单元格中的公式就被删除啦。

6.2.3 公式中的常见错误

在使用公式进行计算时，有时会在单元格中看到"#NAME?"、"#VALUE?"等信息，这些都是使用公式时出现错误后返回的错误值，分述如下：

1. ####

出现此错误的原因是因为公式产生结果太长，超出了单元格的宽度，单元格容纳不下。

只要适当增加单元格的宽度就可解决此问题。

2. #NIV/0

出现此错误的原因是用户在除法运算中，将除数设为0，或者是在公式中所引用的单元格为空白单元格或是包含0值的单元格。

解决的办法是修改除数，使其不为0，或是修改单元格引用，以使所引用的单元格指向不为0值的单元格。

3. #N/A

此信息表示在函数和公式中没有可用的数值可以引用。当公式中引用某单元格数据时，如该单元格暂时没有数据，就会出现该错误信息。

解决的办法是仔细检查函数或公式中引用的单元格，确认已在其中正确地输入了数据。

4. #NAME?

如果用户在操作中删除了公式中所使用的以名称表示的单元格，或者使用了不存在的名称以及拼写错误，就会显示该错误信息。

解决此问题的方法首先是确认函数或公式中引用的名称确实存在，如果所需的名称事先并没有被确定，用户需要添加相应的名称。其次在输入公式过程中要保证引用名称输入的正确性。

5. #NULL!

出错原因是在函数或公式中使用了不正确的区域运算符或者不正确的单元格引用。

解决这个问题的方法是：如果要引用两个并不交叉的区域，应该使用联合运算符即逗号；如果确实是需要使用交叉运算符，用户需重新选择函数或公式中的区域引用，并保证两个区域有交叉的区域。

6. #NUM!

当用户在需要数字参数的函数中使用了不能被Excel接受的参数或公式产生的数字太大或太小，Excel不能表示，就会显示信息。

用户在计算过程中如果能够首先检查数字是否会超出相应的限定区域，并确认函数内使用的参数都是正确的，就可以避免出现此类错误。

7. #REF!

出现该错误的原因是由于删除了在公式中引用的单元格或者是将要移动的单元格粘贴到了由其他公式引用的单元格中。另外，如果在引用某个程序而该程序并未启动时，也会出现信息。

解决的方法是检查函数或公式中引用的单元格是否被删除，或者启动相应的应用程序。

8. #VALUE!

出现该错误的原因是因为在需要引用数字或逻辑值的单元格时，错误地引用了包含文本的单元格，Excel不能将文本转换为正确的数据类型。

确认公式或函数所需的运算符或参数正确，并且公式引用的单元格中包含有效的数值，就会解决此问题。

6.3　单元格的引用

单元格的引用就是指单元格的地址，单元格的引用把单元格中的数据和公式联系起来。在创建和使用复杂公式时，单元格的引用是非常有用的。Excel通过单元格引用来指定工作簿中的单元格或单元格区域。

单元格引用的作用在于，标识工作表上的单元格和单元格区域，并指明使用数据的位置。通过引用可以在公式中使用单元格中的数据。单元格引用有不同的表示方法，既可以直接用相应的地址表示，也可以用单元格的名字表示。

用地址来表示单元格引用有两种样式：

（1）A1引用样式：这是默认样式。这种引用是用字母来表示列(从A到Ⅳ共256列)，用数字来表示行(从1到65 536)。引用的时候，先写列字母再写行数字，如"E2"表示工作表中E列第2行锁定的单元格。

（2）R1C1样式：R代表Row，是行的意思；C代表Column，是列的意思。在R1C1引用样式中，用R加行数字和C加列数字来表示单元格的位置，如R3C2指位于第3行第2列上的单元格。

6.3.1　相对引用和绝对引用

在A1引用样式中主要包括相对引用和绝对引用两种样式。

1. 相对引用

相对引用的意义是指单元格引用会随公式所在单元格的位置变更而改变。也就是说，相对引用在被复制到其他单元格时，其单元格引用地址发生改变。

相对引用的样式是用字母表示列，用数字表示行，例如A1、B2等。

示例：

【第1步】打开光盘中"素材"文件夹中的"6.3.1销售完成情况.xlsx"文件。

【第2步】单击E3单元格。

【第3步】在数据编辑栏中输入公式"=C3/D3"，如图6-13所示。

【第4步】在按Enter键或单击数据编辑栏左边的 ✓ 按钮，计算结果如图6-14所示。

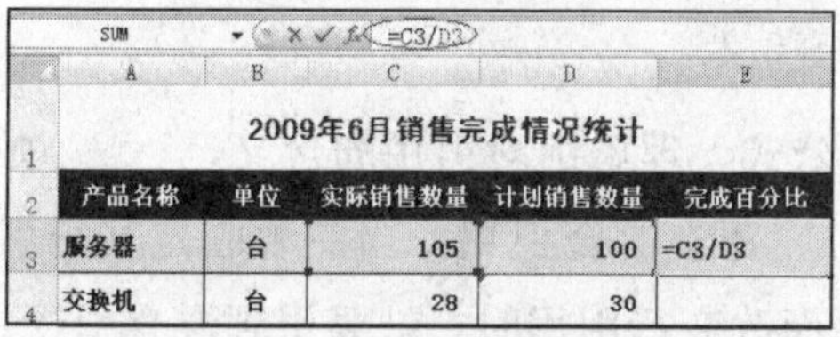

图6-13 E3单元格的公式

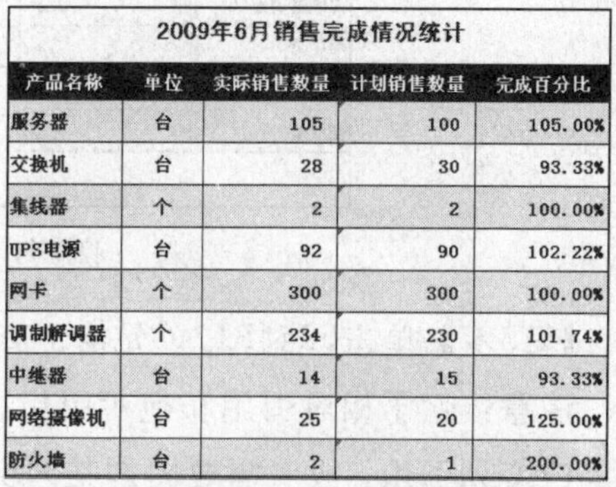

图6-14 计算结果

【第5步】单击E3到E12单元格，查看公式，理解相对引用的含义。

2. 绝对引用

绝对引用是指引用特定位置的单元格。如果公式中的引用是绝对引用，那么复制后的公式引用不会改变。绝对引用的样式是在列字母和行数字之前加上"$"，例如由$A$2、$B$5都是绝对引用。

示例：

【第1步】打开光盘中"素材"文件夹中的"6.3.1销售定额完成情况.xlsx"文件。

【第2步】单击F3单元格。

【第3步】在数据编辑栏中输入公式"=E3-$E$13"，如图6-15所示。

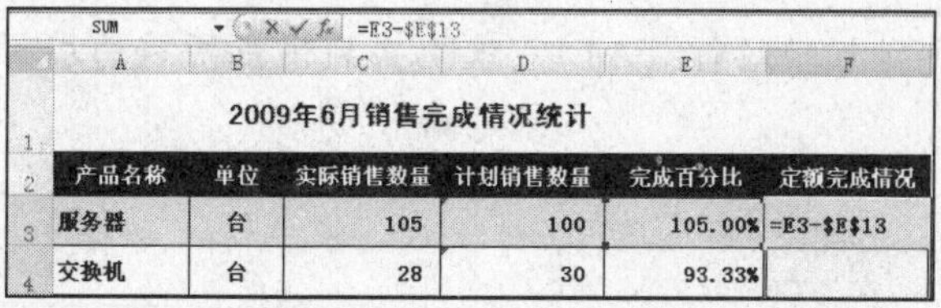

图6-15 F3单元格的公式

【第4步】在按Enter键或单击数据编辑栏左边的 ✓ 按钮，计算结果如图6-16所示。

2009年6月销售完成情况统计					
产品名称	单位	实际销售数量	计划销售数量	完成百分比	定额完成情况
服务器	台	105	100	105.00%	5.00%
交换机	台	28	30	93.33%	-6.67%
集线器	个	2	2	100.00%	0.00%
UPS电源	台	92	90	102.22%	2.22%
网卡	个	300	300	100.00%	0.00%
调制解调器	个	234	230	101.74%	1.74%
中继器	台	14	15	93.33%	-6.67%
网络摄像机	台	25	20	125.00%	25.00%
防火墙	台	2	1	200.00%	100.00%
				完成定额:	100%

图6-16　计算结果

【第5步】单击F3到F12单元格，查看公式，理解绝对引用的含义。

注意：除了相对引用和绝对引用之外，还有混合引用。当需要固定某行引用而改变列引用，或者需要固定某列引用而改变行引用时，就要用到混合引用，例如$B5、B$5都是混合引用。

在输入公式时，用户如果是通过单击单元格的方法来确定公式中所包括的单元格，这时的单元格引用就是相对引用。如果用户将该公式进行复制操作，那么，随公式位置的改变，其引用的单元格也会相应发生变化。相对引用单元格无须在单元格行或列标志前加$符号。

小技巧

如果创建了一个公式并希望将相对引用更改为绝对引用（反之亦然），有一种简便的方法，可先选定包含该公式的单元格，然后在编辑栏中选择要更改的引用并按F4键。每次按F4键时，Excel会在以下组合间切换：绝对列与绝对行（例如，$A$1）；相对列与绝对行（A$1）；绝对列与相对行（$A1）以及相对列与相对行（A1），当切换到用户所需的引用时，按回车键确认即可。

6.3.2 输入单元格引用

在前面的示例中，我们在公式中引用单元格采用的是键盘输入的方式，其实在Excel中使用鼠标输入单元格引用比用键盘要节省时间，而且准确率更高。

示例：

如图6-17所示，用鼠标在单元格A3中输入对A1和A2的引用，以实现对A1和A2的求和。

【第1步】选择A3，然后键入一个等号"＝"。

【第2步】单击A1单元格，可以发现闪烁的边框环绕着该单元格，同时在A3中插入了对该单元格的引用，键入一个加号"＋"，如图6-18所示：

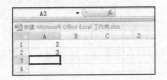

图6-17 示例文件

图6-18 引用单元格

【第3步】单击A2后按Enter键。若没按Enter键并且选择了别的单元格，Excel便认为要在公式中包括该单元格的引用，而不仅仅是以前指定的单元格。结果如图6-19和图6-20所示。

图6-19 引用单元格

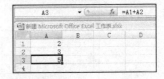

图6-20 计算结果

注意：在编辑公式时，被该公式所引用的所有单元格及单元格区域都将以彩色显示在存放公式的单元格中，并在相应单元格及单元格区域的周围显示具有相同颜色的边框。

在向活动单元格输入数值或其他单元格的引用时，活动单元格不必出现在当前窗口中，创建公式时，可以通过滚动条波动工作表来选择工作表中距离公式单元格较远的单元格。不管活动单元格位于工作表的什么位置，编辑栏总是显示活动单元格中的内容。

小技巧

若滚动工作表后活动单元格不再可见，按"Ctrl+Backspace"键可快速重新显示活动单元格。

6.3.3 跨工作表单元格引用

在Excel中，不仅可以引用当前工作表的单元格，还可以引用工作簿中其他工作表，其方法是：在公式中同时包括工作表引用和单元格引用。例如，要引用工作表Sheet1中的B2单元格，应在公式中输入Sheet1!B2。感叹号将工作表引用和单元格引用分开。

示例：

【第1步】打开光盘中"素材"文件夹中的"6.3.3利润表.xlsx"文件中的"利润表"工作表sheet页。

【第2步】单击B5单元格。

【第3步】在数据编辑栏中输入公式"=损益类账户发生额!B3"，如图6-21所示。

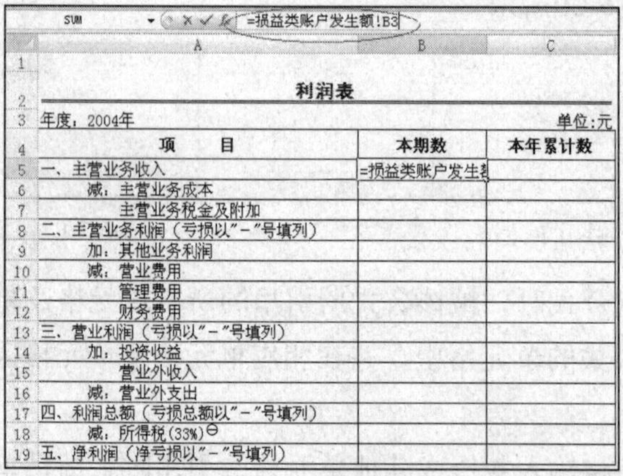

图6-21　B5单元格的公式

【第4步】按Enter键，这样就将"损益类账户发生额"工作表中的B3单元格数据引用到了"利润表"工作表中的B5单元格。结果如图6-22所示。

注意：如果工作表已命名，只需使用工作表名字再加上单元格引用。但是

㊀　2008年新企业所得税法实施后，企业所得税率已调整为25%。

如果工作表名字中包含空格，必须用单引号括住工作表引用。

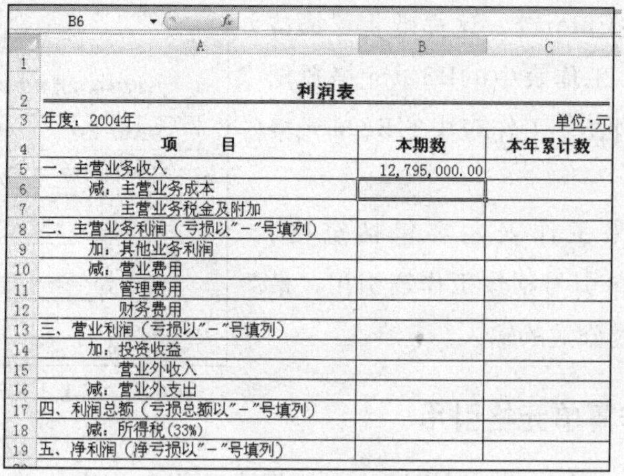

	A	B	C
1			
2	利润表		
3	年度：2004年		单位:元
4	项　目	本期数	本年累计数
5	一、主营业务收入	12,795,000.00	
6	减：主营业务成本		
7	主营业务税金及附加		
8	二、主营业务利润（亏损以"-"号填列）		
9	加：其他业务利润		
10	减：营业费用		
11	管理费用		
12	财务费用		
13	三、营业利润（亏损以"-"号填列）		
14	加：投资收益		
15	营业外收入		
16	减：营业外支出		
17	四、利润总额（亏损总额以"-"号填列）		
18	减：所得税(33%)		
19	五、净利润（净亏损以"-"号填列）		

图6-22　B5单元格的计算结果

另外，使用鼠标也可以引用工作簿中另一张工作表的单元格或单元格范围，其方法是：进入输入公式的状态，然后单击需要引用的单元格所在的工作表标签，选中需要引用的单元格，则该单元格引用会显示在编辑栏中。

示例：

【第1步】打开光盘中“素材”文件夹中的“6.3.3利润表.xlsx”文件中的“利润表”工作表sheet页。

【第2步】单击B5单元格。

【第3步】在B5单元格输入“=”，如图6-23所示。

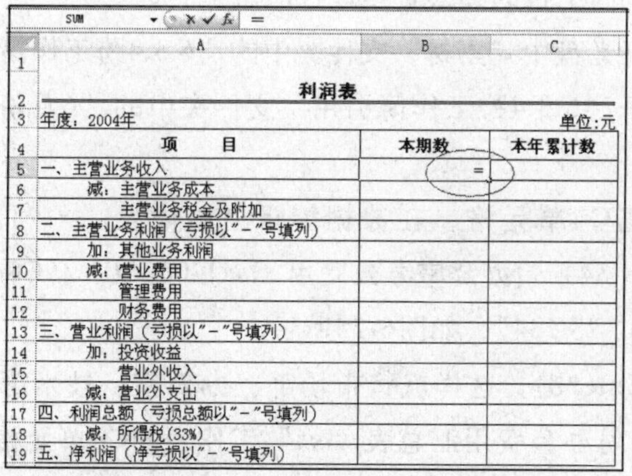

	A	B	C
1			
2	利润表		
3	年度：2004年		单位:元
4	项　目	本期数	本年累计数
5	一、主营业务收入	=	
6	减：主营业务成本		
7	主营业务税金及附加		
8	二、主营业务利润（亏损以"-"号填列）		
9	加：其他业务利润		
10	减：营业费用		
11	管理费用		
12	财务费用		
13	三、营业利润（亏损以"-"号填列）		
14	加：投资收益		
15	营业外收入		
16	减：营业外支出		
17	四、利润总额（亏损总额以"-"号填列）		
18	减：所得税(33%)		
19	五、净利润（净亏损以"-"号填列）		

图6-23　输入“=”

【第4步】用鼠标单击“损益类账户发生额”工作表中的B3单元格，如图6-24

所示。

【第5步】按Enter键，这样就将“损益类账户发生额”工作表中的B3单元格数据引用到了“利润表”工作表中的B5单元格(见图6-22)。

注意：如果工作表名字包括空格，Excel会自动用单引号括住工作表引用，最后按Enter键完成公式的输入。

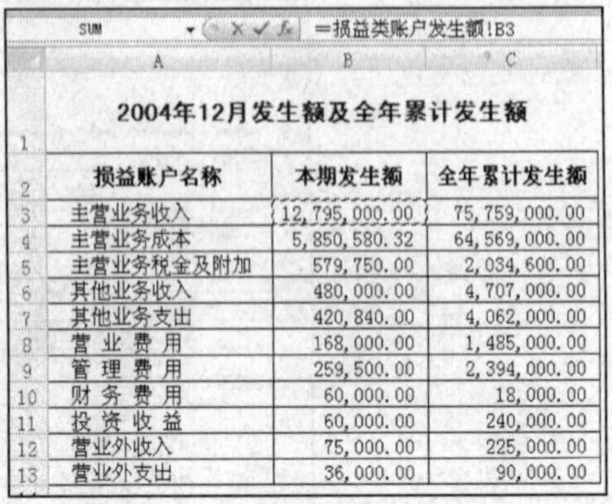
SUM =损益类账户发生额!B3

2004年12月发生额及全年累计发生额

损益账户名称	本期发生额	全年累计发生额
主营业务收入	12,795,000.00	75,759,000.00
主营业务成本	5,850,580.32	64,569,000.00
主营业务税金及附加	579,750.00	2,034,600.00
其他业务收入	480,000.00	4,707,000.00
其他业务支出	420,840.00	4,062,000.00
营 业 费 用	168,000.00	1,485,000.00
管 理 费 用	259,500.00	2,394,000.00
财 务 费 用	60,000.00	18,000.00
投 资 收 益	60,000.00	240,000.00
营业外收入	75,000.00	225,000.00
营业外支出	36,000.00	90,000.00

图6-24 “跨工作表”单元格引用

6.3.4 跨工作簿单元格引用

在Excel中，不但可以引用同一工作簿中不同工作表的单元格，还能引用不同工作簿中的单元格。其方法是：在公式中同时包括工作簿引用、工作表引用和单元格引用。例如：

=[Book1]Sheetl!$A$1−[Book2]Sheet2!$B$1

在上面的公式中，[Book1]和[Book2]是两个不同工作簿的名称，Sheet1和Sheet2是分别属于两个工作簿的工作表的名称。$A$1和$B$1表示单元格的绝对引用。若引用的工作簿已关闭，那么在引用中将出现该工作簿存放位置的全部路径，例如：

=Sheet1!$A$1−‘C:\MYDOCUMENTS\[Book2.XLS]Sheet2’!$B$1

示例：将各部门上报的办公费用进行汇总。

【第1步】打开光盘中“素材”文件夹中的“6.3.4跨工作簿引用”文件夹。

【第2步】打开“6.3.4跨工作簿引用”文件夹中的“6月份办公费用汇总表.xlsx”工作表。

【第3步】单击C4单元格，在数据编辑栏中输入“=‘[市场部办公费用.xlsx]200906’!$C$4+‘[办公室办公费用.xlsx]200906’!$C$4+‘[技术部办公费用.xlsx]200906’!$C$4”，如图6-25所示。

【第4步】按Enter键，这样就将市场部、办公室、技术部三个部门的水电费汇总到了“6月份办公费用汇总表.xlsx”工作表的C4单元格。结果如图6-26所示。

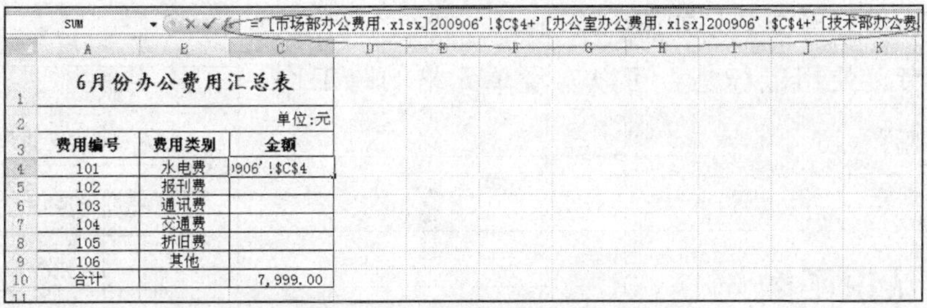

图6-25 C4单元格的公式

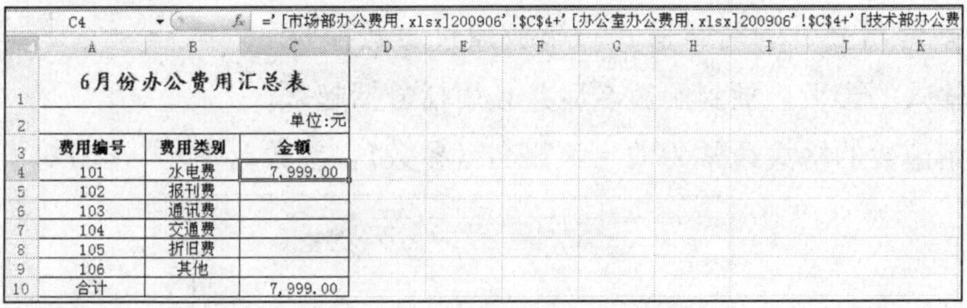

图6-26 C4单元格的计算结果

【第5步】用同样的方法，将"6月份办公费用汇总表.xlsx"工作表的C5、C6、C7、C8、C9单元格的公式进行设置。参考公式如下：

单击C5单元格，在数据编辑栏中输入"='[市场部办公费用.xlsx]200906'!$C$5+'[办公室办公费用.xlsx]200906'!$C$5+'[技术部办公费用.xlsx]200906'!$C$5"，按Enter键；

单击C6单元格，在数据编辑栏中输入"='[市场部办公费用.xlsx]200906'!$C$6+'[办公室办公费用.xlsx]200906'!$C$6+'[技术部办公费用.xlsx]200906'!$C$6"，按Enter键；

单击C7单元格，在数据编辑栏中输入"='[市场部办公费用.xlsx]200906'!$C$7+'[办公室办公费用.xlsx]200906'!$C$7+'[技术部办公费用.xlsx]200906'!$C$7"，按Enter键；

单击C8单元格，在数据编辑栏中输入"='[市场部办公费用.xlsx]200906'!$C$8+'[办公室办公费用.xlsx]200906'!$C$8+'[技术部办公费用.xlsx]200906'!$C$8"，按Enter键；

单击C9单元格，在数据编辑栏中输入"='[市场部办公费用.xlsx]200906'!$C$9+'[办公室办公费用.xlsx]200906'!$C$9+'[技术部办公费用.xlsx]200906'!$C$9"，按Enter键。

【第6步】操作结果如图6-27所示。

思考：使用鼠标是否可以实现单元格的跨工作簿引用呢？

图6-27　计算结果

6.4　认识函数

函数是一些已经定义好的公式，Excel中的大多数函数是常用公式的简写形式。函数通过参数接收数据，输入的参数应放到函数名后并且用括号括起来。

运用函数的格式通常为"＝函数名（参数1，参数2，…）"，例如：

$$=SUM(A1:A3,A5:A8)$$

等号　函数　参数1　参数2

各函数使用特定类型的参数，例如：数字、引用、文本或编辑值等。函数大多数情况下返回的是计算的结果，也可以返回文本、引用、逻辑值、数组或者工作表的信息。

在Excel中，不仅提供了大量的内置函数，还可以根据特定的需要使用VisualBasic自定义函数。使用公式时尽可能地使用内置函数，它可以节省输入时间，减少错误发生。

Excel2007 根据从事不同类型工作的用户需求，提供了大致10类函数，如表6-3所示，一般用户只需要掌握常用函数就可以了。

表6-3　10类常用函数及其功能简介

序号	分　类	功能简介
1	数据库工作表函数	分析数据清单中的数值是否符合特定条件
2	日期与时间函数	在公式中分析和处理日期值和时间值
3	工程函数	用于工作分析
4	信息函数	确定存储在单元格中数据的类型
5	财务函数	进行一般的财务计算
6	逻辑函数	进行逻辑判断或者进行复合检验
7	统计函数	对数据区域进行统计分析
8	查找和引用函数	在数据清单中查找特定数据或者查找一个单元格的引用
9	文本函数	在公式中处理字符串
10	数学和三角函数	进行数学计算

6.5 使用函数

与键入公式一样，在编辑栏中也可以键入任何函数。如果能记住函数的参数，直接从键盘输入函数是最快的方法。但是当面对众多的函数，特别是函数名十分相似的一些函数以及参数众多的函数时，使用"函数选项板"可以使工作变得很容易。"函数选项板"可以显示函数的名称、该函数的每个参数、函数功能和参数的描述、函数的当前结果和整个公式的结果等。

【第1步】选定要输入公式的单元格，如果在编辑栏中输入公式，将插入点移至要插入函数的位置。

【第2步】单击菜单中的"插入函数"命令，如图6-28所示。

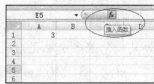

图6-28 "插入函数"命令

【第3步】打开"插入函数"对话框，如图6-29所示。

图6-29 "插入命令"对话框

【第4步】在"函数分类"列表中选择函数类型，在"函数名"列表中选择具体函数，例如"SUM"函数。

【第5步】单击"确定"按钮，在编辑栏下面弹出函数选项板，如图6-30所示。

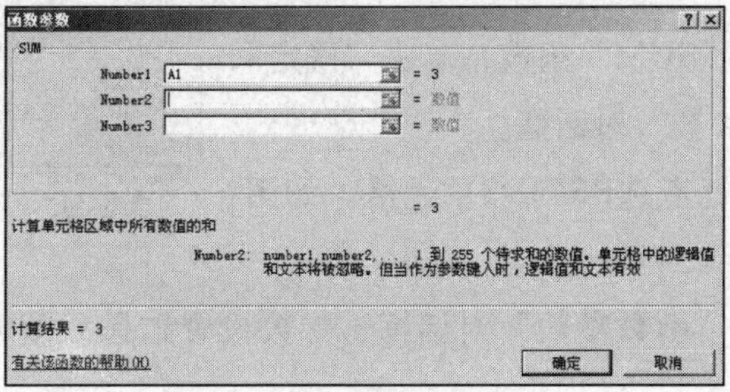

图6-30 函数参数设置

【第6步】在参数框中输入相应参数，按Tab键或用鼠标在参数框间切换。

【第7步】按回车键或单击"确定"按钮，完成函数的输入。

6.6 常用函数的应用

Excel 2007提供了几百个内置函数，下面只介绍常用的函数，有关其他函数的用法，可以使用Excel 2007的帮助进行学习。

1. SUM函数

"SUM"在英语中表示"总数、总和、求和"的意思，SUM函数是用来计算某一个或多个单元格区域中所有数字的总和的求和函数。

语法：SUM(number1, number2, ...)　其中：number1, number2, ...　是要对其求和的1～255个参数。

注意：直接键入到参数表中的数字、逻辑值及数字的文本表达式将被计算。如果参数是一个数组或引用，则只计算其中的数字。数组或引用中的空白单元格、逻辑值或文本将被忽略。如果参数为错误值或为不能转换为数字的文本，将会导致错误。

示例：将市场部第一季度的销售业绩进行汇总。

方法一：

【第1步】打开光盘中"素材"文件夹中的"6.6（sum）1季度销售业绩表.xlsx"excel文件。

【第2步】选中E3单元格。

【第3步】单击数据编辑栏中的"插入函数" *fx* 按钮，打开"插入函数"对话框，如图6-31所示。

【第4步】选中"SUM"函数，单击"确定"按钮，弹出"函数参数"对话框。

【第5步】用鼠标点选B3到D3单元格，如图6-32所示。

图6-31　"插入函数"对话框

【第6步】返回"函数参数"对话框，参数设置结果如图6-33所示。

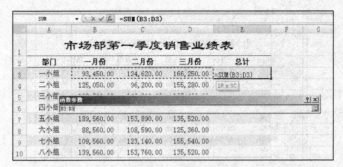

图6-32　参数设置

图6-33　参数设置

【第7步】单击"确定"按钮，返回工作表中的E3单元格，如图6-34所示。

图6-34　E3单元格的公式

【第8步】将光标停在E3单元格右下角，当光标变为 时，按住鼠标左键向下拖拽，将E4到E10单元格的公式进行填充。如图6-35所示。

这样，通过SUM函数我们就轻松实现了第一季度销售业绩汇总。

方法二：

【第1步】打开光盘中"素材"文件夹中的"6.6（sum）1季度销售业绩表.xlsx"excel文件。

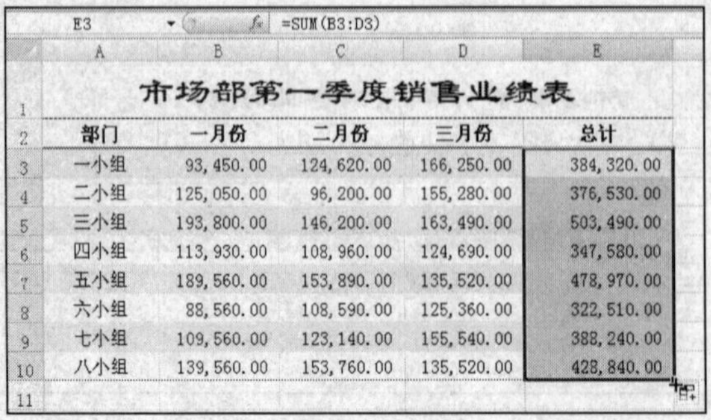

E3 =SUM(B3:D3)

市场部第一季度销售业绩表

部门	一月份	二月份	三月份	总计
一小组	93,450.00	124,620.00	166,250.00	384,320.00
二小组	125,050.00	96,200.00	155,280.00	376,530.00
三小组	193,800.00	146,200.00	163,490.00	503,490.00
四小组	113,930.00	108,960.00	124,690.00	347,580.00
五小组	189,560.00	153,890.00	135,520.00	478,970.00
六小组	88,560.00	108,590.00	125,360.00	322,510.00
七小组	109,560.00	123,140.00	155,540.00	388,240.00
八小组	139,560.00	153,760.00	135,520.00	428,840.00

图6-35 计算结果

【第2步】选中E3单元格。

【第3步】单击“功能选项卡”中的编辑栏中的Σ，如图6-36所示。

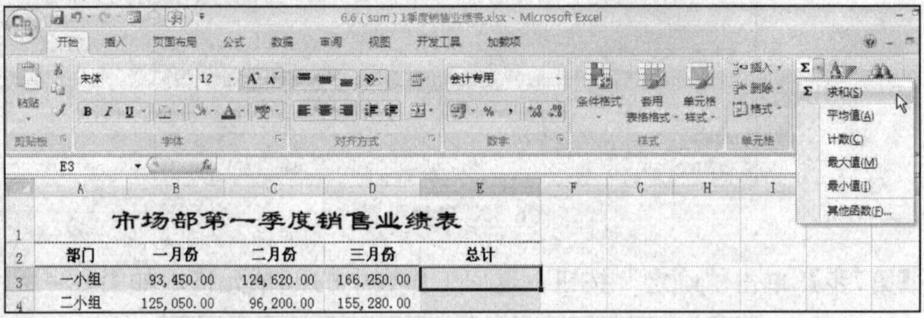

图6-36 “求和”命令

【第4步】单击求和按钮，返回工作表E3单元格，计算结果如图6-37所示。

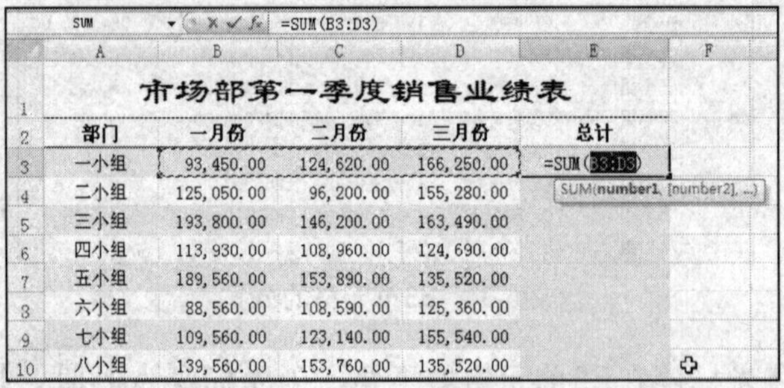

SUM =SUM(B3:D3)

市场部第一季度销售业绩表

部门	一月份	二月份	三月份	总计
一小组	93,450.00	124,620.00	166,250.00	=SUM(B3:D3)
二小组	125,050.00	96,200.00	155,280.00	
三小组	193,800.00	146,200.00	163,490.00	
四小组	113,930.00	108,960.00	124,690.00	
五小组	189,560.00	153,890.00	135,520.00	
六小组	88,560.00	108,590.00	125,360.00	
七小组	109,560.00	123,140.00	155,540.00	
八小组	139,560.00	153,760.00	135,520.00	

SUM(number1, [number2], ...)

图6-37 E3单元格的公式

【第5步】按Enter键或单击数据编辑栏左边的✔按钮，计算结果显示在E3单元格。

【第6步】将光标停在E3单元格右下角，当光标变为✚时，按住鼠标左键向下拖拽，将E4到E10单元格的公式进行填充。

方法三：

【第1步】打开光盘中"素材"文件夹中的"6.6（sum）1季度销售业绩表.xlsx"excel文件。

【第2步】选中E3单元格。

【第3步】按"ALT+="，返回工作表E3单元格，计算结果如图6-37所示。

【第4步】按Enter键或单击数据编辑栏左边的 ✓ 按钮，计算结果显示在E3单元格。

【第5步】将光标停在E3单元格右下角，当光标变为 ✚ 时，按住鼠标左键向下拖拽，将E4到E10单元格的公式进行填充。

2. AVERAGE

"AVERAGE"在英语中表示"平均、平均数"的意思，AVERAGE函数是用来计算指定数据集合中所有数值平均值的函数。

语法：AVERAGE(number1, number2, …)，其中：number1, number2, …
　　　是要对其求平均值的1~255个参数。

示例：计算市场部第一季度各小组的销售业绩的平均值。

方法一：

【第1步】打开光盘中"素材"文件夹中的"6.6（average）1季度销售业绩表.xlsx"excel文件。

【第2步】选中F3单元格。

【第3步】单击数据编辑栏中的"插入函数" 𝑓x 按钮，打开"插入函数"对话框。

【第4步】选中"AVERAGE"函数，单击"确定"按钮，弹出"函数参数"对话框。如图6-38所示。

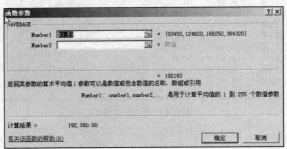

图6-38　参数设置

【第5步】将光标停留在第1个参数设置位置，用鼠标点选B3到D3单元格。

【第6步】返回"函数参数"对话框，参数设置结果如图6-39所示。

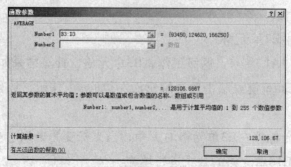

图6-39 参数设置结果

【第7步】单击"确定"按钮，返回工作表中的F3单元格，如图6-40所示。

部门	一月份	二月份	三月份	总计	平均销售额
	市场部第一季度销售业绩表				
一小组	93,450.00	124,620.00	166,250.00	384,320.00	128,106.67
二小组	125,050.00	96,200.00	155,280.00	376,530.00	
三小组	193,800.00	146,200.00	163,490.00	503,490.00	
四小组	113,930.00	108,960.00	124,690.00	347,580.00	
五小组	189,560.00	153,890.00	135,520.00	478,970.00	
六小组	88,560.00	108,590.00	125,360.00	322,510.00	
七小组	109,560.00	123,140.00	155,540.00	388,240.00	
八小组	139,560.00	153,760.00	135,520.00	428,840.00	

图6-40 F3单元格的计算结果

【第8步】将光标停在F3单元格右下角，当光标变为┿时，按住鼠标左键向下拖拽，将F4到F10单元格的公式进行填充。如图6-41所示。

部门	一月份	二月份	三月份	总计	平均销售额
	市场部第一季度销售业绩表				
一小组	93,450.00	124,620.00	166,250.00	384,320.00	128,106.67
二小组	125,050.00	96,200.00	155,280.00	376,530.00	125,510.00
三小组	193,800.00	146,200.00	163,490.00	503,490.00	167,830.00
四小组	113,930.00	108,960.00	124,690.00	347,580.00	115,860.00
五小组	189,560.00	153,890.00	135,520.00	478,970.00	159,656.67
六小组	88,560.00	108,590.00	125,360.00	322,510.00	107,503.33
七小组	109,560.00	123,140.00	155,540.00	388,240.00	129,413.33
八小组	139,560.00	153,760.00	135,520.00	428,840.00	142,946.67

图6-41 计算结果

方法二：

【第1步】打开光盘中"素材"文件夹中的"6.6（average）1季度销售业绩

表.xlsx" excel文件。

【第2步】选中F3单元格。

【第3步】单击"功能选项卡"中的编辑栏中的 Σ ，如图6-42所示。

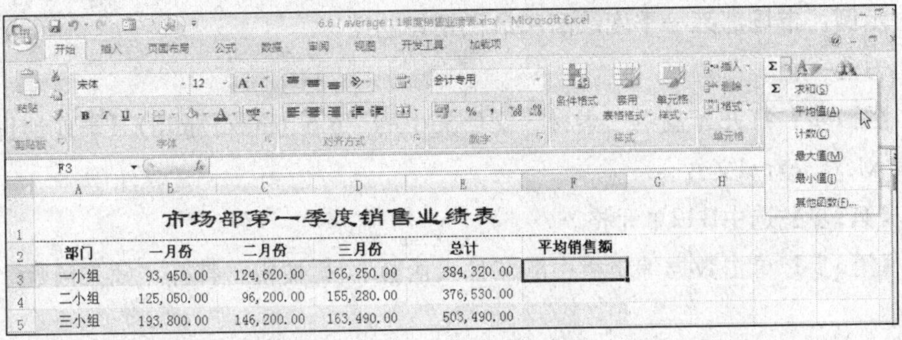

图6-42 "求和"命令

【第4步】单击平均值按钮，返回工作表F3单元格，通过鼠标选择区域为"AVERAGE"函数设置正确的参数（B3:D3），如图6-43所示。

图6-43 F3单元格的参数设置

【第5步】按Enter键或单击数据编辑栏左边的 ✓ 按钮，计算结果显示在F3单元格。

【第6步】将光标停在F3单元格右下角，当光标变为 ✚ 时，按住鼠标左键向下拖拽，将F4到F10单元格的公式进行填充。

3. MAX和MIN函数

"max" / "min" 是 "maximum" 和 "minimum" 的缩写。在英语中分别表示"最大量"和"最小量"的意思，分别用来返回指定区域内所有数值的最大值和最小值。

语法：MAX(number1, number2, …)

MIN(number1, number2, …)

其中：number1, number2, … 是要从中选出最大值和最小值的1～255个
参数。

示例：市场部第一季度最高和最低销售业绩。

方法一：

【第1步】打开光盘中"素材"文件夹中的"6.6（max、min）1季度销售业绩表.xlsx"excel文件。

【第2步】选中B12单元格。

【第3步】单击数据编辑栏中的"插入函数" 按钮，打开"插入函数"对话框。

【第4步】选中"MAX"函数，单击"确定"按钮，弹出"函数参数"对话框，如图6-44所示。

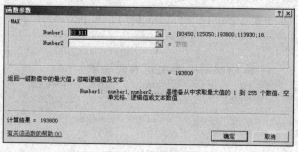

图6-44 参数设置

【第5步】将光标停留在第1个参数设置位置，用鼠标点选B3到D10单元格区域。

【第6步】返回"函数参数"对话框，参数设置结果如图6-45所示。

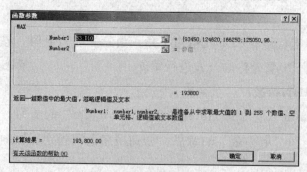

图6-45 参数设置

【第7步】单击"确定"按钮,返回工作表中的B12单元格,如图6-46所示。

图6-46 B12单元格的运算结果

【第8步】选中B13单元格。

【第9步】单击数据编辑栏中的"插入函数" 按钮,打开"插入函数"对话框。

【第10步】选中"MIN"函数,单击"确定"按钮,弹出"函数参数"对话框。

【第11步】将光标停留在第1个参数设置位置,用鼠标点选B3到D10单元格区域。

【第12步】返回"函数参数"对话框。

【第13步】单击"确定"按钮,返回工作表中的B13单元格,如图6-47所示。

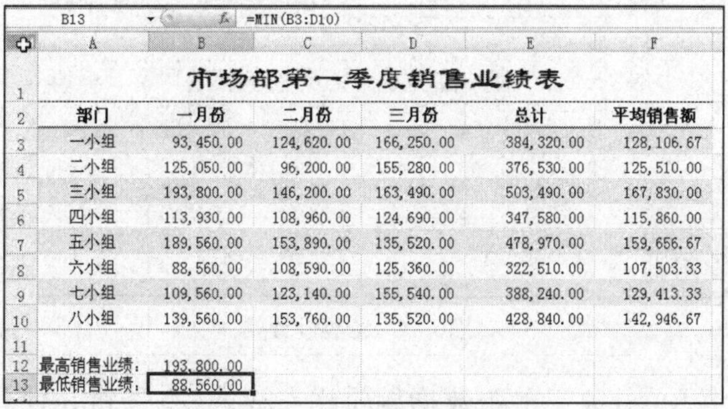

图6-47 B13单元格的运算结果

方法二:

【第1步】打开光盘中"素材"文件夹中的"6.6(max、min)1季度销售业绩表.xlsx"excel文件。

【第2步】选中B12单元格。

【第3步】单击"功能选项卡"中的编辑栏中的 Σ▾ ，如图6-48所示。

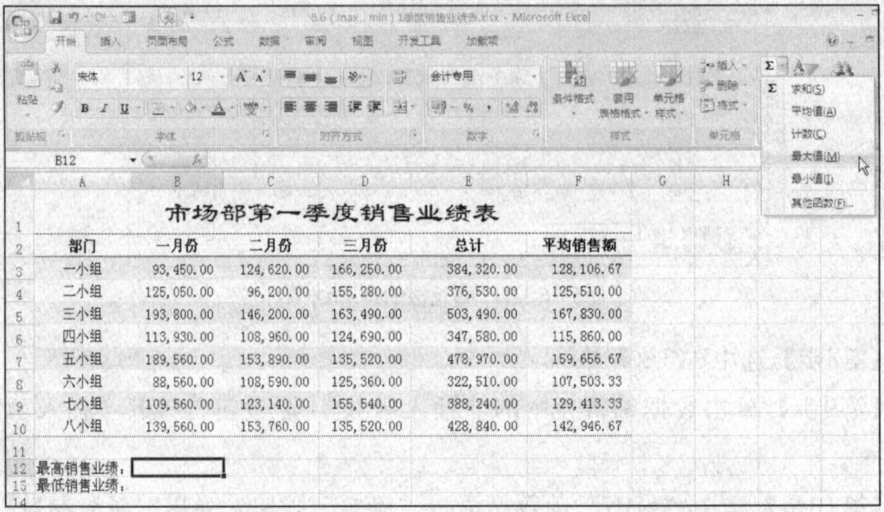

图6-48 "求和"命令

【第4步】单击最大值按钮，返回工作表B12单元格，通过鼠标选择区域为"MAX"函数设置正确的参数（B3:E10），如图6-49所示。

图6-49 参数设置

【第5步】按Enter键或单击数据编辑栏左边的 ✓ 按钮，计算结果显示在B12单元格。

【第6步】选中B13单元格。

【第7步】单击"功能选项卡"中的编辑栏中的 Σ▾ ，如图6-50所示。

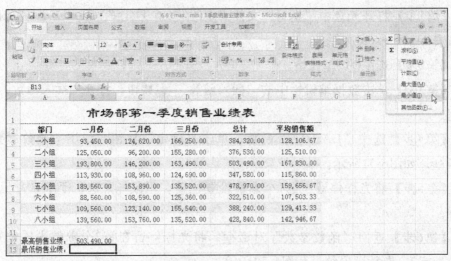

图6-50 B12单元格的运算结果

【第8步】单击最小值按钮，返回工作表B13单元格，通过鼠标选择区域为"MIN"函数设置正确的参数（B3:E10）。

【第9步】按Enter键或单击数据编辑栏左边的 ✓ 按钮，计算结果显示在B13单元格。

4. LARGE和SMALL函数

"large" / "small"是分别表示"大的"和"小的"的意思，分别用来返回指定区域内所有数值的第k个最大值和最小值。

语法：LARGE（array，k）

　　　　SMALL（array，k）

其中：array为需要从中选择第k个最大值的数组或数据区域。

　　　　k为返回值在数组或数据单元格区域中的位置（从大到小排）。

注意：如果数组为空，函数 LARGE 返回错误值 #NUM!；

如果k≤0或k大于数据点的个数，函数LARGE 返回错误值 #NUM!。

思考：LARGE和MAX的区别？

LARGE函数的统计范围比MAX函数广，可以返回第k个最大值，而MAX函数只能返回指定数据集合中的最大值。

同理，SMALL和MIN函数也是如此。

示例：市场部第一季度第2名和倒数第3名的销售业绩。

【第1步】打开光盘中"素材"文件夹中的"6.6（large、small）1季度销售业绩表.xlsx"excel文件。

【第2步】选中B12单元格。

【第3步】单击数据编辑栏中的"插入函数" f_x 按钮，打开"插入函数"对话框。

【第4步】选中"LARGE"函数，单击"确定"按钮，弹出"函数参数"对话框，如图6-51所示。

【第5步】将光标停留在第1个参数设置位置，用鼠标点选B3到D10单元格区域。

【第6步】返回"函数参数"对话框，将光标停留在第2个参数设置位置，输入数字2，参数设置结果如图6-52所示。

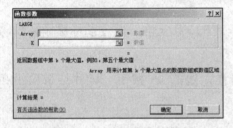

图6-51　"函数参数"对话框

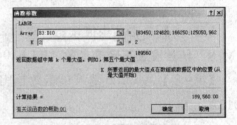

图6-52　参数设置结果

【第7步】单击"确定"按钮，返回工作表中的B12单元格，结果如图6-53所示。

	A	B	C	D	E	F
	B12		f_x	=LARGE(B3:D10, 2)		
1		市场部第一季度销售业绩表				
2	部门	一月份	二月份	三月份	总计	平均销售额
3	一小组	93,450.00	124,620.00	166,250.00	384,320.00	128,106.67
4	二小组	125,050.00	96,200.00	155,280.00	376,530.00	125,510.00
5	三小组	193,800.00	146,200.00	163,490.00	503,490.00	167,830.00
6	四小组	113,930.00	108,960.00	124,690.00	347,580.00	115,860.00
7	五小组	189,560.00	153,890.00	135,520.00	478,970.00	159,656.67
8	六小组	88,560.00	108,590.00	125,360.00	322,510.00	107,503.33
9	七小组	109,560.00	123,140.00	155,540.00	388,240.00	129,413.33
10	八小组	139,560.00	153,760.00	135,520.00	428,840.00	142,946.67
11						
12	第2名的销售业绩	189,560.00				
13	倒数第3名的销售业绩					

图6-53　B12单元格的运算结果

【第8步】选中B13单元格。

【第9步】单击数据编辑栏中的"插入函数" f_x 按钮，打开"插入函数"对话框。

【第10步】选中"SMALL"函数，单击"确定"按钮，弹出"函数参数"对话框。

【第11步】将光标停留在第1个参数设置位置，用鼠标点选B3到D10单元格区域。

【第12步】返回"函数参数"对话框，将光标停留在第2个参数设置位置，输入数字3，参数设置结果如图6-54所示。

图6-54 参数设置结果

【第13步】单击"确定"按钮，返回工作表中的B13单元格，结果如图6-55所示。

B13		=SMALL(B3:D10,3)			
	A	B	C	D	E	F

市场部第一季度销售业绩表

部门	一月份	二月份	三月份	总计	平均销售额
一小组	93,450.00	124,620.00	166,250.00	384,320.00	128,106.67
二小组	125,050.00	96,200.00	155,280.00	376,530.00	125,510.00
三小组	193,800.00	146,200.00	163,490.00	503,490.00	167,830.00
四小组	113,930.00	108,960.00	124,690.00	347,580.00	115,860.00
五小组	189,560.00	153,890.00	135,520.00	478,970.00	159,656.67
六小组	88,560.00	108,590.00	125,360.00	322,510.00	107,503.33
七小组	109,560.00	123,140.00	155,540.00	388,240.00	129,413.33
八小组	139,560.00	153,760.00	135,520.00	428,840.00	142,946.67
第2名的销售业绩:	189,560.00				
倒数第3名的销售业绩:	96,200.00				

图6-55 运算结果

5. RANK函数

"rank"在英语中表示"等级、排列"的意思，用来返回指定区域内所有数值的大小排序的情况。

语法：RANK(number, ref, order)

其中：number 表示需要进行排位的数值；

　　　ref 表示数字列表数组；

　　　order 表示对ref进行排序的方式，为0或省略时表示降序，为1表示升序。

示例：将市场部各小组按销售业绩总计进行排名。

【第1步】打开光盘中"素材"文件夹中的"6.6（rank）1季度销售业绩表.xlsx"excel文件。

【第2步】选中G3单元格。

【第3步】单击数据编辑栏中的"插入函数" f_x 按钮,打开"插入函数"对话框。

【第4步】选中"RANK"函数,单击"确定"按钮,弹出"函数参数"对话框,如图6-56所示。

【第5步】将光标停留在第1个参数设置位置,用鼠标点选E3单元格。

【第6步】返回"函数参数"对话框,将光标停留在第2个参数设置位置,用鼠标点选E3到E10单元格区域,参数设置结果如图6-57所示。

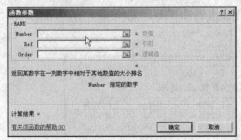

图6-56 "函数参数"对话框

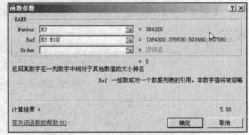

图6-57 参数设置结果

【第7步】单击"确定"按钮,返回工作表中的G3单元格,结果如图6-58所示。

	A	B	C	D	E	F	G
	G3			f_x =RANK(E3,E3:E10)			
1		市场部第一季度销售业绩表					
2	部门	一月份	二月份	三月份	总计	平均销售额	业绩排名
3	一小组	93,450.00	124,620.00	166,250.00	384,320.00	128,106.67	5
4	二小组	125,050.00	96,200.00	155,280.00	376,530.00	125,510.00	
5	三小组	193,800.00	146,200.00	163,490.00	503,490.00	167,830.00	
6	四小组	113,930.00	108,960.00	124,690.00	347,580.00	115,860.00	
7	五小组	189,560.00	153,890.00	135,520.00	478,970.00	159,656.67	
8	六小组	88,560.00	108,590.00	125,360.00	322,510.00	107,503.33	
9	七小组	109,560.00	123,140.00	155,540.00	388,240.00	129,413.33	
10	八小组	139,560.00	153,760.00	135,520.00	428,840.00	142,946.67	

图6-58 G3单元格的运算结果

【第8步】单击G3单元格的数据编辑栏,将"RANK(E3,E3:E10)"函数中E3到E10单元格区域的相对引用变为绝对,即"RANK(E3,$E$3:$E$10)",如图6-59所示。

【第9步】将光标停在G3单元格右下角,当光标变为 ✚ 时,按住鼠标左键向下拖拽,将G4到G10单元格的公式进行填充,如图6-60所示。

图6-59 G3单元格的公式

图6-60 运算结果

6. IF函数

"IF"在英语中表示"如果，假设"的意思，用来判断真假值，再根据逻辑判断的真假值返回不同结果的函数。

语法：IF(logical_test,value_if_true,value_if_false)

其中：logical_test 表示计算结果为TRUE或FALSE的任意值或表达式。本参数可使用任何比较运算符。

value_if_true logical_test为TRUE时返回的值。如果logical_test为TRUE，而value_if_true为空，则本参数返回0（零）。如果要显示TRUE，则请为本参数使用逻辑值TRUE。value_if_true也可以是其他公式。

value_if_false logical_test为FALSE时返回的值。如果logical_test为FALSE且忽略了value_if_false（即value_if_true后没有逗号），则会返回逻辑值FALSE。如果logical_test为FALSE且value_if_false为空（即value_if_true后有逗号，并紧跟着右括号），则本参数返回0（零）。value_if_false也可以是其他公式。

示例1：根据第1季度的销售额合计评出市场部各小组的等级（等级标准：

销售合计在450 000万以上的为"优秀",其他为"合格")。

【第1步】打开光盘中"素材"文件夹中的"6.6(if)1季度销售业绩表.xlsx"excel文件。

【第2步】选中G3单元格。

【第3步】单击数据编辑栏中的"插入函数" f_x 按钮,打开"插入函数"对话框。

【第4步】选中"IF"函数,单击"确定"按钮,弹出"函数参数"对话框。如图6-61所示。

【第5步】将光标停留在第1个参数设置位置,用鼠标点选E3单元格,设置第1个参数(logical_test)为"E3>450 000"。

【第6步】返回"函数参数"对话框,将光标停留在第2个参数设置位置,设置第2个参数(value_if_true)为"优秀",需要注意的是,"优秀"是中文文本,需要用半角双引号引起来,即:"优秀"。

【第7步】返回"函数参数"对话框,将光标停留在第3个参数设置位置,设置第3个参数(value_if_false)为"合格",同样的道理,"合格"也需要用半角双引号引起来,即:"合格"。参数设置结果如图6-62所示。

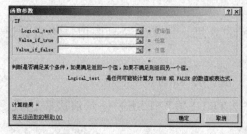
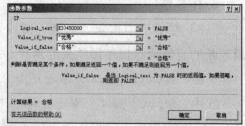

图6-61 "函数参数"对话框 图6-62 参数设置结果

【第8步】单击"确定"按钮,返回工作表中的G3单元格,结果如图6-63所示。

	A	B	C	D	E	F	G
	G3	f_x =IF(E3>450000,"优秀","合格")					
1	**市场部第一季度销售业绩表**						
2	部门	一月份	二月份	三月份	总计	平均销售额	等级
3	一小组	93,450.00	124,620.00	166,250.00	384,320.00	128,106.67	合格
4	二小组	125,050.00	96,200.00	155,280.00	376,530.00	125,510.00	
5	三小组	193,800.00	146,200.00	163,490.00	503,490.00	167,830.00	
6	四小组	113,930.00	108,960.00	124,690.00	347,580.00	115,860.00	
7	五小组	189,560.00	153,890.00	135,520.00	478,970.00	159,656.67	
8	六小组	88,560.00	108,590.00	125,360.00	322,510.00	107,503.33	
9	七小组	109,560.00	123,140.00	155,540.00	388,240.00	129,413.33	
10	八小组	139,560.00	153,760.00	135,520.00	428,840.00	142,946.67	

图6-63 G3单元格的运算结果

【第9步】将光标停在G3单元格右下角，当光标变为 ✚ 时，按住鼠标左键向下拖拽，将G4到G10单元格的公式进行填充，如图6-64所示。

	A	B	C	D	E	F	G
		G3		fx	=IF(E3>450000,"优秀","合格")		
1		**市场部第一季度销售业绩表**					
2	部门	一月份	二月份	三月份	总计	平均销售额	等级
3	一小组	93,450.00	124,620.00	166,250.00	384,320.00	128,106.67	合格
4	二小组	125,050.00	96,200.00	155,280.00	376,530.00	125,510.00	合格
5	三小组	193,800.00	146,200.00	163,490.00	503,490.00	167,830.00	优秀
6	四小组	113,930.00	108,960.00	124,690.00	347,580.00	115,860.00	合格
7	五小组	189,560.00	153,890.00	135,520.00	478,970.00	159,656.67	优秀
8	六小组	88,560.00	108,590.00	125,360.00	322,510.00	107,503.33	合格
9	七小组	109,560.00	123,140.00	155,540.00	388,240.00	129,413.33	合格
10	八小组	139,560.00	153,760.00	135,520.00	428,840.00	142,946.67	合格
11							

图6-64 运算结果

通过IF函数嵌套，可以实现更为复杂的条件判断。

示例2：根据第1季度的销售额合计评出市场部各小组的等级（等级标准：销售合计在450 000万以上的为"优秀"，销售合计在450 000万以下400 000万以上的为"合格"，其他为"不合格"）。

【第1步】打开光盘中"素材"文件夹中的"6.6（if）1季度销售业绩表.xlsx"excel文件。

【第2步】选中G3单元格。

【第3步】单击数据编辑栏中的"插入函数" *fx* 按钮，打开"插入函数"对话框。

【第4步】选中"IF"函数，单击"确定"按钮，弹出"函数参数"对话框。

【第5步】将光标停留在第1个参数设置位置，用鼠标点选E3单元格，设置第1个参数（logical_test）为"E3>450000"。

【第6步】返回"函数参数"对话框，将光标停留在第2个参数设置位置，设置第2个参数（value_if_true）为"优秀"，需要注意的是，"优秀"是中文文本，需要用半角双引号引起来，即："优秀"。

【第7步】返回"函数参数"对话框，将光标停留在第3个参数设置位置，设置第3个参数（value_if_false）为IF嵌套函数，即：if(E3>400000,"合格","不合格")，参数设置结果如图6-65所示。

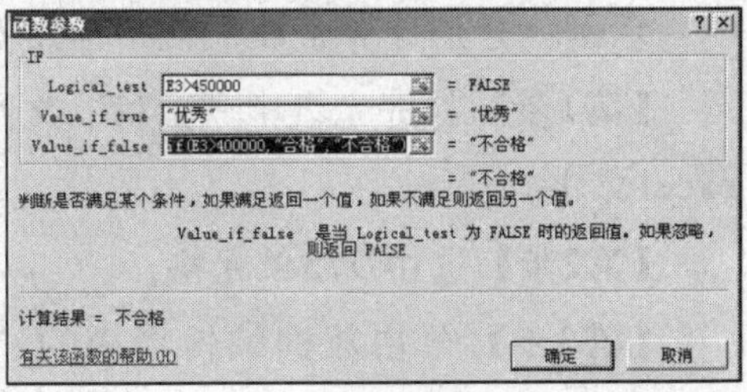

图6-65 参数设置

【第8步】单击"确定"按钮,返回工作表中的G3单元格,结果如图6-66所示。

	A	B	C	D	E	F	G
	G3			fx =IF(E3>450000,"优秀",IF(E3>400000,"合格","不合格"))			
1			市场部第一季度销售业绩表				
2	部门	一月份	二月份	三月份	总计	平均销售额	等级
3	一小组	93,450.00	124,620.00	166,250.00	384,320.00	128,106.67	不合格
4	二小组	125,050.00	96,200.00	155,280.00	376,530.00	125,510.00	
5	三小组	193,800.00	146,200.00	163,490.00	503,490.00	167,830.00	
6	四小组	113,930.00	108,960.00	124,690.00	347,580.00	115,860.00	
7	五小组	189,560.00	153,890.00	135,520.00	478,970.00	159,656.67	
8	六小组	88,560.00	108,590.00	125,360.00	322,510.00	107,503.33	
9	七小组	109,560.00	123,140.00	155,540.00	388,240.00	129,413.33	
10	八小组	139,560.00	153,760.00	135,520.00	428,840.00	142,946.67	

图6-66 G3单元格的运算结果

【第9步】将光标停在G3单元格右下角,当光标变为 ┼ 时,按住鼠标左键向下拖拽,将G4到G10单元格的公式进行填充,如图6-67所示。

	A	B	C	D	E	F	G
	G3			fx =IF(E3>450000,"优秀",IF(E3>400000,"合格","不合格"))			
1			市场部第一季度销售业绩表				
2	部门	一月份	二月份	三月份	总计	平均销售额	等级
3	一小组	93,450.00	124,620.00	166,250.00	384,320.00	128,106.67	不合格
4	二小组	125,050.00	96,200.00	155,280.00	376,530.00	125,510.00	不合格
5	三小组	193,800.00	146,200.00	163,490.00	503,490.00	167,830.00	优秀
6	四小组	113,930.00	108,960.00	124,690.00	347,580.00	115,860.00	不合格
7	五小组	189,560.00	153,890.00	135,520.00	478,970.00	159,656.67	优秀
8	六小组	88,560.00	108,590.00	125,360.00	322,510.00	107,503.33	不合格
9	七小组	109,560.00	123,140.00	155,540.00	388,240.00	129,413.33	不合格
10	八小组	139,560.00	153,760.00	135,520.00	428,840.00	142,946.67	合格
11							

图6-67 运算结果

7. COUNTIF函数

COUNTIF函数是计算数据区域中满足给定条件的单元格数量。

语法:COUNTIF(range, criteria)

其中:range 需要计算满足条件的单元格数目的单元格区域;

　　　criteria 确定哪些单元格将被计算在内的条件。

示例:分别计算企业男性员工及女性员工的数量。

【第1步】打开光盘中"素材"文件夹中的"6.6(countif)人员信息表.xlsx"excel文件。

【第2步】选中D75单元格。

【第3步】单击数据编辑栏中的"插入函数" fx 按钮,打开"插入函数"对话框。

【第4步】选中"COUNTIF"函数，单击"确定"按钮，弹出"函数参数"对话框，如图6-68所示。

【第5步】将光标停留在第1个参数设置位置，用鼠标点选F3到F73单元格区域，设置第1个参数（range）为"F3:F73"。

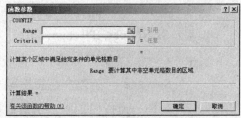

图6-68 "函数参数"对话框

【第6步】返回"函数参数"对话框，将光标停留在第2个参数设置位置，设置第2个参数（criteria）为"男"，需要注意的是，"男"是中文文本，需要用半角双引号引起来，即："男"。

【第7步】单击"确定"按钮，返回工作表中的D75单元格，结果为"44"。

【第8步】用同样的方法，为D76单元格设置公式为：=COUNTIF(F3:F73,"女")，结果为"27"，如图6-69所示。

	A	B	C	D		F	G	H	I	
70	WY068	张娴	销售部	职员	11018219760621XXXX	女	2006-4-2	已婚	本科	13652131xxx
71	WY069	周小波	销售部	经理	11018219760509XXXX	男	2001-4-8	已婚	专科	13652139xxx
72	WY070	江涛	销售部	职员	14190119820803XXXX	男	2006-4-13	未婚	本科	13652127xxx
73	WY071	王明明	销售部	职员	14150119820317XXXX	男	2006-4-23	未婚	本科	13652130xxx
74										
75	合计	男性职工数量:		44						
76		女性职工数量:		27						
77										

图6-69 运算结果

6.7 财务管理常用函数的应用

在Excel中提供了许多财务函数。财务函数可以进行一般的财务计算，如计算固定资产的折旧额、投资年金、内含报酬率、本利和等。这些财务函数大体上可分为四类：折旧计算函数、本利计算函数、投资计算函数、报酬率计算函数。它们为财务分析提供了极大的便利。

接下来，我们将举例说明一些典型财务函数的应用。

6.7.1 折旧计算函数

按照现行制度规定，企业计提固定资产折旧的方法有：直线法、双倍余额递减法、工作量法和年数总和法。按照传统的手工计算方法计算起来比较烦琐，我们利用Excel计算就方便多了。

1. 直线法

函数名称：SLN　返回固定资产的每期线性折旧费

语法：SLN(Cost, Salvage, Life)

其中：Cost　为资产原值；

　　　　Salvage　为资产在折旧期末的价值（有时也称为资产残值）；

　　　　Life　为折旧期限（有时也称作资产的使用寿命）。

示例：企业某固定资产原值为5500元，预计可使用5年，预计净残值为500元，利用直线法计算该固定资产每年应该提的折旧额。

【第1步】打开光盘中"素材"文件夹中的"6.7-折旧计算.xlsx"excel文件。

【第2步】选中B8单元格。

【第3步】单击数据编辑栏中的"插入函数" f_x 按钮，打开"插入函数"对话框。

【第4步】选择财务函数中的SLN函数，如图6-70所示。

【第5步】单击"确定"按钮，弹出函数参数设置窗口，将光标停留在第1个参数设置位置，用鼠标点选A2单元格，设置第1个参数（Cost）为"$A$2"。

【第6步】返回"函数参数"对话框，将光标停留在第2个参数设置位置，用鼠标点选B2单元格，设置第2个参数（Salvage）为"$B$2"。

【第7步】返回"函数参数"对话框，将光标停留在第3个参数设置位置，用鼠标点选C2单元格，设置第3个参数（Life）为"$C$2"。参数设置结果如图6-71所示。

图6-70　选择"SLN"函数

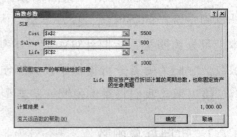

图6-71　参数设置

【第8步】单击"确定"按钮，返回工作表中的B8单元格，结果如图6-72所示。

【第9步】将光标停在B8单元格右下角，当光标变为 ✚ 时，按住鼠标左键向下拖拽，将B9到B12单元格的公式进行填充，如图6-73所示。

	B8	▼	f_x =SLN($A$2, $B$2, $C$2)			
	A	B	C	D	E	F
1	原值	预计净残值	预计使用年限	总工作量（小时）		
2	5500	500	5	10000		
3						
4	预计每年工作量	第一年	第二年	第三年	第四年	第五年
5		4000	3000	2000	500	500
6						
7	折旧方法	直线法(SLN)	年数总和法(SYD)	双倍余额递减法(VDB)	工作量法	
8	第一年折旧	1,000.00				
9	第二年折旧					
10	第三年折旧					
11	第四年折旧					
12	第五年折旧					
13	合　　计	1,000.00	—	—	—	

图6-72　B8单元格的公式

	B8	▼	f_x =SLN($A$2, $B$2, $C$2)			
	A	B	C	D	E	F
1	原值	预计净残值	预计使用年限	总工作量（小时）		
2	5500	500	5	10000		
3						
4	预计每年工作量	第一年	第二年	第三年	第四年	第五年
5		4000	3000	2000	500	500
6						
7	折旧方法	直线法(SLN)	年数总和法(SYD)	双倍余额递减法(VDB)	工作量法	
8	第一年折旧	1,000.00				
9	第二年折旧	1,000.00				
10	第三年折旧	1,000.00				
11	第四年折旧	1,000.00				
12	第五年折旧	1,000.00				
13	合　　计	5,000.00	—	—	—	
14						

图6-73　直线法运算结果

2. 年数总和法

函数名称：SYD　返回某项资产按年限总和折旧法计算的指定期间的折旧值。

语法：SYD(Cost,Salvage,Life,Per)

其中：Cost　为资产原值；

Salvage　为资产在折旧期末的价值（有时也称为资产残值）；

Life　为折旧期限（有时也称作资产的使用寿命）；

Per　为期间，其单位与life相同。

示例：企业某固定资产原值为5500元，预计可使用5年，预计净残值为500元，利用年数总和法计算该固定资产每年应该提的折旧额。

【第1步】打开光盘中"素材"文件夹中的"6.7-折旧计算.xlsx"excel文件。

【第2步】选中C8单元格。

【第3步】单击数据编辑栏中的"插入函数" f_x 按钮，打开"插入函数"对话框。

【第4步】选择财务函数中的SYD函数，如图6-74所示。

【第5步】单击"确定"按钮，弹出函数参数设置窗口，将光标停留在第1个参数设置位置，用鼠标点选A2单元格，设置第1个参数（Cost）为"$A$2"。

【第6步】返回"函数参数"对话框，将光标停留在第2个参数设置位置，用鼠标点选B2单元格，设置第2个参数（Salvage）为"$B$2"。

【第7步】返回"函数参数"对话框，将光标停留在第3个参数设置位置，用鼠标点选C2单元格，设置第3个参数（Life）为"$C$2"。

【第8步】返回"函数参数"对话框，将光标停留在第4个参数设置位置，设置第4个参数（Per）为"1"。参数设置结果如图6-75所示。

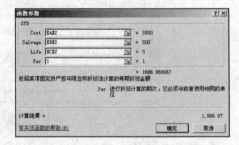

图6-74　选择"SYD"函数　　　　　　　　图6-75　参数设置

【第9步】单击"确定"按钮，返回工作表中的C8单元格，结果如图6-76所示。

	A	B	C	D	E	F
1	原值	预计净残值	预计使用年限	总工作量（小时）		
2	5500	500	5	10000		
3						
4	预计每年工作量	第一年	第二年	第三年	第四年	第五年
5		4000	3000	2000	500	500
6						
7	折旧方法	直线法(SLN)	年数总和法(SYD)	双倍余额递减法(VDB)	工作量法	
8	第一年折旧	1,000.00	1,666.67			
9	第二年折旧	1,000.00				
10	第三年折旧	1,000.00				
11	第四年折旧	1,000.00				
12	第五年折旧	1,000.00				
13	合　计	5,000.00	1,666.67		—	

图6-76　C8单元格的运算结果

【第10步】复制C8单元格的公式，粘贴到C9单元格，将SYD函数的第4个参数（Per）设置为"2"，如图6-77所示。按Enter键或单击数据编辑栏左边的 ✓ 按钮，计算结果显示在C9单元格。

【第11步】复制C8单元格的公式，粘贴到C10单元格，将SYD函数的第4个参数（Per）设置为"3"，即"=SYD($A$2,$B$2,$C$2,3)"。按Enter键或单击

数据编辑栏左边的 ✓ 按钮，计算结果显示在C10单元格。

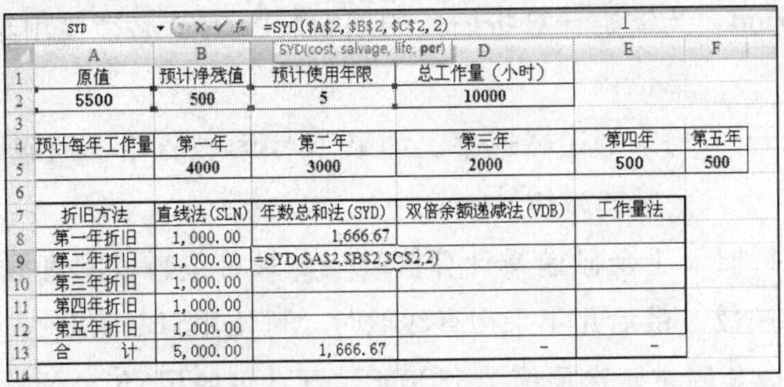

图6-77 C9单元格的运算结果

【第12步】复制C8单元格的公式，粘贴到C11单元格，将SYD函数的第4个参数（Per）设置为"4"，即"=SYD($A$2,$B$2,$C$2,4)"。按Enter键或单击数据编辑栏左边的 ✓ 按钮，计算结果显示在C11单元格。

【第13步】复制C8单元格的公式，粘贴到C12单元格，将SYD函数的第4个参数（Per）设置为"5"，即"=SYD($A$2,$B$2,$C$2,5)"。按Enter键或单击数据编辑栏左边的 ✓ 按钮，计算结果显示在C12单元格。计算结果如图6-78所示。

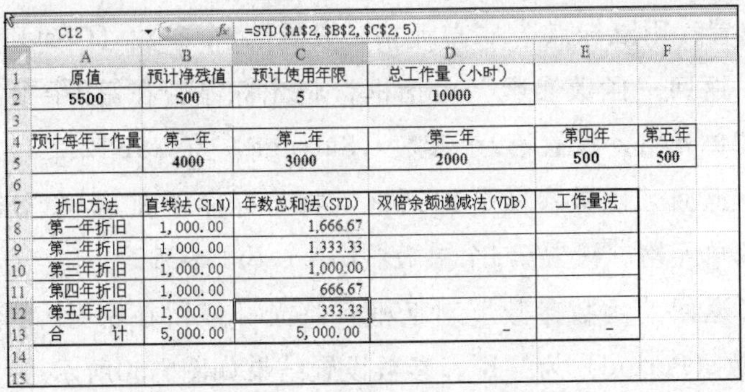

图6-78 年数总和法的运算结果

3. 双倍余额递减法

函数名称：DDB 使用双倍余额递减法或其他指定方法，计算一笔资产在给定期间内的折旧值。

语法：DDB(Cost,salvage,Life,Period,Factor)

其中：Cost 为资产原值；

Salvage 为资产在折旧期末的价值（有时也称为资产残值）。此值可以是0；

Life　为折旧期限（有时也称作资产的使用寿命）；

Period　为需要计算折旧值的期间。Period 必须使用与 life 相同的单位；

Factor　为余额递减速率。如果 factor 被省略，则假设为 2（双倍余额递减法）。

注意：当折旧大于余额递减计算值时，如果希望转换到直线余额递减法，可以使用VDB函数；最后几年采用直线法时，可使用SLN函数。

示例：企业某固定资产原值为5500元，预计可使用5年，预计净残值为500元，利用双倍余额递减法计算该固定资产每年应该提的折旧额。

【第1步】打开光盘中"素材"文件夹中的"6.7-折旧计算.xlsx"excel文件。

【第2步】选中D8单元格。

【第3步】单击数据编辑栏中的"插入函数" 𝑓ₓ 按钮，打开"插入函数"对话框。

【第4步】选择财务函数中的DDB函数，如图6-79所示。

【第5步】单击"确定"按钮，弹出函数参数设置窗口，将光标停留在第1个参数设置位置，用鼠标点选A2单元格，设置第1个参数（Cost）为"$A$2"。

【第6步】返回"函数参数"对话框，将光标停留在第2个参数设置位置，用鼠标点选B2单元格，设置第2个参数（Salvage）为"$B$2"。

【第7步】返回"函数参数"对话框，将光标停留在第3个参数设置位置，用鼠标点选C2单元格，设置第3个参数（Life）为"$C$2"。

【第8步】返回"函数参数"对话框，将光标停留在第4个参数设置位置，设置第4个参数（Period）为"1"。参数设置结果如图6-80所示。

图6-79　选择"DDB"函数

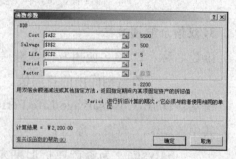

图6-80　参数设置

【第9步】单击"确定"按钮，返回工作表中的D8单元格，结果如图6-81所示。

	A	B	C	D	E	F	G
	D8		fx	=DDB($A$2,$B$2,$C$2,1)			
	A	B	C	D	E	F	G
1	原值	预计净残值	预计使用年限	总工作量（小时）			
2	5500	500	5	10000			
3							
4	预计每年工作量	第一年	第二年	第三年	第四年	第五年	
5		4000	3000	2000	500	500	
6							
7	折旧方法	直线法(SLN)	年数总和法(SYD)	双倍余额递减法	工作量法		
8	第一年折旧	1,000.00	1,666.67	2,200.00			
9	第二年折旧	1,000.00	1,333.33				
10	第三年折旧	1,000.00	1,000.00				
11	第四年折旧	1,000.00	666.67				
12	第五年折旧	1,000.00	333.33				
13	合　计	5,000.00	5,000.00	2,200.00	-		
14							
15							
16							

图6-81　D8单元格的运算结果

【第10步】复制D8单元格的公式，粘贴到D9单元格，将DDB函数的第4个参数（Period）设置为"2"，即"=DDB($A$2,$B$2,$C$2,2)"。按Enter键或单击数据编辑栏左边的 ✓ 按钮，计算结果显示在D9单元格。

【第11步】复制D8单元格的公式，粘贴到D10单元格，将DDB函数的第4个参数（Period）设置为"3"，即"=DDB($A$2,$B$2,$C$2,3)"。按Enter键或单击数据编辑栏左边的 ✓ 按钮，计算结果显示在D10单元格。

【第12步】选中D11单元格。

【第13步】单击数据编辑栏中的"插入函数" fx 按钮，打开"插入函数"对话框。

【第14步】选择财务函数中的SLN函数，单击"确定"按钮，弹出函数参数设置窗口，将光标停留在第1个参数设置位置，设置第1个参数（Cost）为"$A$2-$D$8-$D$9-$D$10"。

【第15步】返回"函数参数"对话框，将光标停留在第2个参数设置位置，用鼠标点选B2单元格，设置第2个参数（Salvage）为"$B$2"。

【第16步】返回"函数参数"对话框，将光标停留在第3个参数设置位置，用鼠标点选C2单元格，设置第3个参数（Life）为"2"，参数设置结果如图6-82所示。

【第17步】单击"确定"按钮，返回工作表中的D11单元格，结果如图6-83所示。

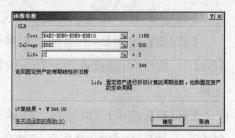

图6-82　参数设置

图6-83 D11单元格的运算结果

【第18步】复制D11单元格的公式，粘贴到D12单元格，按Enter键或单击数据编辑栏左边的 ✔ 按钮，计算结果显示在D12单元格，计算结果如图6-84所示。

图6-84 双倍余额递减法的运算结果

4. 工作量法

采用工作量法计提折旧可不使用函数，直接设置公式即可。

示例：企业某固定资产原值为5500元，预计净残值为500元，预计可使用10 000小时，第一年实际使用了4000小时，第二年实际使用了3000小时，第三年实际使用了2000小时，第四年实际使用了500小时，第五年实际使用了500小时，利用工作量法计算该固定资产每年应该提的折旧额。

【第1步】打开光盘中"素材"文件夹中的"6.7-折旧计算.xlsx"excel文件。

【第2步】选中E8单元格，在编辑栏中输入公式"=($A$2-$B$2)*$B$5/$B$2"，按Enter键或单击数据编辑栏左边的 ✔ 按钮，计算结果显示在D12单元格。

【第3步】选中E9单元格，在编辑栏中输入公式"=($A$2-$B$2)*$C$5/$B$2"，按Enter键或单击数据编辑栏左边的 ✔ 按钮，计算结果显示在E9单元格。

【第4步】选中E10单元格，在编辑栏中输入公式"=($A$2-$B$2)*$D$5/$B$2"，按Enter键或单击数据编辑栏左边的 ✓ 按钮，计算结果显示在E10单元格。

【第5步】选中E11单元格，在编辑栏中输入公式"=($A$2-$B$2)*$E$5/$B$2"，按Enter键或单击数据编辑栏左边的 ✓ 按钮，计算结果显示在E11单元格。

【第6步】选中E12单元格，在编辑栏中输入公式"=($A$2-$B$2)*$F$5/$B$2"，按Enter键或单击数据编辑栏左边的 ✓ 按钮，计算结果显示在E12单元格。计算结果如图6-85所示。

	A	B	C	D	E	F
1	原值	预计净残值	预计使用年限	总工作量（小时）		
2	5500	500	5	10000		
3						
4	预计每年工作量	第一年	第二年	第三年	第四年	第五年
5		4000	3000	2000	500	500
6						
7	折旧方法	直线法（SLN）	年数总和法（SYD）	双倍余额递减法	工作量法	
8	第一年折旧	1,000.00	1,666.67	2,200.00	40,000.00	
9	第二年折旧	1,000.00	1,333.33	1,320.00	30,000.00	
10	第三年折旧	1,000.00	1,000.00	792.00	20,000.00	
11	第四年折旧	1,000.00	666.67	344.00	5,000.00	
12	第五年折旧	1,000.00	333.33	344.00	5,000.00	
13	合　计	5,000.00	5,000.00	5,000.00	100,000.00	
14						

图6-85　工作量法的运算结果

6.7.2　货币时间价值的计算函数

货币时间价值的计算，在财务管理中有着广泛的用途，如存货管理、养老金决策、租赁决策、长期投资决策等方面。随着财务问题的日益复杂化，时间价值观念的应用也将日益广泛。

1. 复利终值的计算

复利终值有普通复利终值、普通年金终值和预付年终值等形式。

函数名称：fv　基于固定利率及等额分期付款方式，返回某项投资的未来值。

语法：fv(rate, nper, pmt, pv, type)

其中：rate　为各期利率；

　　　nper　为总投资期，即该项投资的付款期总数；

　　　pmt　为各期所应支付的金额，其数值在整个年金期间保持不变。通常，pmt包括本金和利息，但不包括其他费用或税款。如果省略pmt，则必须包括pv参数；

pv 为现值，或一系列未来付款的当前值的累积和。如果省略pv，则假设其值为零，并且必须包括pmt参数。

type 数字0或1，用以指定各期的付款时间是在期初（0）还是期末（1）。如果省略type，则假设其值为零。

注意：在pmt不为0，pv＝0，type＝1时、函数值为预付年金终值。在Excel中，对函数涉及金额的参数，是有特别规定的，即：支出的款项（如向银行存入款项），用负数表示；收入的款项（如股息收入），用正数表示。

（1）普通复利终值的计算。

例如，某人将10 000元投资于一个项目，年报酬率为6%，3年后的复利终值为：

fv (6%, 3, 0, − 10 000, 0) = 11 910（元）

（2）普通年金终值的计算。

例如，某人每年存入银行10 000元，年利率为10%，计算第3年年末可以从银行取得的本利和（每年年末存入银行）为：

fv (10%, 3, − 10 000, 0, 0) = 33 100（元）

（3）预付年金终值的计算。

仍以上例为例，计算预付年金终值（每年年初存入银行），则：

fv (10%, 3, −10 000, 0, 1) = 36 410（元）

2. 复利现值的计算

复利现值与复利终值是一对对称的概念，复利现值包括普通复利现值、普通年金现值和预付年金现值。

函数名称：pv 返回投资的现值。现值为一系列未来付款的当前值的累积和。

语法：pv(rate, nper, pmt, fv, type)

其中：rate 为各期利率。例如，如果按 10% 的年利率借入一笔贷款来购买汽车，并按月偿还贷款，则月利率为 10%/12（即 0.83%）。可以在公式中输入10%/12、0.83% 或0.008 3作为rate的值。

nper 为总投资期，即该项投资的付款期总数。例如，对于一笔4

年期按月偿还的汽车贷款，共有4×12（即48）个偿款期数。可以在公式中输入48作为nper的值。

pmt 为各期所应支付的金额，其数值在整个年金期间保持不变。通常，pmt包括本金和利息，但不包括其他费用或税款。例如，10 000元的年利率为12%的四年期汽车贷款的月偿还额为263.33元。可以在公式中输入−263.33作为pmt的值。如果忽略pmt，则必须包含fv参数。

fv 为未来值，或在最后一次支付后希望得到的现金余额，如果省略fv，则假设其值为零（例如，一笔贷款的未来值即为零）。例如，如果需要在18年后支付50 000元，则50 000元就是未来值。可以根据保守估计的利率来决定每月的存款额。如果忽略fv，则必须包含pmt参数。

type 数字0或1，用以指定各期的付款时间是在期初（0）还是期末（1）。

（1）普通复利现值的计算。

例如，某人想在5年后获得本利和10 000元，投资报酬率为10%，他现在应投入的金额为：

$$pv(10\%, 5, 0, 10\,000, 0) = -6\,209 \text{（元）}$$

（2）普通年金现值的计算。

例如，某人要购买一项养老保险，购买成本为60 000元，该保险可以在20年内于每月末回报500元、投资报酬率为8%，计算这笔投资是否值得。

$$pv(0.08/12, 12 \times 20.500, 0, 0) = -59\,777 \text{（元）}$$。由于养老保险的现值（59 777元）小于实际支付的现值（60 000元），因此，这项投资不合算。

（3）预付年金现值的计算。

例如，用6年时间分期付款购物，每年预付566元。设银行利率为10%，该项分期付款相当于一次现金交付的购价是多少？

$$pv(10\%, 6.200, 0, 1) = -958 \text{（元）}$$

6.7.3 投资决策中有关指标的计算

投资决策中，作为评价方案优劣尺度的指标主要有净现值、现值指数和内含报酬率。这些计算通常用手工较为麻烦，Excel直接提供了计算净现值和内含报酬率的函数，现值指数可以间接地计算得到。

1. 净现值的计算

函数名称：npv 通过使用贴现率以及一系列未来支出（负值）和收入（正值），返回一项投资的净现值。

语法：npv(rate, value1, value2, ...)

其中：rate 为某一期间的贴现率，是一固定值；

value1, value2, ... 代表支出及收入的1～254个参数。value1, value2, ...在时间上必须具有相等间隔，并且都发生在期末。

注意：npv使用value1, value2, ... 的顺序来解释现金流的顺序。所以务必保证支出和收入的数额按正确的顺序输入。

如果参数为数值、空白单元格、逻辑值或数字的文本表达式，则都会计算在内；如果参数是错误值或不能转化为数值的文本，则被忽略。

如果参数是一个数组或引用，则只计算其中的数字。数组或引用中的空白单元格、逻辑值、文本或错误值将被忽略。

例如，某公司准备购置一台新设备，价款为40 000元，以扩大生产规模，项目周期为5年，各年的净现金流量分别为15 000、12 000、13 000、18 000、8 000，若资金成本为16%，计算这一投资项目的净现值并说明是否可行。

npv(0.1, −40 000, 15 000, 12 000, 13 000, 18 000, 8 000) = 9 620（元）净现值大于0，所以该项目可行。

2. 内含报酬率的计算

函数名称：IRR 返回由数值代表的一组现金流的内部收益率。这些现金流不必为均衡的，但作为年金，它们必须按固定的间隔产生，如按月或按年。内部收益率为投资的回收利率，其中包含定期支付（负值）和定期收入（正值）。

语法：IRR(values, guess)

其中：values 为数组或单元格的引用，包含用来计算返回的内部收益率的数字；

guess 为对函数IRR计算结果的估计值。

注意：values必须包含至少一个正值和一个负值，以计算返回的内部收益率。函数IRR根据数值的顺序来解释现金流的顺序。故应确定按需要的顺序输入了支付和收入的数值。如果数组或引用包含文本、逻辑值或空白单元格,这些数值将被忽略。

Excel使用迭代法计算函数IRR。从guess开始,函数IRR进行循环计算,直至结果的精度达到0.000 01%。如果函数IRR经过20次迭代,仍未找到结果,则返回错误值#NUM!。

在大多数情况下,并不需要为函数IRR的计算提供guess值。如果省略guess,假设它为0.1 (10%)。

如果函数IRR返回错误值#NUM!,或结果没有靠近期望值,可用另一个guess值再试一次。

仍以上例为例,由于函数IRR的参数values必须是一组或单元格中的数字,所以假定上述各年的净现金流量分别放在A1,A2,…,A6单元格中,然后在A7中输入IRR(A1:A6),就可以得到内含报酬率为20%。

6.8 练习与提高

示例:将市场部各小组按照第1季度销售合计情况进行排名,但是只显示前三名的名次。

思路点拨:按照第1季度销售合计情况进行排名用到的是RANK()函数,实现只显示前三名的名次的效果可以使用IF()函数进行嵌套,即RANK()函数结果小于4的显示,大于等于4的显示为空值("")

【第1步】打开光盘中"素材"文件夹中的"6.8市场部1季度销售业绩表.xlsx"excel文件。

【第2步】选中G3单元格。

【第3步】单击数据编辑栏中的"插入函数" f_x 按钮,打开"插入函数"对话框。

【第4步】选中"IF"函数,单击"确定"按钮,弹出"函数参数"对话框。

【第5步】将光标停留在第1个参数设置位置,设置第1个参数(logical_test)为"RANK(F3,$F$3:$F$10)<4"。

【第6步】返回"函数参数"对话框,将光标停留在第2个参数设置位置,设置第2个参数（value_if_true）为"RANK(F3,$F$3:$F$10)"。

【第7步】返回"函数参数"对话框，将光标停留在第3个参数设置位置，设置第3个参数（value_if_false）为""（空），参数设置结果如图6-86所示。

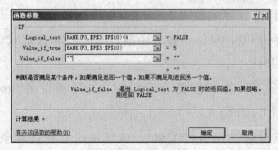

图6-86　参数设置

【第8步】单击"确定"按钮，返回工作表中的G3单元格，结果如图6-87所示。

	A	B	C	D	E	F	G
	市场部第一季度销售业绩表						
2	部门	一月份	二月份	三月份	总计	平均销售额	业绩排名
3	一小组	93,450.00	124,620.00	166,250.00	384,320.00	128,106.67	
4	二小组	125,050.00	96,200.00	155,280.00	376,530.00	125,510.00	
5	三小组	193,800.00	146,200.00	163,490.00	503,490.00	167,830.00	
6	四小组	113,930.00	108,960.00	124,690.00	347,580.00	115,860.00	
7	五小组	189,560.00	153,890.00	135,520.00	478,970.00	159,656.67	
8	六小组	88,560.00	108,590.00	125,360.00	322,510.00	107,503.33	
9	七小组	109,560.00	123,140.00	155,540.00	388,240.00	129,413.33	
10	八小组	139,560.00	153,760.00	135,520.00	428,840.00	142,946.67	

图6-87　G3单元格的运算结果

【第9步】将光标停在G3单元格右下角，当光标变为 时，按住鼠标左键向下拖拽，将G4到G10单元格的公式进行填充，如图6-88所示。

	A	B	C	D	E	F	G	H
	市场部第一季度销售业绩表							
2	部门	一月份	二月份	三月份	总计	平均销售额	业绩排名	
3	一小组	93,450.00	124,620.00	166,250.00	384,320.00	128,106.67		
4	二小组	125,050.00	96,200.00	155,280.00	376,530.00	125,510.00		
5	三小组	193,800.00	146,200.00	163,490.00	503,490.00	167,830.00	1	
6	四小组	113,930.00	108,960.00	124,690.00	347,580.00	115,860.00		
7	五小组	189,560.00	153,890.00	135,520.00	478,970.00	159,656.67	2	
8	六小组	88,560.00	108,590.00	125,360.00	322,510.00	107,503.33		
9	七小组	109,560.00	123,140.00	155,540.00	388,240.00	129,413.33		
10	八小组	139,560.00	153,760.00	135,520.00	428,840.00	142,946.67	3	

图6-88　运算结果

第7章 财务表格的打印设置

主要知识点
- 设置页面布局
- 打印设置

需要注意的问题
- 页边距设置
- 页眉页脚设置
- 快速打印

7.1 页面布局设置

我们把财务表格设计完成之后，有时候需要打印出来，我们可以打印整个或部分工作表和工作簿，一次打印一个或多个。通常情况下，单击"Microsoft Office 按钮" ，然后单击"打印"，或者采用键盘快捷方式（Ctrl+P），都可以将财务表格按照Excel默认地设置进行打印。如果想对页面布局、打印机属性等细节进行调整，还必须进行手工设置。

7.1.1 打印方式设置

通过"页面设置"对话框，我们可以对财务表格的打印方式进行设置，主要包括纸张方向、缩放比例、纸张大小、打印质量、起始页码等。

示例：为"记账凭证"工作表进行打印方式设置，要求为：纸张方向为横向、缩放比例为90%、纸张大小为A5、打印质量为1200点/英寸。

【第1步】打开光盘中"素材"文件夹中的"7打印.xlsx"Excel文件。

【第2步】选择"页面布局"选项卡，单击右下角的功能扩展按钮，如图7-1所示。

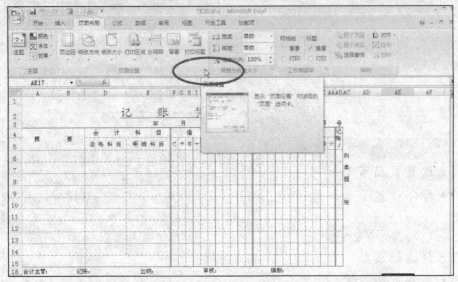

图7-1 页面功能扩展按钮

【第3步】打开"页面设置"对话框，在"页面"选项卡的"方向"栏中选中 横向(L) 单选按钮；设置缩放比例为"90%正常尺寸"；在"纸张大小"下拉列表框中选择"A5"选项；在"打印质量"下拉列表框中选择"1200点/英寸"选项。如图7-2所示。

【第4步】单击"打印预览"按钮，查看设置效果，如图7-3所示。

图7-2 页面设置窗口

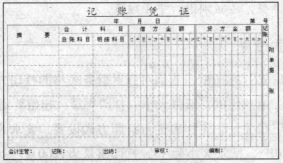

图7-3 打印预览窗口

【第5步】单击"关闭打印预览"按钮 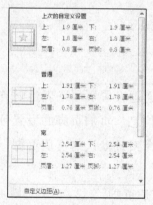，返回工作表页面。

7.1.2 页边距设置

我们可以通过"页边距"设置来调整工作表在页面中位置。"页边距"设置可以通过"页面设置"对话框中的"页边距"选项卡进行手动调整。"页边距"选项卡中主要包括"上"、"下"、"左"、"右"、"页眉"和"页脚"6个数值框和"水平"、"垂直"两种居中方式。选项卡中间的空白区域是快速预览区，通过快速预览区用户可以很直观地看到设置页边距之后打印区域发生的变化。

选择"页面布局"选项卡，单击"页边距"选项 ，弹出系统默认和保存的一些页边距设置模板，如图7-4所示。

根据需要我们可以单击"页边距"，然后单击"上次的自定义设置"、"普通"、"窄"或"宽"进行选择，如果都不满意，单击"自定义边距"按钮，弹出"页面设置"对话框中的"页边距"选项卡，进行手动调整，如图7-5所示。

图7-4 页边距设置模板窗口

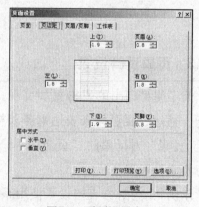

图7-5 页面设置窗口

注意：虽然各个数值框里的数值可以任意输入，为了美观，最好还是注意保持"上""下"、"左""右"和"页眉""页脚"的对称。

另外我们还可以使用鼠标来更改页边距。单击"页面设置"对话框中的"打印预览"按钮，打开打印预览界面，在选项卡中选中 显示边距 按钮，预览区域就出现了边距线，通过鼠标拖拽的方式可以轻松完成"页边距"的设置，如图7-6所示。

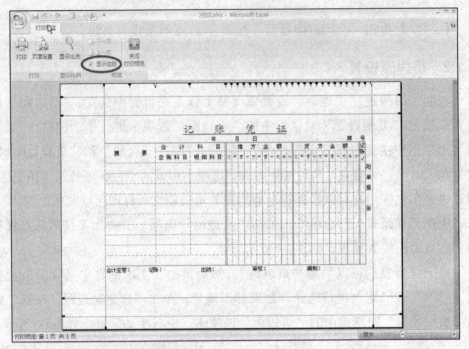

图7-6 打印预览页边距设置

7.1.3 页眉页脚设置

为了使打印出的表格更加美观，通常我们通过设置页眉来表达财务表格的主题，通过设置页脚来表达财务表格的页码等信息。页眉页脚的设置可以通过"页面设置"对话框的"页眉/页脚"选项卡选择系统默认的页眉页脚，也可以进行自定义设置。

示例1：为财务表格设置使用系统默认的页眉页脚。

【第1步】打开光盘中"素材"文件夹中的"7打印.xlsx" Excel文件。

【第2步】选择"页面布局"选项卡，单击右下角的功能扩展按钮，打开"页面设置"对话框，单击"页眉/页脚"选项卡，如图7-7所示。

【第3步】单击页眉设置的下拉列表框选择"记账凭证"选项，如图7-8所示。

【第4步】单击页脚设置的下拉列表框选择"第1页"选项，如图7-9所示。

【第5步】单击"打印预览"按钮，查看设置效果，如图7-10所示。

【第6步】单击"关闭打印预览"按钮，返回工作表页面。

示例2：为财务表格自定义页眉页脚，设置页眉为"记账凭证样表"（左对齐），设置页脚为"2009年6月"（右对齐）。

图7-7 页眉页脚

图7-8 选择页眉

图7-9 选择页脚

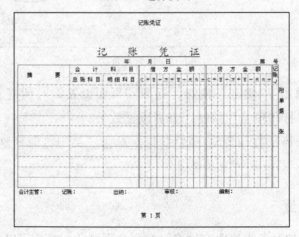
图7-10 生成预览

【第1步】打开光盘中"素材"文件夹中的"7打印.xlsx"Excel文件。

【第2步】选择"页面布局"选项卡，单击右下角的功能扩展按钮，打开"页面设置"对话框，单击"页眉/页脚"选项卡。

【第3步】单击"自定义页眉"按钮，弹出页面自定义窗口，在"左"的空白栏中输入"记账凭证样表"，如图7-11所示。

图7-11　自定义页眉

【第4步】单击"确定"按钮，返回"页面设置"对话框的"页眉/页脚"选项卡，单击"自定义页脚"按钮，弹出页面自定义窗口在"右"的空白栏中输入"2009年6月"，如图7-12所示。

图7-12　自定义页脚

【第5步】单击"确定"按钮，返回"页面设置"对话框的"页眉/页脚"选项卡。单击"打印预览"按钮，查看设置效果。

【第6步】选择"打印预览/预览"组，单击"关闭打印预览"按钮，返回工作表页面。

7.1.4　分页设置

如果预打印的财务表格内容过多，需要分页打印，我们可以根据需要在表格中插入"分页符"。插入分页符的方法主要有两种，下面分别用示例加以介绍。

示例1：通过"插入分页符"命令为凭证表设置分页。

【第1步】打开光盘中"素材"文件夹中的"7分页符.xlsx"Excel文件。

【第2步】选择需要插入分页符的单元格位置，这样我们选中A19单元格。

【第3步】选择"页面布局"选项卡，在"页面设置"选项组中点击"分隔符" 按钮，单击"插入分页符"选项，如图7-13所示。

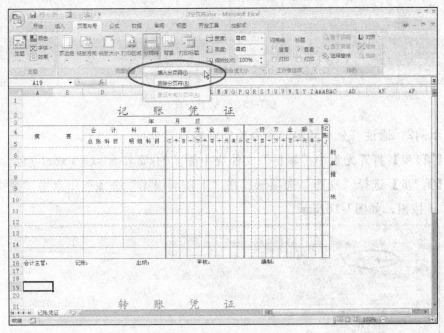

图7-13 插入分页符

【第4步】我们可以看到表格中18行和19行之间出现了一条虚线，这就是分页符。单击"Microsoft Office按钮" ，选择"打印/打印预览"命令，如图7-14所示。

【第5步】系统弹出打印预览窗口，单击"下一页"按钮，可预览下一页的打印效果，如图7-15所示，同样的道理，单击"上一页"按钮，可预览上一页的打印效果。

【第6步】选择"打印预览/预览"组，单击"关闭打印预览"按钮 ，返回工作表页面。

图7-14 选择打印预览

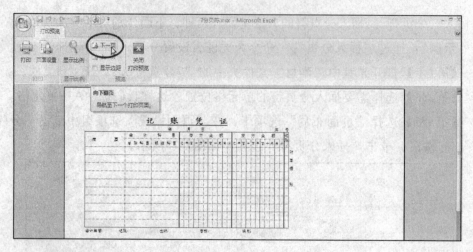

图7-15　预览下一页

示例2：通过"分页预览"命令为凭证表设置分页。

【第1步】打开光盘中"素材"文件夹中的"7分页符.xlsx"Excel文件。

【第2步】选择"视图"选项卡，在"工作簿视图"选项组中点击"分页预览"按钮，如图7-16所示。

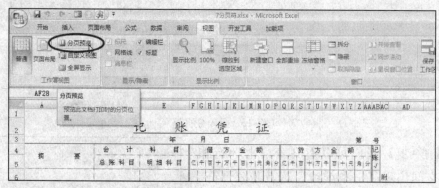

图7-16　选择分页预览

【第3步】分页预览窗口中的蓝色虚线就是分页符的位置，用鼠标拖动分页符到合适位置即可，如图7-17所示。

【第4步】完成分页符设置，单击"工作簿视图"选项组中的"普通"按钮，如图7-18所示，返回工作表界面。

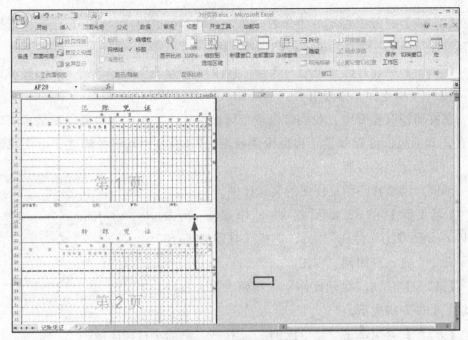

图7-17　调整分页符位置

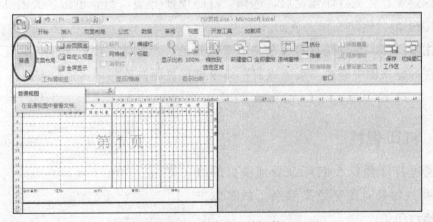

图7-18　完成分页符调整

7.2　打印预览

我们把需要打印的财务表格经过页面布局进行打印设置后，可以通过"打印预览"命令来预览打印效果，如果对效果不满意再进行重新设置。

示例：预览表格的打印效果。

【第1步】打开要预览的工作表，单击"Microsoft Office按钮" ，选择"打印/打印预览"命令，进入打印预览视图。

【第2步】完成打印预览后，选择"打印预览/预览"组，单击"关闭打印预览"按钮 ，返回工作表页面。

在打印预览视图中，我们可以进行页面设置、显示比例设置以及显示边距设置，其中页面设置和显示边距设置我们在7.1内容中都已经陈述，下面我们看一下显示比例的设置。

示例：调整打印预览视图的显示比例。

【第1步】打开要预览的工作表，单击"Microsoft Office按钮" ，选择"打印/打印预览"命令，进入打印预览视图。

【第2步】单击"显示比例" 按钮，放大打印区域，如图7-19所示。

图7-19 显示比例

【第3步】再次单击"显示比例" 按钮，则缩小打印区域。

【第4步】完成打印预览后，选择"打印预览/预览"组，单击"关闭打印预览"按钮 ，返回工作表页面。

注意：打印预览是在打印前务必要进行的一个非常重要的步骤，并且我们可以在预览视图中通过"页面设置"命令进行页面快速布局，轻松方便。

7.3 打印表格

通过打印预览我们可以看到模拟的打印效果，如果对预览效果满意，就可以进行表格打印了。

7.3.1 打印属性设置

打印属性包括选择打印机、设置打印范围、打印内容及打印份数等。

图7-20 选择打印

打开预打印的一个工作表，单击"Microsoft Office按钮" ，选择"打印/打印"命令，如图7-20所示。

　　打开"打印内容"对话框，在其中选择打印机、设置打印范围、打印内容以及打印份数，如图7-21所示。设置好以后单击"确定"按钮，即可以开始打印了。

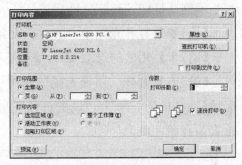

　　注意：

　　（1）在设置打印机时，单击"属性"属性(R).....按钮可以设置打印机的属性，如纸张选项（见图7-22）、双面打印设置（见图7-23）。

图7-21　打印设置

图7-22　设置纸张

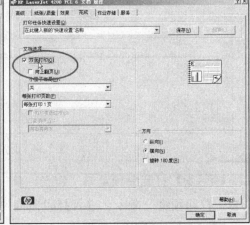

图7-23　设置单双面打印

　　（2）在设置打印范围时，选中 ○页(G) 选项，可以设置打印的具体页码范围，该页码是系统默认的页数编码，与用户自定义的页码无关。

　　（3）在设置打印份数时，当文档的页数比较多时，选中 ☑逐份打印(O) 选项，是按份打印文档，反之则是按页打印。例如某文档共3页，准备打印5份，如果选中 ☑逐份打印(O) 选项，则打印顺序是先打印一份文档第1页到第3页，然后打印第二份文档第1页到第3页，第三份，第四份，第五份；如果没有选中 ☑逐份打印(O) 选项，则打印顺序是先打印5份第1页，再打印5份第2页，最后打印5份第3页。

7.3.2　打印区域设置

　　当我们只想打印表格中的某个特定区域时，可以通过"区域打印"功能来实现。

　　示例：打印"转账凭证样表"。

　　【第1步】打开光盘中"素材"文件夹中的"7分页符.xlsx"Excel文件。

　　【第2步】用鼠标选取A21：AC35单元格区域。

　　【第3步】选择"页面布局"选项卡，在"页面设置"选项组中点击"打印区域" 按钮，单击"设置打印区域"命令，如图7-24所示，将选中的区域设置为打印区域。

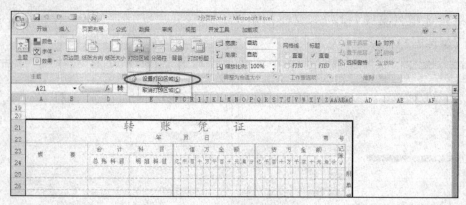

图7-24　设置打印区域

　　【第4步】打开要预览的工作表，单击"Microsoft Office 按钮" ，选择"打印/打印预览"命令，进入打印预览视图。

　　【第5步】完成打印预览后，选择"打印预览/预览"组，单击"关闭打印预览"按钮 ，返回工作表页面。

7.3.3　快速打印

　　快速打印是一种不需要进行打印设置，直接开始打印的方式。

　　示例：快速打印"记账凭证样表"。

　　【第1步】打开光盘中"素材"文件夹中的"7打印.xlsx"Excel文件。

　　【第2步】单击"Microsoft Office按钮" ，选择"打印/快速打印"命令，如图7-25所示。

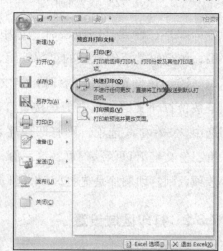

图7-25　选择快速打印

【第3步】"打印"对话框将自动打开，同时打印机进行打印，打印完成后系统会自动关闭"打印"对话框。

7.4 练习与提高

示例：打印企业员工信息表。

思路点拨：企业员工信息表内容较多，要想打印效果较好，必须进行打印区域、缩放比例、分页、页眉页脚设置等，另外，为了使打印的每页信息完整清晰，需要为每页都设置上行标题。

【第1步】打开光盘中"素材"文件夹中的"7人员信息表.xlsx"Excel文件。

【第2步】用鼠标选取A1：J73单元格区域。

【第3步】选择"页面布局"选项卡，在"页面设置"选项组中点击"打印区域" 按钮，单击"设置打印区域"命令，将选中的区域设置为打印区域，如图7-26所示。

图7-26 设置打印区域

【第4步】打开要预览的工作表，单击"Microsoft Office按钮"，选择"打印/打印预览"命令，进入打印预览视图。

【第5步】在打印预览视图中,单击"打印"组中的"页面设置" 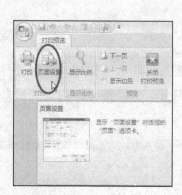 按钮,如图7-27所示。

【第6步】系统显示"页面设置"对话框,如图7-28所示。

图7-27 页面设置

图7-28 页面设置

【第7步】在"页面设置"对话框中的"页面"选项页中,将缩放比例调整为90%,如图7-29所示。

【第8步】在"页面设置"对话框中的"页边距"选项页中,将"居中方式"选为"水平" ☑水平(Z) ,如图7-30所示。

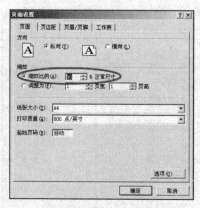

图7-29 调整缩放比例

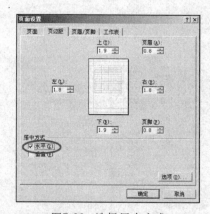

图7-30 选择居中方式

【第9步】在"页面设置"对话框中的"页眉/页脚"选项页中,将"页脚"设置为"第1页,共?页"的形式,如图7-31所示。

【第10步】单击"页面设置"对话框中的"工作表"选项页,单击"打印标题"中"顶端标题行"右侧的 按钮,如图7-32所示。

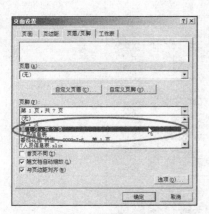

图7-31　选择页脚

图7-32　选择顶端标题行

【第11步】系统弹出"页面设置－顶端标题行"设置窗口，用鼠标点选工作表的第二行，如图7-33所示。

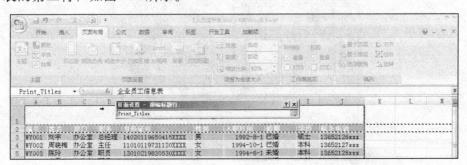

图7-33　显示顶端标题

【第12步】选择好区域后，单击"页面设置－顶端标题行"设置窗口右侧的 ▥ 按钮，如图7-34所示，返回"页面设置"对话框。

【第13步】这样就在"页面设置"对话框的"工作表"选项页设置好了"顶端标题行"，单击对话框中的"打印预览"打印预览(W)按钮，如图7-35所示，进入打印预览视图。

【第14步】在打印预览窗口中，单击"下一页"按钮，可预览下一页的打印效果，同样的道理，单击"上一页"按钮，可预览上一页的打印效果，效果如图7-36、图7-37所示。

图　7-34

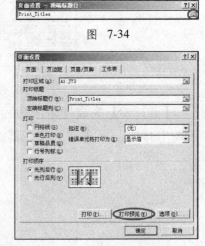

图7-35　进入打印预览

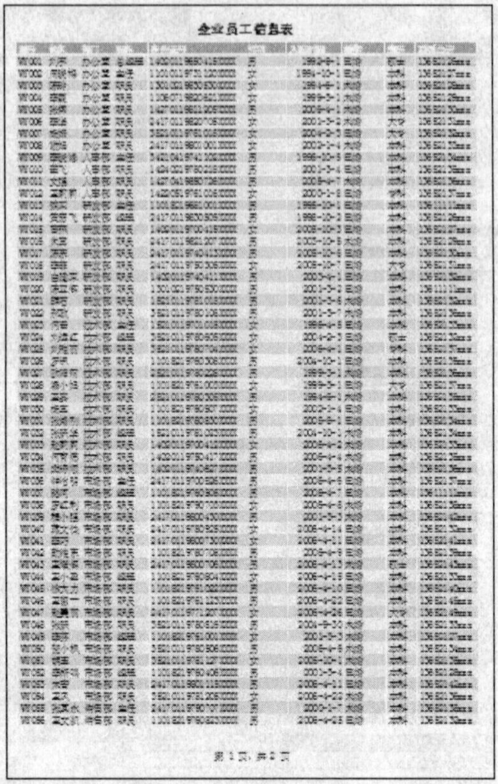

图7-36 打印预览

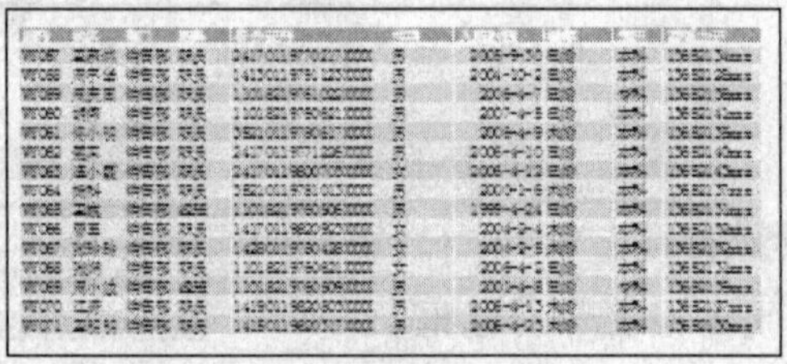

图7-37 打印预览

【第15步】完成打印预览后，选择"打印预览/预览"组，单击"关闭打印预览"按钮，返回工作表页面。

第**8**章 Excel的高级应用

主要知识点

* 控件
* 宏

需要注意的问题

* 下拉菜单饼图的制作
* 宏的作用

Microsoft Excel 作为万能电子表格的制作工具，除了拥有功能强大的内建函数，用于执行简单或复杂的计算以外，还拥有很多自动化的功能。特别是自Excel 97以后，随着ActiveX控件的嵌入以及VBA的强化，利用Microsoft Excel可以制作出自动化程度更高、功能更为强大的电子表格，特别是配合使用公式、ActiveX控件及VBA，可以起到事半功倍的效果，因而在我们的工作及生活中也得到越来越广泛的应用。

图8-1 选择Excel选项

要使用Microsoft Office Excel 2007中的高级功能，必须启用"开发工具"选项卡。操作步骤如下：

【第1步】单击"Microsoft Office按钮" ，选择"Excel选项" 。如图8-1所示。

【第2步】单击"Excel选项" Excel 选项(I) 按钮，弹出"Excel选项"对话框，如图8-2所示。

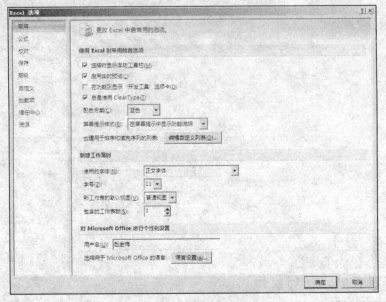

图8-2　Excel选项

【第3步】在"Excel选项"对话框的"常用"选项卡上，单击以选中"在功能区显示'开发工具'选项卡"复选框，如图8-3所示。

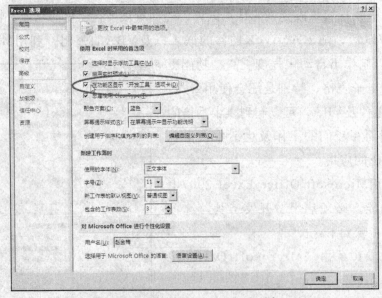

图8-3　选中"开发工具"选项卡

【第4步】单击"Excel选项"对话框中的"确定"按钮，返回工作表页面，我们可以看到，"开发工具"已经显示在了Excel功能选项卡上，如图8-4所示。

图8-4　显示Excel功能选项卡

8.1　控件

控件是方便用户进行交互，以输入或操作数据的对象。Microsoft Excel 提供了多个对话框工作表控件，我们可以使用这些工作表控件来帮助选择数据。例如，下拉框、列表框、微调框和滚动条都可用于选择列表中的项目。

通过向工作表添加控件并将其链接到单元格，我们可以返回控件当前位置的数值。可以将该数值和INDEX函数结合使用以从列表中选择不同项目。

示例：将"公司近几年成本费用表"制作成动态的下拉菜单式饼图，效果如图8-5所示。

思路点拨：需要用到控件来实现图表的动态变化。要想使图与表相关联，还需要用到INDEX函数。

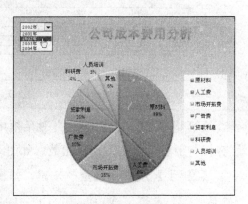

图8-5　下拉菜单效果图

函数名称：INDEX　返回数组中指定单元格或单元格数组的数值

语法：INDEX(Array,Row_num,Column_num)

其中：Array　单元格区域或数组常数；

　　　Row_num　数组中某行的行序号，函数从该行返回数值；

　　　Column_num　数组中某列的列序号，函数从该列返回数值。

注意：Row_num 和 column_num 必须指向array中的某一单元格，否则，函数INDEX返回错误值#REF!。

【第1步】打开光盘中"素材"文件夹中的"8.1下拉菜单式饼图.xlsx"

Excel文件。

【第2步】选择A9单元格,在A9单元格输入数字"1",如图8-6所示。

A9		fx	1					
	公司近几年成本费用表							
费用项目	原材料	人工费	市场开拓费	广告费	贷款利息	科研费	人员培训	其他
2001年	4,532,353.00	1,015,433.00	2,234,321.00	1,087,534.00	1,200,000.00	400,000.00	324,543.00	653,224.00
2002年	4,623,543.00	1,030,241.00	2,193,043.00	1,643,870.00	1,200,000.00	500,000.00	400,000.00	765,438.00
2003年	5,034,246.00	1,093,843.00	2,038,412.00	2,374,073.00	1,200,000.00	700,000.00	280,000.00	634,592.00
2004年	5,432,190.00	1,128,904.00	2,303,426.00	2,985,309.00	1,200,000.00	800,000.00	340,000.00	523,460.00

图8-6 输入1

【第3步】选择B9单元格,单击数据编辑栏左侧的"插入函数" fx 命令,弹出"插入函数"对话框,如图8-7所示。

B9		fx						
	公司近几年成本费用表							
费用项目	原材料	人工费	市场开拓费	广告费	贷款利息	科研费	人员培训	其他
2001年	4,532,353.00	1,015,433.00	2,234,321.00	1,087,534.00	1,200,000.00	400,000.00	324,543.00	653,224.00
2002年	4,623,543.00	1,030,241.00	2,193,043.00	1,643,870.00	1,200,000.00	500,000.00	400,000.00	765,438.00
2003年	5,034,246.00	1,093,843.00	2,038,412.00	2,374,073.00	1,200,000.00	700,000.00	280,000.00	634,592.00
2004年	5,432,190.00	1,128,904.00	2,303,426.00	2,985,309.00	1,200,000.00	800,000.00	340,000.00	523,460.00
	1							

图8-7 插入函数

【第4步】在"插入函数"对话框中,选择"查找与引用"类的INDEX函数,如图8-8所示。

【第5步】单击"确定"按钮,弹出"选定参数"对话框,选择"array, row_num, column_num"参数组,如图8-9所示。

【第6步】单击"确定"按钮,弹出"函数参数"设置对话框,如图8-10所示。

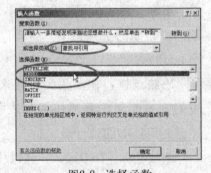

图8-8 选择函数

图8-9 选定参数

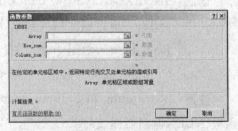

图8-10 确定

【第7步】将光标停留在第1个参数设置位置，设置第1个参数（Array）为"B3:B6"（可以用鼠标点选，也可以直接输入）；将光标停留在第2个参数设置位置，设置第2个参数（Row_num）为"$A$9"（可以用鼠标点选，也可以直接输入），参数设置结果如图8-11所示。

图8-11　设定参数

【第8步】单击"确定"按钮，返回工作表B9单元格，查看函数计算结果，如图8-12所示。

图8-12　显示函数计算结果

【第9步】将光标停在B9单元格右下角，当光标变为 ╋ 时，按住鼠标左键向右拖拽，将C9到I9单元格的公式进行填充，如图8-13所示。

图8-13　公式填充

【第10步】选择B9：I9单元格区域，单击"插入"选项卡的"图表"组中"饼图"按钮，选择"二维饼图"，如图8-14所示。

【第11步】单击 ◔ 按钮，工作表中就插入了一个二维饼图，如图8-15所示。

【第12步】单击"设计"选项卡的"图表布局"组中的"其他" 按钮，选择"布局6"，如图8-16所示。

【第13步】单击"布局6" 按钮，插入的图标变为"布局6"的形式，如图8-17所示。

图8-14　选择生成饼图

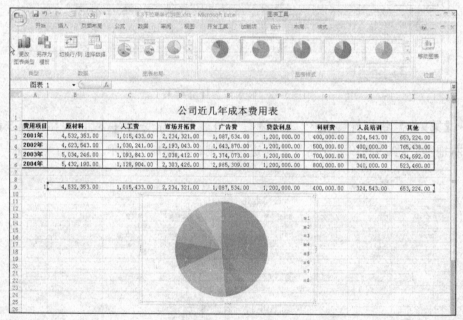

图8-15　生成饼图

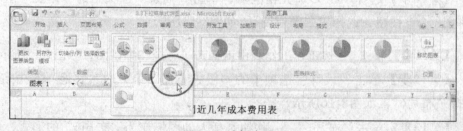

图8-16　选择布局6

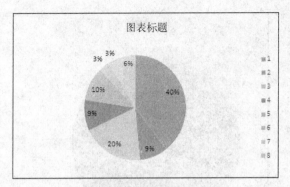

图8-17　布局6的形式

【第14步】单击"设计"选项卡的"图表样式"组中的"其他" 按钮，选择"样式26"，如图8-18所示。

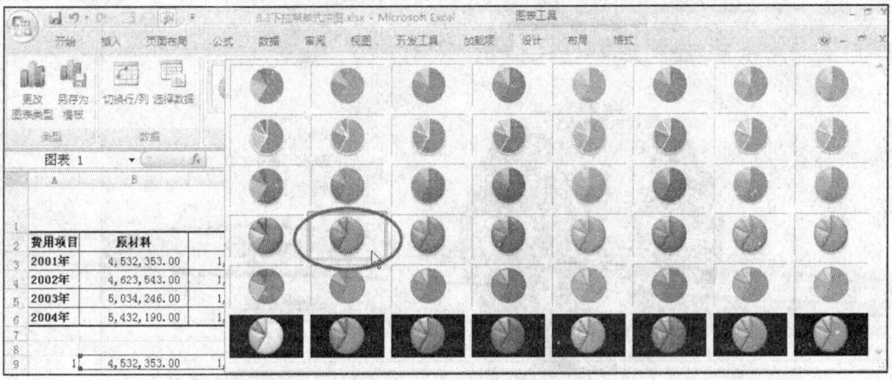

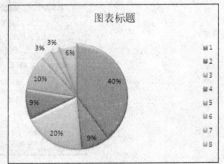

图8-18　选择样式26

【第15步】单击"样式26" 按钮，插入的图标变为"样式26"的形式，如图8-19所示。

【第16步】单击插入的饼图的"图表区"的"图表标题"，将"图表标题"变为艺术字"公司成本费用分析"样式，如图8-20所示。

【第17步】选择插入的饼图的"图表区"的"图例"标签，点击鼠标右键，选择"选择数据"，如图8-21所示。

图8-19　样式26的形式

【第18步】单击"选择数据"按钮，弹出"选择数据源"对话框，如图8-22所示。

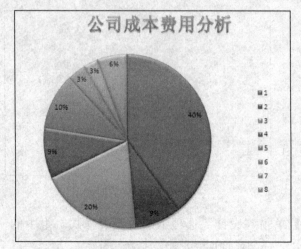

图8-20 修改标题

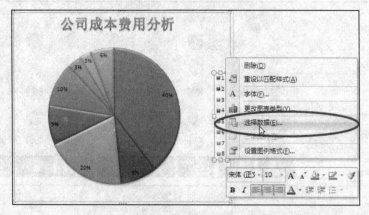

图8-21 选择数据

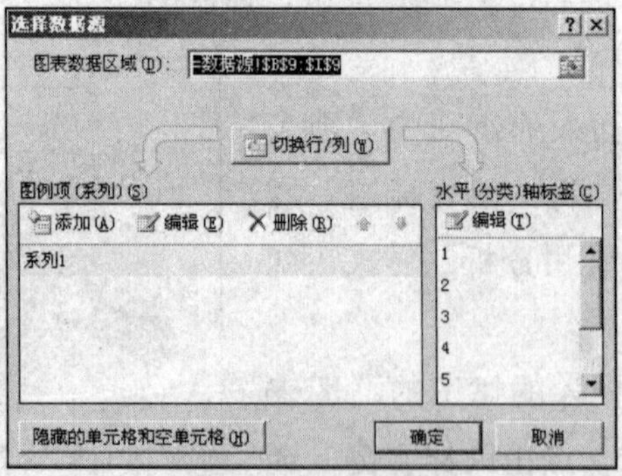

图8-22 选择数据源

【第19步】单击"选择数据源"对话框右下角"水平（分类）轴标签"中的"编辑" ☑编辑(T)，如图8-23所示，弹出"轴标签"对话框，如图8-24所示。

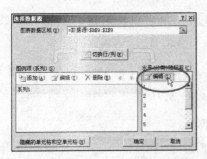

图8-23　轴标签

图8-24　轴标签区域

【第20步】单击"轴标签"对话框右侧的"选择区域" 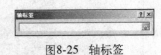 按钮，弹出"轴标签"设置窗口，如图8-25所示。

图8-25　轴标签

【第21步】用鼠标选择B2：I2区域，如图8-26所示。

图8-26　选择轴标签区域

【第22步】单击"轴标签"对话框右侧的"选择区域" 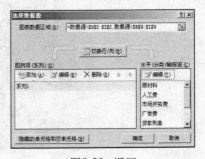 按钮，返回"轴标签"对话框，如图8-27所示。

【第23步】单击"确定"按钮，返回"选择数据源"对话框，如图8-28所示。

图8-27　选中区域　　　　　　　　　　图8-28　返回

【第24步】单击"确定"按钮，返回工作表编辑区。

【第25步】选择工作表"图表区"的饼图，单击鼠标右键，选择"设置数据标签格式"命令，如图8-29所示。

【第26步】单击"设置数据标签格式"命令，弹出"设置数据标签格式"对话框，在"标签选项"中选中"类别名称"复选框 ☑ 类别名称(G)，取消"显示引导线"复选框 ☐ 显示引导线(H)，如图8-30所示。

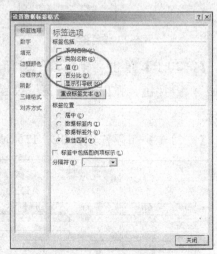

图8-29 选择设置数据标签格式　　　　图8-30 取消显示引导线复选框

【第27步】单击"关闭"按钮，返回工作表中的图表编辑区，效果如图8-31所示。

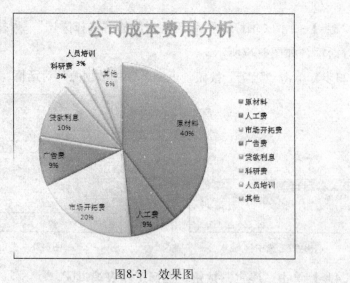

图8-31 效果图

【第28步】选择"开发工具"选项卡中的"控件"组，单击"插入" 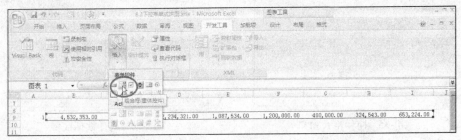 按钮，选择表单控件中的"组合框"，如图8-32所示。

图8-32 选择控件

【第29步】单击"组合框" 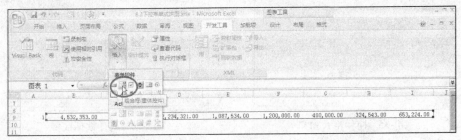 按钮，用鼠标在插入的图表的"图表区"的左上角画出"组合框"的位置，如图8-33所示。

【第30步】选择"组合框"控件，单击鼠标右键，选择"设置控件格式"，如图8-34所示。

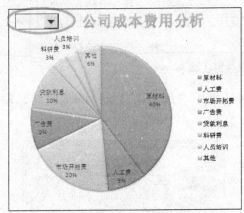

图8-33 生成控件

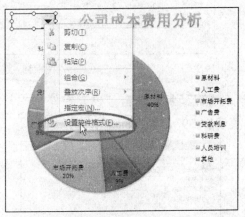

图8-34 设置控件格式

【第31步】单击"设置控件格式"命令，弹出"设置控件格式"对话框，如图8-35所示。

【第32步】在"设置控件格式"对话框中，单击"数据源区域"设置右侧的 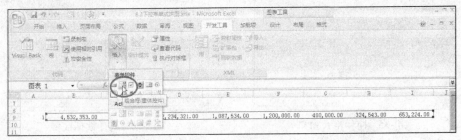，如图8-36所示，弹出"设置控件格式"设置窗口，如图8-37所示。

【第33步】在"设置控件格式"设置窗口中，用鼠标点选或直接输入"$A$3:$A$6"，如图8-38所示。

【第34步】单击"设置控件格式"设置窗口右侧的 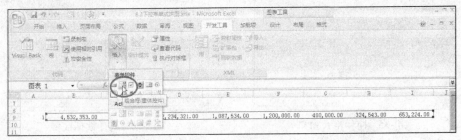，返回"设置控件格式"对话框，如图8-39所示。

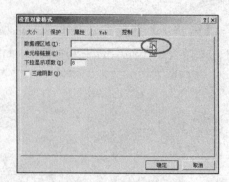

图8-35 控件格式窗口　　　　　　　　　图8-36 选择数据区域

图 8-37

公司近几年成本费用表

费用项目	原材料	人工费	市场开拓费	广告费	佣金/利息	科研费	人员培训	其他
2001年	4,532,353.00	1,015,433...					324,543.00	653,224.00
2002年	4,623,543.00	1,030,24...					400,000.00	765,438.00
2003年	5,034,246.00	1,093,843.00	2,038,412.00	2,374,073.00	1,200,000.00	700,000.00	280,000.00	634,592.00
2004年	5,432,190.00	1,128,904.00	2,303,426.00	2,985,309.00	1,200,000.00	800,000.00	340,000.00	523,460.00
1	4,532,353.00	1,015,433.00	2,234,321.00	1,087,534.00	1,200,000.00	400,000.00	324,543.00	653,224.00

图8-38 选取数据区域

【第35步】单击"设置控件格式"对话框中"单元格链接"的编辑区，输入"$A$9"，如图8-40所示。

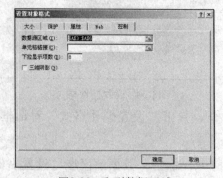

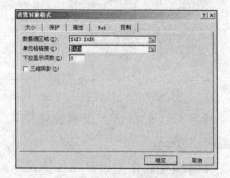

图8-39 取到数据区域　　　　　　　　　图8-40 设置单元格链接

【第36步】单击"设置控件格式"对话框中"确定"按钮，返回工作表中的图表区，如图8-41所示。

【第37步】单击 "组合框"控件进行下拉列表选择，查看图表区饼图的变化，如图8-42所示。

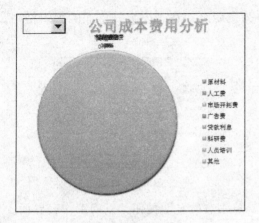
图8-41 图表生成

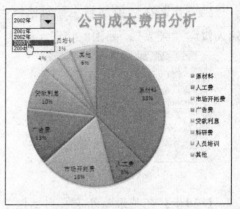
图8-42 根据选项变化

8.2 宏

宏的英文名称为Macro，意思是"大量使用的"。宏的用途是使常用任务自动化，它的作用是记录鼠标和键盘的操作过程，并快速完成这一系列操作。开发人员可以使用代码编写功能更强大的VBA（Visual Basic for Applications (VBA)：Microsoft Visual Basic的宏语言版本，用于编写基于Microsoft Windows的应用程序，内置于多个Microsoft程序中。）宏，这些宏可以在计算机上运行多条命令。

下面用简单的示例来说明宏的录制与调用。

示例1：录制一个名为"录入"的宏，在工作表的A1单元格录入"序号"，B1单元格录入"名称"。

【第1步】打开光盘中"素材"文件夹中的"8.2宏.xlsx"Excel文件中的"录制"工作表。

【第2步】点击"开发工具"选项卡"代码"组中的"录制宏" 📷录制宏 按钮，如图8-43所示，弹出"录制新宏"对话框，如图8-44所示。

图8-43 选择录制宏

【第3步】在"录制新宏"对话框中为宏命名，在"宏名"下面的编辑栏中输入汉字"录入"，如图8-45所示。

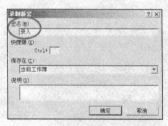

图8-44 取名 　　　　　　　　　　图8-45 取名

【第4步】在"录制新宏"对话框中，单击"确定"按钮，返回工作表界面。

【第5步】在工作表的A1单元格录入"序号"，B1单元格录入"名称"，如图8-46所示。

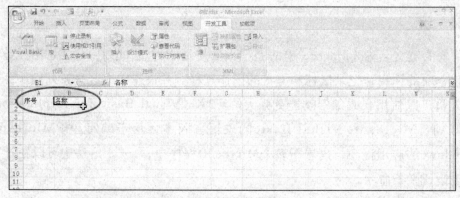

图8-46 录入数据

【第6步】点击"开发工具"选项卡"代码"组中的"停止录制" 停止录制 按钮，如图8-47所示，返回工作表界面。

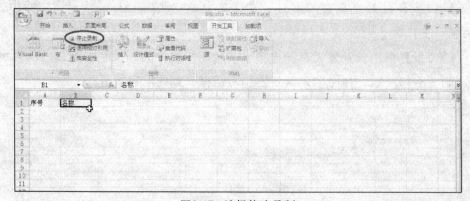

图8-47 选择停止录制

【第7步】点击"开发工具"选项卡"代码"组中的"宏"  按钮，如图8-48所示，弹出"宏"对话框，如图8-49所示。

图8-48　选择宏按钮

【第8步】点击"宏"对话框中的"编辑"按钮，打开"Microsoft Visual Basic"编辑器编辑窗口，如图8-50所示，熟练用户可以根据需要修改宏的代码。

【第9步】点击"关闭" ⊠按钮，返回工作表页面。

示例2：在"复制"工作表中调用名为"录入"的宏。

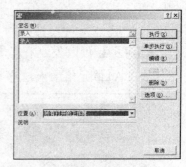

图8-49　选择宏

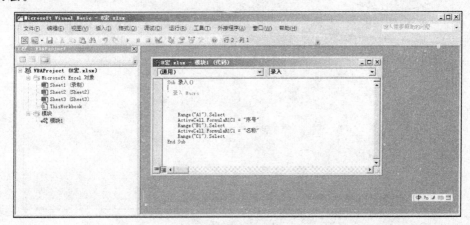

图8-50　宏编辑器

【第1步】打开 "8宏.xlsx" Excel文件中的"复制"工作表。

【第2步】点击"开发工具"选项卡"代码"组中的"宏" 按钮，弹出"宏"对话框。

【第3步】选择名为"录入"的宏，点击"宏"对话框中的"执行"按钮，如图8-51所示。

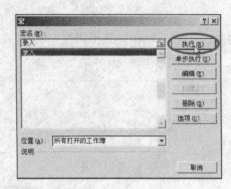

图8-51　执行宏

【第4步】可以发现在"复制"工作表中执行了示例1中的录入工作，即在工作表的A1单元格录入"序号"，B1单元格录入"名称"，如图8-52所示。

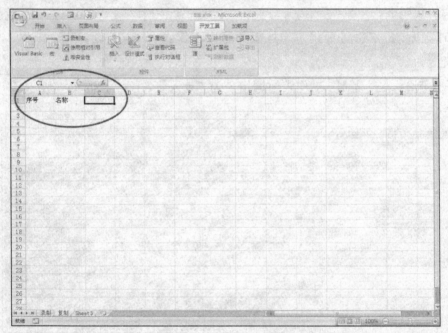

图8-52　执行结果

8.3　练习与提高

示例：利用宏快速将工作表中的超链接删除。

思路点拨：如果用点击鼠标右键，选择"取消超链接"命令的方法来删除工作表中的超链接，需要一个单元格一个单元格的进行操作，费时费力，而用宏就能轻松实现。

【第1步】打开光盘中"素材"文件夹中的"8.3超链接.xlsx"Excel文件。

【第2步】点击"开发工具"选项卡"代码"组中的"录制宏" 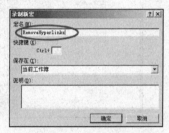 按钮，弹出"录制新宏"对话框，在"录制新宏"对话框中为宏命名，在"宏名"下面的编辑栏中输入"RemoveHyperlinks"，如图8-53所示。

【第3步】在"录制新宏"对话框中，单击"确定"按钮，返回工作表界面。

【第4步】选择A2单元格，点击鼠标右键，选择"取消超链接"命令，如图8-54所示。

图8-53　录入宏名

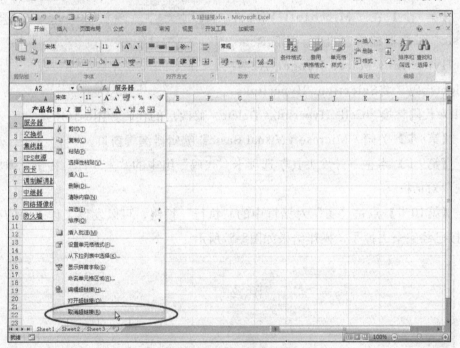

图8-54　选择取消超级链接

【第5步】点击"开发工具"选项卡"代码"组中的"停止录制" 停止录制 按钮。

【第6步】点击"开发工具"选项卡"代码"组中的"宏" 宏 按钮，弹出"宏"对话框，"编辑"按钮，打开"Microsoft Visual Basic"编辑器编辑窗口，如图8-55所示。

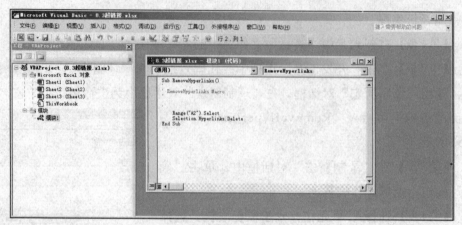

图8-55　宏编辑器

【第7步】在"Microsoft Visual Basic"编辑器编辑窗口中，删除RemoveHyperlinks Macro Range("A2").Select代码，将Selection. Hyperlinks.

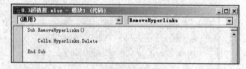

图8-56　修改代码

Delete代码替换为Cells.Hyperlinks.Delete，修改后的代码如图8-56所示。

【第8步】关闭"Microsoft Visual Basic"编辑器编辑窗口。

【第9步】点击"开发工具"选项卡"代码"组中的"宏" 按钮，弹出"宏"对话框。

【第10步】点击"宏"对话框中的"执行"按钮，可以发现工作表中的超链接已经完全去掉了，操作结果如图8-57所示。

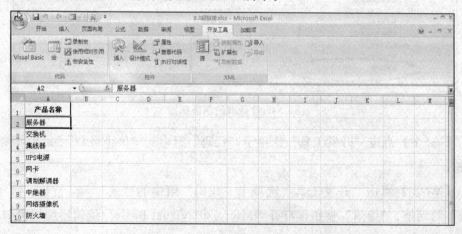

图8-57　执行结果

第 **9** 章　制作日常财务管理表格

主要知识点

- 表单美化
- 函数应用
- 图标动态分析

需要注意的问题

- IF函数的多层嵌套
- 滚动条控件的应用

9.1　差旅费报销单

"差旅费报销单"是企业日常单据之一，一般由出差人员填写，汇总粘贴各种差旅过程中的有效单据，经有关人员审核签字后，作为财务报销原始凭证使用。

9.1.1　目标分析

一份电子的"差旅费报销单"要便于填写、便于费用的控制，差旅过程中的费用发生状况能清楚体现出来。当然，"差旅费报销单"制作目标根据各企业实际情况和规定不同会有所差异，但一般来说这个电子表单需要实现以下功能：

（1）清晰明了，便于报销人填写。

（2）各种费用项目齐全。

（3）费用能实现自动汇总。

（4）各责任人权责明确。

（5）表单美观大方。

（6）形成模板。

9.1.2 制作准备

1. 拟定具体项目

表单制作人员首先要根据自己企业的特点拟定"差旅费报销单"中的具体项目，如出差人、出差地点、起讫日期、交通费、补助、住宿费、餐费、相关人员签章等。

2. 考虑各项目在表格中的布局

拟定好具体项目后，需要认真考虑一下各项目在表单中的布局，最好能在纸张上把预期的表单效果描绘下来。

3. 考虑通用性

因为该表单要作为模板使用，考虑好项目布局后，仔细审视各项目，还需要检查其是否具有通用性。设计表单时保留一定的空白项，以便填写一些针对特殊情况的项目。

9.1.3 操作步骤

在Excel中，制作一份标准的"差旅费报销单"，一般需要经过以下几个步骤：

（1）启动Excel，创建"差旅费报销单"工作簿；

（2）输入表单的名称、项目；

（3）表单布局、美化表格；

（4）设置限制输入条件；

（5）保存为模板。

示例：为维缘科技有限公司制作一个"差旅费报销单"模板，效果如图9-1所示。

（1）启动excel，创建"差旅费报销单"工作簿。

【第1步】新建一个Excel 2007工作簿，为工作簿命名为"差旅费报销单.xlsx"，并打开。

（2）输入表单的名称、项目。

【第2步】在"Sheet1"工作表中输入差旅费报销单各项目，如图9-2所示。

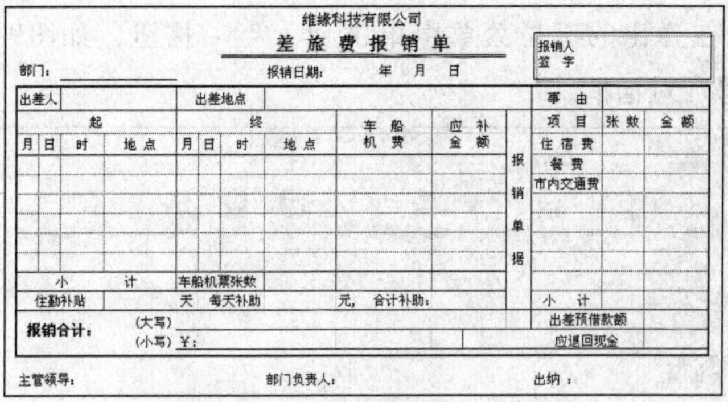

图9-1 效果图

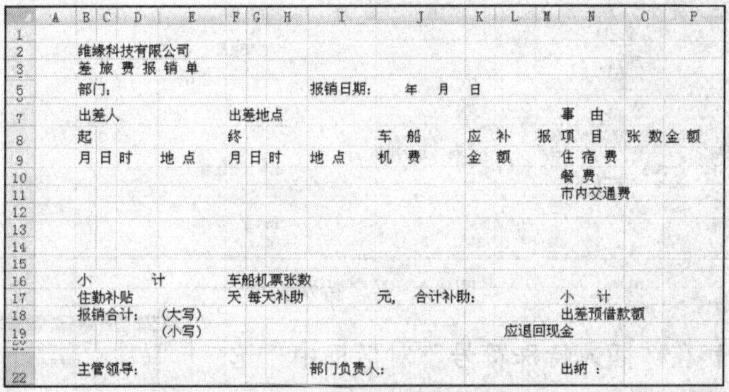

图9-2 录入各项目

【第3步】选择F19单元格，单击"插入"选项卡中"特殊符号"组中的，符号▾按钮，如图9-3所示。

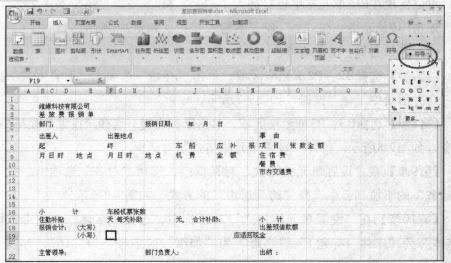

图9-3 选择特殊符号

【第4步】在弹出的下拉菜单中单击 ， 更多... 按钮，如图9-4所示，打开"插入特殊符号"对话框。

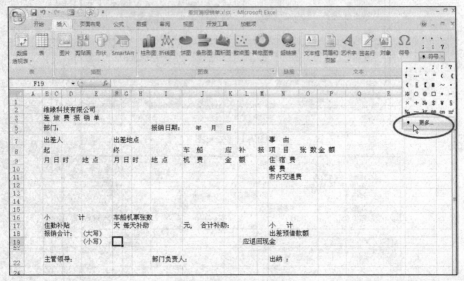

图9-4 更多特殊符号

【第5步】在"插入特殊符号"对话框中，选择"单位符号"选项卡，选择"￥"符号，如图9-5所示。

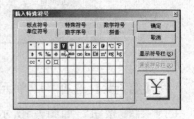

图9-5 特殊符号

【第6步】单击"确定"按钮，返回工作表界面，可以发现在F19单元格中已经插入了"￥"符号，单击F19单元格，在"￥"符号后输入"："，如图9-6所示。

（3）表单布局、美化表格。

【第7步】选择B2：P2单元格区域，单击"开始"选项卡"对齐方式"组中的"合并后居中" 按钮，如图9-7所示。

【第8步】选择B3：P3单元格区域，单击鼠标右键，选择"设置单元格格式"命令，如图9-8所示，打开"设置单元格格式"对话框。

【第9步】在"设置单元格格式"对话框中，选择"对齐"选项卡，在"水平对齐"的下拉列表中选择"跨列居中"的方式，如图9-9所示。

【第10步】在"设置单元格格式"对话框中，选择"字体"选项卡，设置"字体"为"宋体（标题）"、"字形"为"加粗"、"字号"为"16"，如图9-10所示。

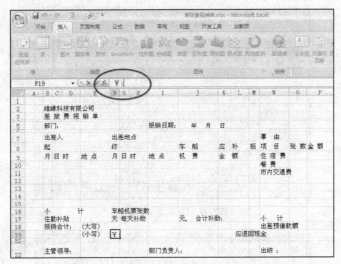

图9-6 插入特殊符号

图9-7 合并单元格

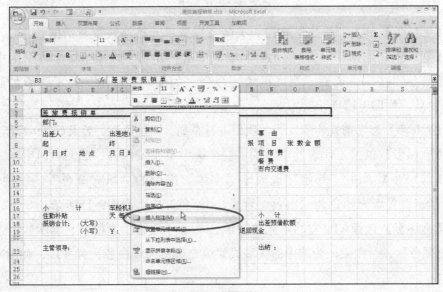

图9-8 插入批注

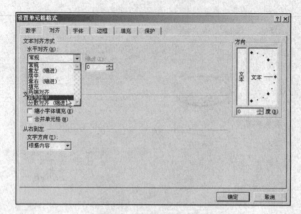

图9-9 设置对齐方式

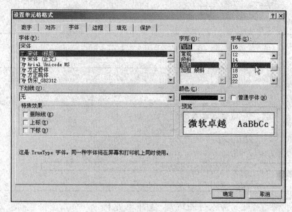

图9-10 选择字体

【第11步】单击"确定"按钮,关闭"设置单元格格式"对话框。

【第12步】选择H3:L3单元格区域,单击"开始"选项卡"字体"组中的"边框" 按钮,选择"双底框线"命令,如图9-11所示,为表头添加双下划线效果,如图9-12所示。

【第13步】参考前几步骤,为各项目进行布局、添加边框,效果如图9-13所示。

【第14步】单击工作表左上方的 ,选中整张工作表,如图9-14所示。

【第15步】单击"开始"选项卡"字体"组中的"填充颜色" 按钮,为工作表设置填充颜色为"白色,背景1,深色25%"如图9-15所示。

【第16步】选择A1:Q24单元格区域,单击"开始"选项卡"字体"组中的"填充颜色" 按钮,为选中的区域设置填充颜色为"白色,背景1",如图9-16所示。

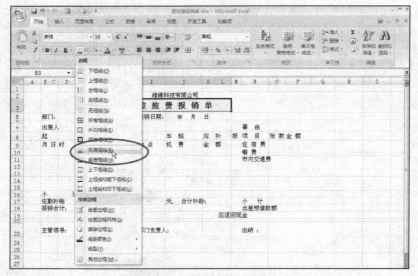

图9-11 添加双下划线

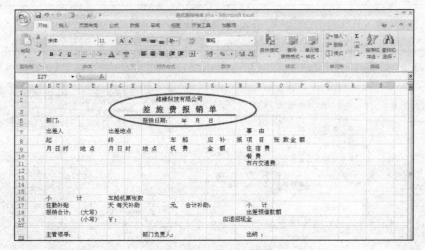

图9-12 双划线效果图

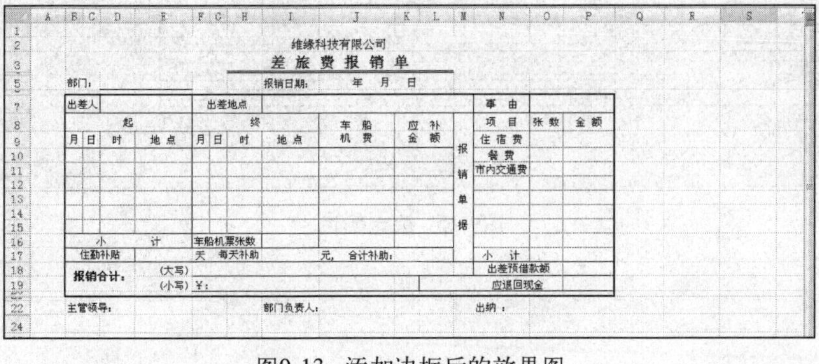

图9-13 添加边框后的效果图

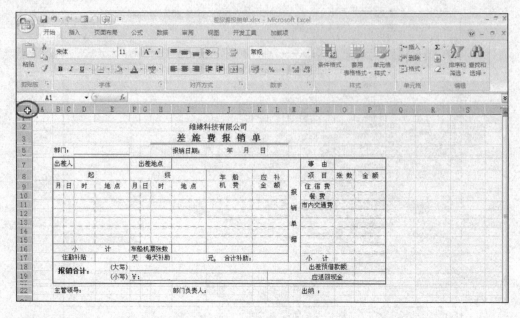

图9-14　选中范围

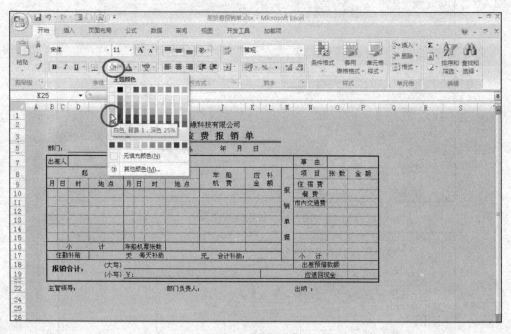

图9-15　填充颜色

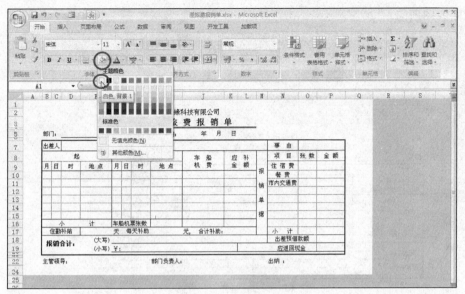

图9-16 填充颜色

【第17步】单击"插入"选项卡"插图"组中的"形状" 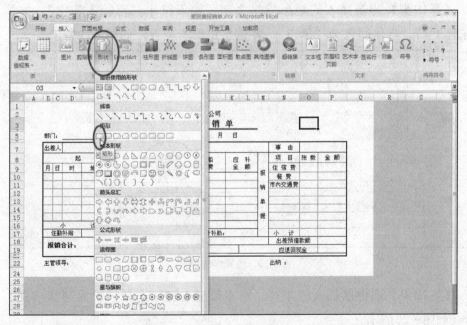 按钮，在下拉菜单中选择"矩形"，如图9-17所示，在工作表中插入一个矩形。

图9-17 选择形状

【第18步】选中新插入的矩形，单击鼠标右键，选择"编辑文字"命令，如图9-18所示。

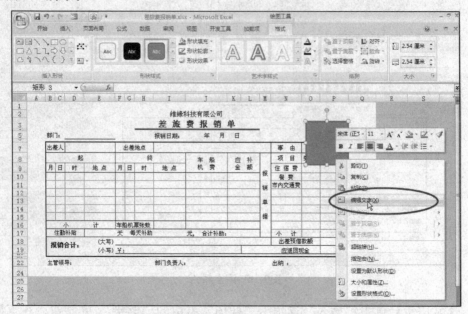

图9-18 给矩形输入文字

【第19步】为新插入的矩形编辑文字，输入汉字"报销人签字"，字体为"宋体9号"，字体颜色为"黑色"，并调整矩形的位置，如图9-19所示。

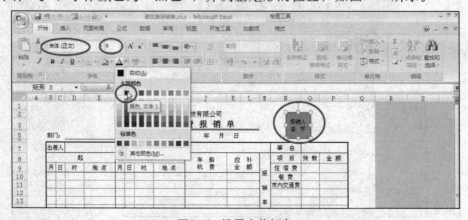

图9-19 设置字体颜色

【第20步】选中新插入的矩形，单击鼠标右键，选择"设置形状格式"命令，如图9-20所示。

【第21步】在打开的"设置形状格式"对话框中，为矩形设置填充为"无填充"，如图9-21所示，线条颜色为"无线条"，如图9-22所示。

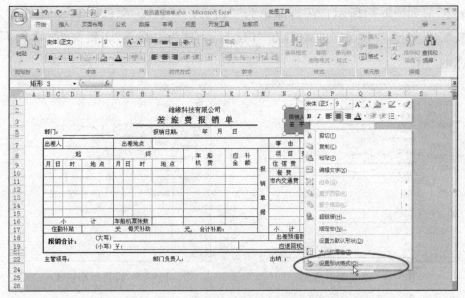

图9-20 设置形状格式

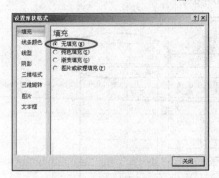

图9-21 设置矩形格式

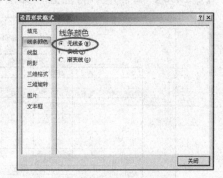

图9-22 设置矩形格式

【第22步】单击"插入"选项卡"插图"组中的"形状" 按钮，在下拉菜单中选择"矩形"，在工作表中再插入一个矩形。

【第23步】选中新插入的矩形，单击鼠标右键，选择"设置形状格式"命令。在打开的"设置形状格式"对话框中，为矩形设置填充为"无填充"，如图9-21所示；线条颜色为"实线"，颜色为"黑色"，如图9-23所示；线型宽度为"0.75磅"、连接类型为

图9-23 设置矩形格式

"斜接",如图9-24所示;阴影颜色为"白色,背景1,深色50%",透明度为"0%",大小为"100%",模糊为"0磅",角度为"45度",距离为"2.8磅",如图9-25所示。

图9-24 设置矩形格式

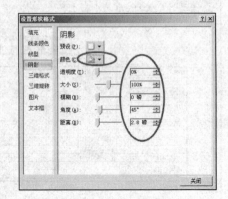

图9-25 设置矩形格式

【第24步】调整矩形的位置,如图9-26所示。

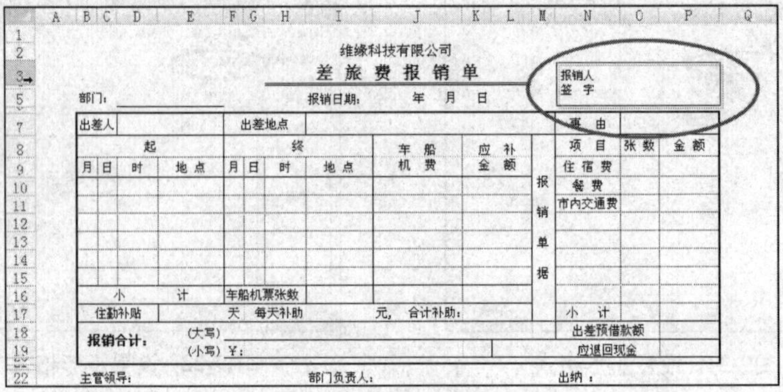

图9-26 矩形效果图

(4)设置限制输入条件。

【第25步】选择D5单元格,为"部门"设置数据有效性,单击"数据"选项卡"数据工具"组中的"数据有效性" 按钮,在下拉菜单中选择"数据有效性",如图9-27所示。

【第26步】打开"数据有效性"对话框,在"设置"选项卡中设置有效性条件"允许"为"序列",来源为"办公室,人事部,研发部,技术部,市场部,销售部"(注意:部门之间用半角逗号,隔开)如图9-28所示,单击"确定"按钮,关闭对话框。

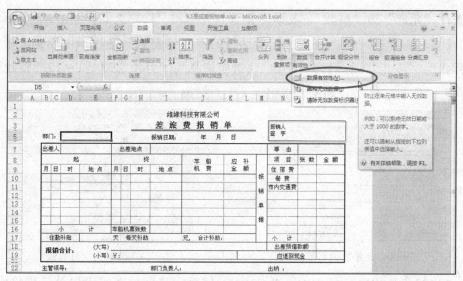

图9-27 设置数据有效性

【第27步】选择B10：B15单元格区域，单击鼠标右键，选择"设置单元格格式"命令。

【第28步】打开"设置单元格格式"对话框，在"数字"选项卡中设置数据类型为"自定义00"，如图9-29所示，单击"确定"按钮，关闭对话框。

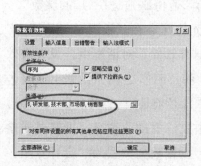

图9-28 设置数据有效性

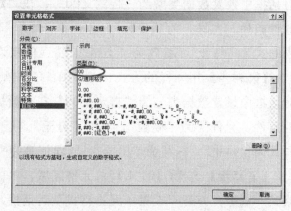

图9-29 设置单元格格式

【第29步】选择B10：B15单元格区域，为"月"设置数据有效性，单击"数据"选项卡"数据工具"组中的"数据有效性" 按钮，在下拉菜单中选择"数据有效性"。

【第30步】打开的"数据有效性"对话框，在"设置"选项卡中设置有效性条件"允许"为"整数",数据"介于""1"和"12"之间,如图9-30所示。

【第31步】在"数据有效性"对话框的"出错警告"选项卡中设置出错警告样式为"停止",标题为"出错",错误信息为"月份必须是1~12的整数",如图9-31所示,单击"确定"按钮,关闭对话框。

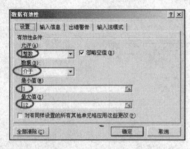 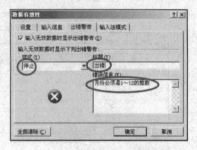

图9-30 设置数据有效性   图9-31 设置数据有效性

【第32步】用同样的方式,为C10:C15单元格区域在"设置单元格格式"对话框中设置数据类型为"自定义00";在"数据有效性"对话框中,设置有效性条件"允许"为"整数",数据"介于""1"和"31"之间、设置出错警告样式为"停止",标题为"出错",错误信息为"日必须是1~31的整数"。

【第33步】用同样的方式,为F10:F15单元格区域在"设置单元格格式"对话框中设置数据类型为"自定义00";在"数据有效性"对话框中,设置有效性条件"允许"为"整数",数据"介于""1"和"12"之间、设置出错警告样式为"停止",标题为"出错",错误信息为"月份必须是1~12的整数"。

【第34步】用同样的方式,为G10:G15单元格区域在"设置单元格格式"对话框中设置数据类型为"自定义00"在"数据有效性"对话框中,设置有效性条件"允许"为"整数",数据"介于""1"和"31"之间、设置出错警告样式为"停止",标题为"出错",错误信息为"日必须是1~31的整数"。

【第35步】选择G10:L15单元格区域,单击鼠标右键,选择"设置单元格格式"命令,打开"设置单元格格式"对话框,设置数据类型为"会计专用;2位小数;无货币符号",如图9-32所示,单击"确定"按钮,关闭对话框。

【第36步】用同样的方式为P9:P19单元格区域、I17单元格、K17单元格、G19单元格设置数据类型为"会计专用;2位小数;无货币符号",单击"确定"按钮,关闭对话框。

【第37步】选择P19单元格,在编辑栏中为P19设置公式为"=IF(P18=0,

""(P18-G19))",如图9-33所示。

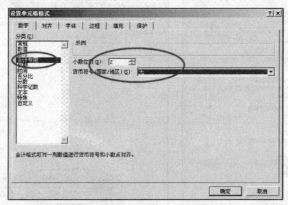

图9-32 设置小数位

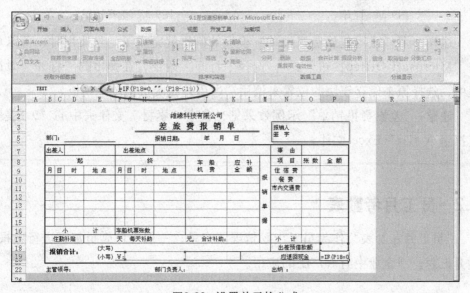

图9-33 设置单元格公式

【第38步】单击编辑栏左边的"确定" ✓ ，完成公式输入。

（5）保存为模板。

【第39步】单击"Microsoft Office按钮" ，选择"另存为"命令，单击"Excel工作簿"命令，如图9-34所示。

【第40步】打开"另存为"对话框，输入文件名"通用差旅费报销单.xltx"，保存类型为"Excel 模板"，如图9-35所示。

【第41步】选择好保存位置，单击"确定"按钮，关闭对话框。

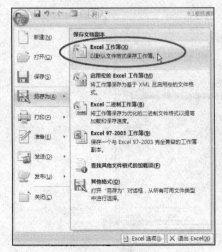
图9-34 打开

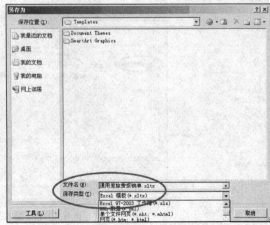
图9-35 选择模板

这样一个"通用差旅费报销单"模板的制作就完成了，当使用时，可以单击"Microsoft Office按钮" ，选择"打开"命令，在弹出的"打开"对话框中，选择原来保存模块的位置来调用"通用差旅费报销单"模板。

注意："差旅费报销单"示例效果见光盘中"素材"文件夹中的"9.1差旅费报销单.xlsx"Excel文件。

9.2 员工月考勤表

"员工月考勤表"作为员工出勤情况的记录，一般由考勤员每天进行填报，按月汇总，在企业中有着广泛的应用。

9.2.1 目标分析

"员工月考勤表"是一种典型的记录表单，应便于记录与汇总。通常来讲，比较实用的"员工月考勤表"应具备以下几个功能：

（1）能清晰记录企业每个员工每天的出勤情况；

（2）能反映每天企业所有员工的出勤情况；

（3）能汇总反映每个员工当月的出勤情况；

（4）能汇总反映企业所有员工当月的出勤情况；

（5）表单美观大方，易于填写、查看、汇总；

（6）形成实用的考勤模板。

9.2.2　制作准备

1. 准备企业员工的基本信息

制作"员工月考勤表"用的员工信息一般有：员工编号、员工姓名、部门、职务等，考勤员可以根据自己企业的要求来设置，但是这些员工的基本信息必须要及时更新，与其他人力资源管理系统的数据保持一致。

2. 考虑表单布局

最好能在纸上草画出表单所包含的项目布局及样式。"员工月考勤表"所列的项目主要有：员工基本信息、按天的考勤记录、病假、事假、迟到的汇总等。另外，还应该设定好病假、事假、迟到等记录符号等。

3. 考虑通用行

作为一个标准模板，各项目在拟定时必须考虑其通用性，对于一些特殊需求可以在模板的基础上稍加改变就能实现。

4. 用到的函数

在"员工月考勤表"中用到的函数主要有COUNT、COUNTIF、COUNTBLANK、SUM等，其中COUNTIF和SUM函数在第6章中已经详细叙述过，下面我们来看一下COUNT和COUNTBLANK函数。

（1）COUNT函数。

函数名称：COUNT　返回包含数字的单元格的个数以及返回参数列表中的数字个数。

语法：COUNT(value1, value2, ...)

其中：value1, value2, ...　是可以包含或引用各种类型数据的1～255个参数，但只有数字类型的数据才计算在内。

（2）COUNTBLANK函数。

函数名称：COUNTBLANK　计算指定单元格区域中空白单元格的个数。

语法：COUNTBLANK(Range)

其中：Range　为需要计算其中空白单元格个数的区域（即使单元格中含有返回值为空文本""的公式，该单元格也会计算在内，但包含零值的单元格不计算在内）。

9.2.3 操作步骤

在Excel 2007中，制作一个通用的"员工月考勤表"，一般需要经过以下几个步骤：

(1) 启动Excel，创建新的工作簿。

(2) 输入表单的名称、项目。

(3) 表单布局、美化表格。

(4) 设置限制输入条件、冻结窗格。

(5) 设置公式。

(6) 保存为模板。

下面，通过示例我们来学习一个企业"员工月考勤表"的详细制作过程。

示例：为维缘科技有限公司制作一个"员工月考勤表"模板，其中"1"表示迟到；"+"表示病假；"□"表示事假。

(1) 启动Excel，创建新的工作簿。

【第1步】启动Excel 2007，新建一个工作簿，并打开。

(2) 输入表单的名称、项目。

【第2步】在"Sheet1"工作表中输入"员工月考勤表"各项目，如图9-36所示。

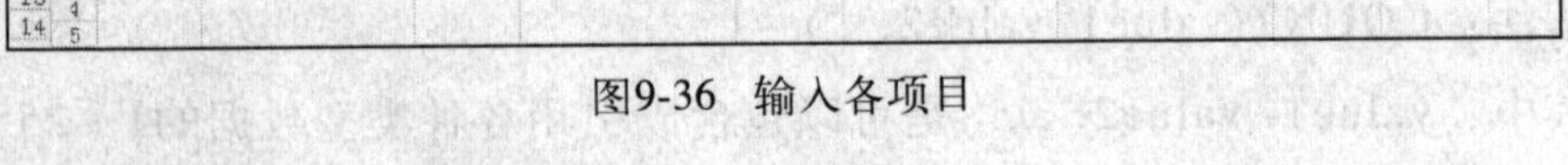

图9-36　输入各项目

(3) 表单布局、美化表格。

【第3步】选择E列到AH列区域，单击鼠标右键，选择"列宽"命令，如图9-37所示，打开"列宽"对话框。

【第4步】在"列宽"对话框中，为列宽设置为"2.5"，如图9-38所示。

【第5步】单击"确定"按钮，关闭"列宽"对话框，选择A2：AL2单元格区域，单击鼠标右键，选择"设置单元格格式"命令，如图9-39所示，打开"设置单元格格式"对话框。

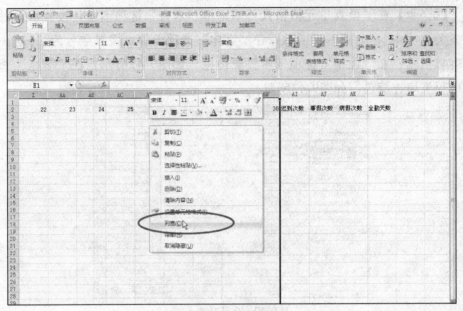

图9-37　设置列宽

图9-38

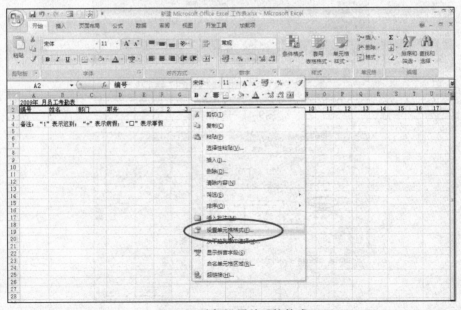

图9-39　选择设置单元格格式

【第6步】在"设置单元格格式"对话框"对齐"选项卡中，设置水平对齐方式为"居中"，如图9-40所示；在"字体"选项卡中，设置字号为"12"，如图9-41所示；在"边框"选项卡中设置边框，如图9-42所示；在"填充"选项卡中设置填充颜色，如图9-43所示。

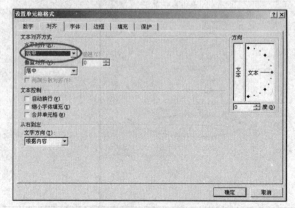

图9-40 设置对齐方式

图9-41 选择字体

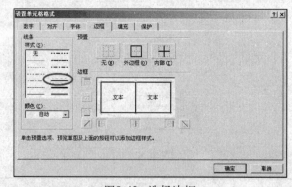

图9-42 选择边框

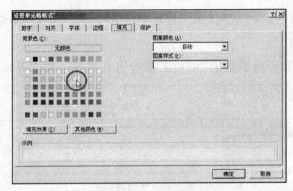

图9-43 选择背景色

【第7步】单击"确定"按钮，关闭"设置单元格格式"对话框。

【第8步】选择A1：AL1单元格区域，单击"开始"选项卡"对齐方式"组中的"合并后居中" 按钮，并在"字体"组中将标题设置为"楷体，18号字，加粗"，并适当调整行高，如图9-44所示。

图9-44 调整

【第9步】选择A2：D2单元格区域，在"开始"选项卡"字体"组中设置字体为"黑体，加粗"，如图9-45所示。

图9-45 加粗字体

【第10步】用同样的方式，把AI2：AL2单元格区域的字体也设置为"黑体，加粗"。

【第11步】在第3行添加第1位员工基本信息情况，如图9-46所示。

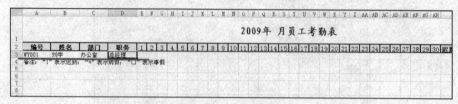

图9-46　增加数据

【第12步】选择第4行，单击鼠标右键，选择"插入"命令，为工作表插入新行，如图9-47所示。

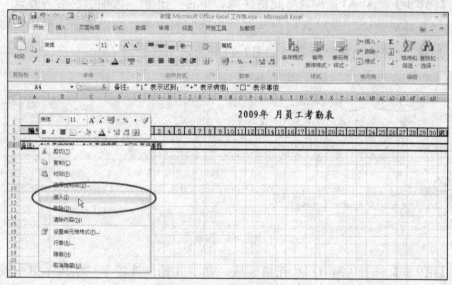

图9-47　插入新行

【第13步】在第4行添加第2位员工基本信息情况，依此类推，根据企业员工的数量（共71名员工）插入新行——输入员工基本信息，如图9-48所示。

【第14步】在插入的员工基本信息情况的最后一条数据（第73行）后再插入4行新行，选择A74单元格，在编辑栏中输入"合计"；选择B74单元格，在编辑栏中输入"迟到人数"；选择B75单元格，在编辑栏中输入"事假人数"；选择B76单元格，在编辑栏中输入"病假人数"；选择B77单元格，在编辑栏中输入"全勤人数"，如图9-49所示。

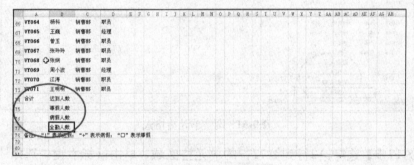

图9-48 录入数据

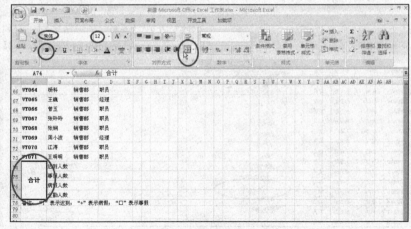

图9-49 录入数据

【第15步】选择A74：A77单元格区域，单击"开始"选项卡"对齐方式"组中的"合并后居中" 按钮，并在"字体"组中将字体设置为"宋体，12号字，加粗"，如图9-50所示。

图9-50 调整单元格格式

【第16步】用同样的方法，分别合并B74：D74单元格区域、B75：D75单元格区域、B76：D76单元格区域、B77：D77单元格区域、AI74：AI77单元格区域、AJ74：AJ77单元格区域、AK74：AK77单元格区域、AL74：AL77单元格区域，并将字体都设置为"宋体，12号字，加粗"（可以使用格式刷 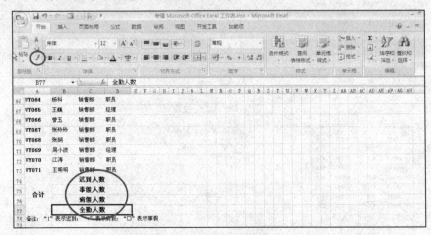，也可以在"字体"组中设置），如图9-51所示。

图9-51　调整单元格格式

【第17步】选择第2行到第77行的单元格区域，单击鼠标右键，选择"行高"命令，如图9-52所示，打开"行高"设置对话框。

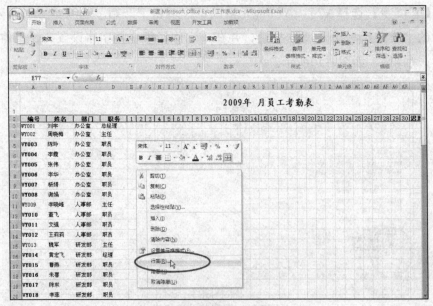

图9-52　选择行高

【第18步】在"行高"设置对话框中，设置"行高"为"20"，如图9-53所示。

【第19步】单击"确定"按钮，关闭"行高"设置对话框。

【第20步】选择A3：A173单元格区域，单击鼠标右键，选择"设置单元格格式"命令，打开"设置单元格格式"对话框，在"边框"选项卡中设置边框，如图9-54所示。

图9-53 输入行高

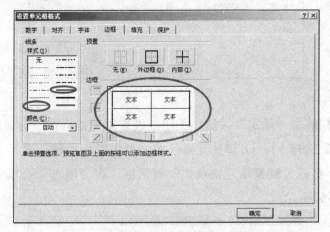

图9-54 调整边框

【第21步】单击"确定"按钮，关闭"设置单元格格式"对话框。

【第22步】选择A74：A177单元格区域，单击鼠标右键，选择"设置单元格格式"命令，打开"设置单元格格式"对话框，在"边框"选项卡中设置边框，如图9-55所示；在"填充"选项卡中设置填充颜色，如图9-56所示。

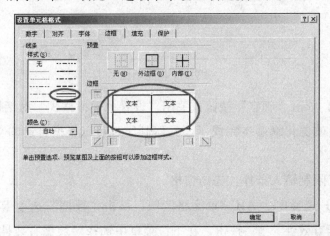

图9-55 设置边框

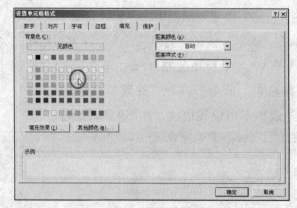

图9-56　填充颜色

【第23步】单击"确定"按钮，关闭"设置单元格格式"对话框。

【第24步】选择A3：Dl73单元格区域，单击鼠标右键，选择"设置单元格格式"命令，打开"设置单元格格式"对话框，在"填充"选项卡中设置填充颜色，如图9-57所示。

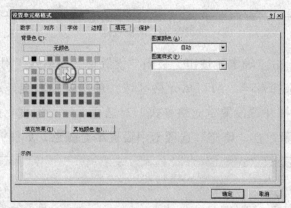

图9-57　填充颜色

【第25步】单击"确定"按钮，关闭"设置单元格格式"对话框。

这样表单的美化就基本完成了，具体制作时可以根据自己的喜好进行个性化设计。

（4）设置限制输入条件、冻结窗格。

【第26步】选择E3：AH73单元格区域，单击"数据"选项卡"数据工具"组中的"数据有效性" 按钮，在下拉菜单中选择"数据有效性"，如图9-58所示，打开"数据有效性"设置窗口。

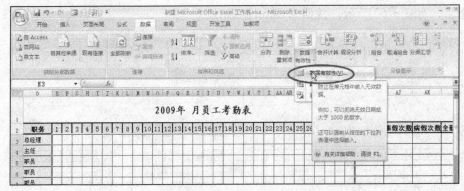

图9-58 选择数据有效性

【第27步】在"数据有效性"对话框的"设置"选项卡中设置有效性条件"允许"为"序列",来源为"1,+,□"(注意:序列之间用半角逗号隔开)如图9-59所示,单击"确定"按钮,关闭对话框。

注意:"□"符号通过以下步骤插入:单击"插入"选项卡中"特殊符号"组中的 **符号▾** 按钮,在弹出的下拉菜单中单击 **更多⋯** 按钮,打开"插入特殊符号"对话框,在"插入特殊符号"对话框中,选择"特殊符号"选项卡,选择"□"符号,如图9-60所示,单击"确定"按钮,关闭对话框。

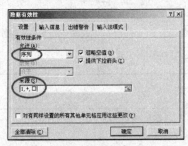

图9-59 设置数据有效性

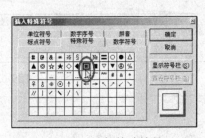

图9-60 选择特殊符号

【第28步】选择E3单元格,单击"视图"选项卡"窗口"组中的"冻结窗格" **冻结窗格** 按钮,选择"冻结拆分窗格"命令,如图9-61所示,冻结标题行及员工基本信息,便于查看。

(5)设置公式。

【第29步】选择AI3单元格,在编辑栏中输入公式"=COUNT(E3:AH3)",如图9-62所示,按回车Enter键确认公式。

【第30步】选择AJ3单元格,在编辑栏中输入公式"=COUNTIF(E3:AH3,

"□")", 如图9-63所示, 按回车Enter键确认公式。

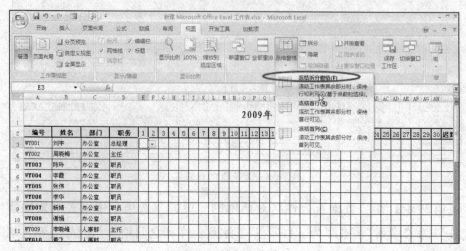

图9-61 选择冻结窗格

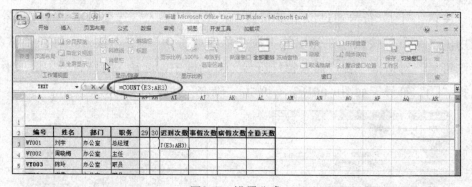

图9-62 设置公式

图9-63 设置公式

【第31步】选择AK3单元格, 在编辑栏中输入公式"=COUNTIF (E3:

AH3,"+")", 如图9-64所示, 按回车Enter键确认公式。

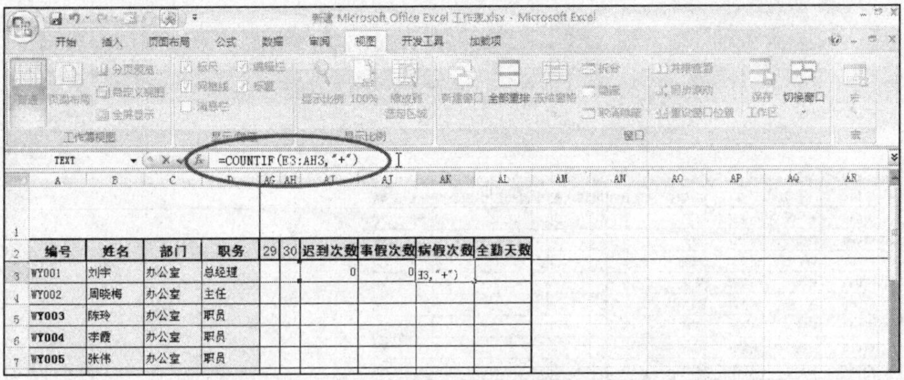

图9-64 设置公式

【第32步】选择AL3单元格, 在编辑栏中输入公式 "=COUNTBLANK (E3:AH3)", 如图9-65所示, 按回车Enter键确认公式。

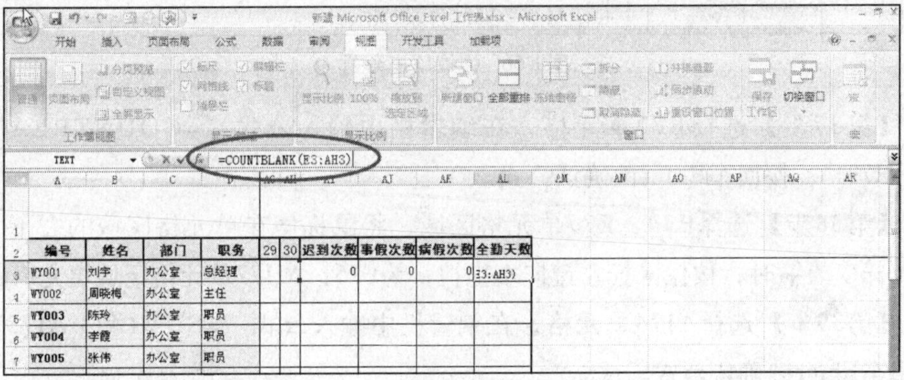

图9-65 设置公式

【第33步】选择AI3: AL3单元格区域, 将鼠标停在单元格区域的右下角, 当光标变为 时, 按住鼠标左键向下拖拽, 为AI4: AL73单元格区域填充公式, 如图9-66所示。

【第34步】选择E74单元格, 在编辑栏中输入公式 "=COUNT(E3:E73)", 按回车Enter键确认公式。

【第35步】选择E75单元格, 在编辑栏中输入公式 "=COUNTIF(E3:E73, "□")", 按回车Enter键确认公式。

【第36步】选择E76单元格, 在编辑栏中输入公式 "=COUNTIF (E3: E73,"+")", 按回车Enter键确认公式。

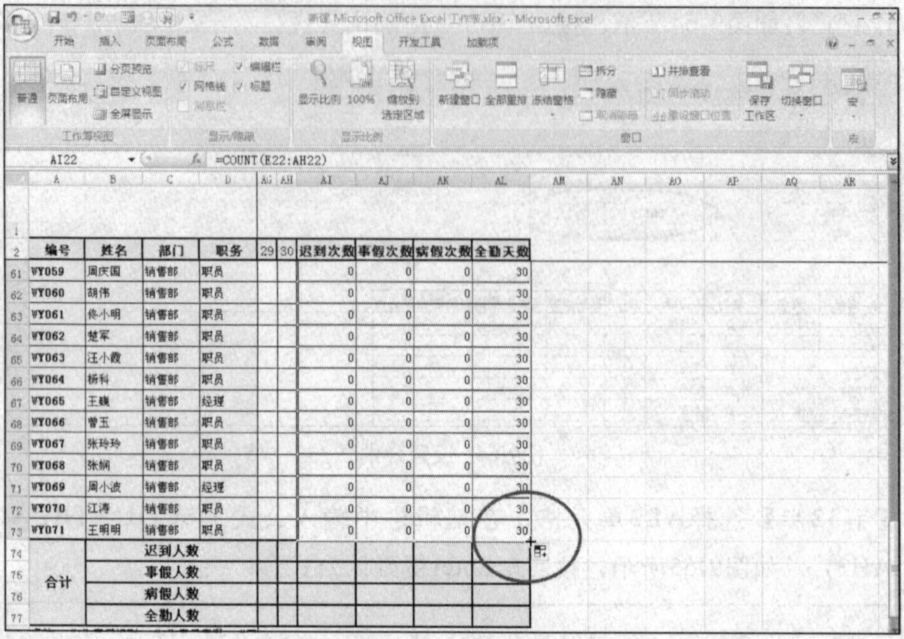

图9-66 拖拽填充公式

【第37步】选择E77单元格，在编辑栏中输入公式"=COUNTBLANK(E3:E73)"，按回车Enter键确认公式。

【第38步】选择E74：E77单元格区域，将鼠标停在单元格区域的右下角，当光标变为╋时，按住鼠标左键向右拖拽，为F75：AH77单元格区域填充公式。

【第39步】选择AI74单元格，在编辑栏中输入公式"=SUM(AI3:AI73)"，按回车Enter键确认公式。

【第40步】AI74单元格，将鼠标停在单元格区域的右下角，当光标变为╋时，按住鼠标左键向右拖拽，为AJ74：AL74单元格区域填充公式。

（6）保存为模板

【第41步】单击"Microsoft Office按钮" ，选择"另存为"命令，单击"Excel工作簿"命令。

【第42步】打开"另存为"对话框，输入文件名"员工月考勤表.xltx"，保存类型为"Excel模板"。

【第43步】选择好保存位置，单击"确定"按钮，关闭对话框。

注意：保存为模板的具体步骤可以参见9.1.3内容中【第38步】到【第40步】；该示例效果见光盘中"素材"文件夹中的"9.2员工月考勤表.xlsx"Excel文件。

9.3 工资表

工资表是指企业根据员工的出勤等绩效考核情况制作的员工工资明细表，作为发放工资的依据，一般由人力资源管理部门工资专员来负责。

9.3.1 目标分析

企业工资一般按月发放，因为涉及每个员工的切身利益，要求力求精确，并且还涉及社会保险、个人所得税等国家相关政策法规，必须公平合法，总结来看，工资表应具备以下几个特点：

（1）便于填写各项工资明细项目。

（2）社会保险、住房公积金、个人所得税等项目能自动运算。

（3）根据绩效考核表等信息能自动运算与绩效相挂钩的绩效工资。

（4）表格美观大方，便于查看。

（5）形成模板。

9.3.2 制作准备

1. 拟定具体项目

工资表制作人员首先要根据自己企业的工资体系拟定工作表中所包含的项目，如基本工资、考核工资、预提奖金、社会保险扣款、住房公积金、个人所得税等。

2. 熟悉相关法律法规

查阅当地的相关政策法规，熟悉当地社会保险、住房公积金、个人所得税代扣代缴的政策。

3. 设计各项目间的运算关系

根据公司的工资制度以及国家相关政策法规，设计好工资表中各项目间的运算关系。

4. 考虑各项目在表格中的布局

拟定好具体项目及其运算关系后，需要认真考虑一下各项目在表中的布局，最好能在纸张上把预期的表单效果描绘下来。

5. 考虑通用性

因为该表单要作为模板使用，考虑好项目布局后，仔细审视各项目，还需要检查其是否具有通用性。

6. Excel函数准备

在工资计算过程中，需要用到SUM及IF函数，其中SUM函数比较简单，IF函数嵌套比较复杂，制作工资表之前要将这两个函数熟练掌握。

9.3.3 操作步骤

在Excel 2007中，制作一个"工资表"的模板，一般需要经过以下几个步骤：

（1）启动Excel，创建新工作簿。

（2）输入表单的名称、项目。

（3）表单布局、美化表格。

（4）为相关项目设置公式。

（5）保存为模板。

示例：为维缘科技有限公司制作一个"6月份员工工资表"，相关资料如下：

（1）"工资表"中包含的主要项目有：应发工资（基本工资、岗位津贴、考核工资、预提奖金、补贴）、社会保险及住房公积金扣款（养老、失业、医疗、住房公积金）、其他扣款（迟到早退、事假、病假、其他）、应税工资、个人所得税、税后工资。

（2）当地城镇职工的社会保险及住房公积金缴费比例。

参加险种	缴费比例
养老保险	8%
失业保险	0.2%
医疗保险	2%+3元
住房公积金	12%

（3）当地个人所得税的起征点为2000元，适用九级超额累进税率。

级数	应纳税所得额	税率	速算扣除数
1	不超过500元部分	5%	0
2	500~2 000元部分	10%	25
3	2 000~5 000元部分	15%	125
4	5 000~20 000元部分	20%	375
5	20 000~40 000元部分	25%	1 375
6	40 000~60 000元部分	30%	3 375
7	60 000~80 000元部分	35%	6 375
8	80 000~100 000元部分	40%	10 375
9	100 000元以上部分	45%	15 375

（4）该公司"2009年6月员工考勤表"参见光盘中"素材"文件夹中的"9.2考勤表.xlsx"Excel文件。

（5）该公司的考勤绩效制度为：迟到早退一次扣款20元；请事假一天扣款100元；请病假一天扣款为80元。

具体操作步骤：

（1）启动Excel，创建新工作簿。

【第1步】启动Excel 2007，新建一个工作簿，并打开。

（2）输入表单的名称、项目。

【第2步】在"Sheet1"工作表中输入工资表各项目，如图9-67所示。

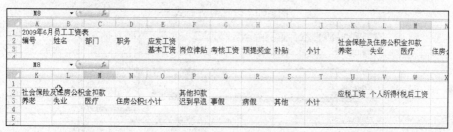

图9-67　录入数据

（3）表单布局、美化表格。

【第3步】选择E列到W列区域，单击鼠标右键，选择"列宽"命令。

图9-68　调节列宽

【第4步】在"列宽"对话框中，为列宽设置为"12"，如图9-68所示。

【第5步】单击"确定"按钮，关闭"列宽"对话框，选择A2：W2单元格区域，单击鼠标右键，选择"设置单元格格式"命令，打开"设置单元格格式"对话框。

【第6步】在"设置单元格格式"对话框"对齐"选项卡中，设置水平对齐和垂直对齐均为"居中"，如图9-69所示；在"字体"选项卡中，设置字体为"黑体，加粗，12号"，如图9-70所示；在"填充"选项卡中设置填充颜色，如图9-71所示。

【第7步】单击"确定"按钮，关闭"设置单元格格式"对话框。

【第8步】选择A1：W1单元格区域，单击"开始"选项卡"对齐方式"组中的"合并后居中" 按钮，并在"字体"组中将标题设置为"楷体，18号字，加粗"，在"对齐方式"中选择"垂直居中"，并适当调整行高，如图9-72所示。

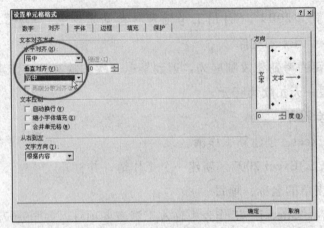

图9-69 设置对齐公式

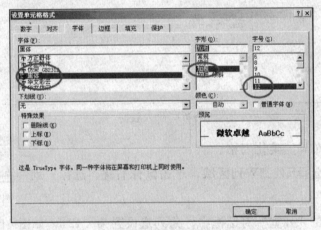

图9-70 设置字体

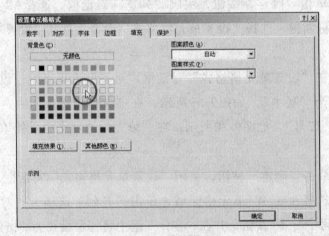

图9-71 填充颜色

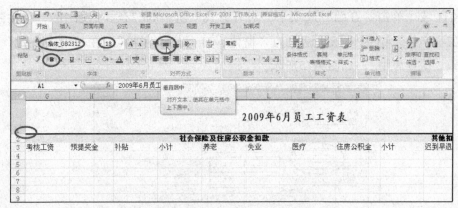

图9-72 设置单元格格式

【第9步】选择A2：A3单元格区域，单击"开始"选项卡"对齐方式"组中的"合并后居中" 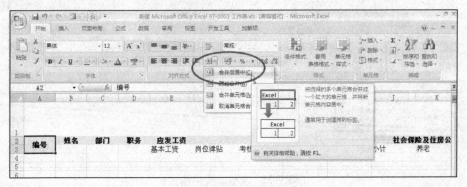 按钮，如图9-73所示，合并A2和A3单元格。

图9-73 合并单元格

【第10步】用同样的方式，合并B2和B3单元格、C2和C3单元格、D2和D3单元格、E2：J2单元格区域、K2：O2单元格区域、P2：T2单元格区域、U2和U3单元格、V2和V3单元格、W2和W3单元格。

【第11步】选择A2：W2单元格区域，单击鼠标右键，选择"设置单元格格式"命令，打开"设置单元格格式"对话框，在"对齐"选项卡中，设置水平对齐和垂直对齐均为"居中"；在"边框"选项卡中设置边框，如图9-74所示。

【第12步】单击"确定"按钮，关闭"设置单元格格式"对话框。

【第13步】在A4：D74单元格区域添加企业员工基本信息情况（可从其他表，如"考勤表"中复制）。

【第14步】选择A75单元格，在编辑栏中输入"合计"；选择A75：D75单元格区域，单击"开始"选项卡"对齐方式"组中的"合并后居中" 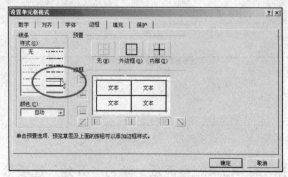 按钮，并在"字体"组中将标题设置为"楷体，18号字，加粗"，在"对齐方式"中选择"垂直居中"，如图9-75所示。

图9-74 选择边框

图9-75 调整单元格格式

【第15步】选择A75：W75单元格区域，单击鼠标右键，选择"设置单元格格式"命令，打开"设置单元格格式"对话框，在"边框"选项卡中设置边框，如图9-76所示。

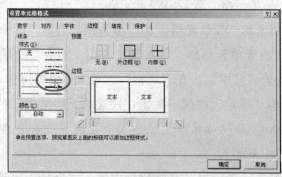

图9-76 选择边框

【第16步】单击"确定"按钮，关闭"设置单元格格式"对话框。

【第17步】选择第2行到第75行的单元格区域，单击鼠标右键，选择"行高"命令，打开"行高"设置对话框中，设置"行高"为"20"，如图9-77所示。

图9-77 调节行高

【第18步】单击"确定"按钮，关闭"行高"设置对话框。

【第19步】选择A4：W74单元格区域，单击鼠标右键，选择"设置单元格格式"命令，打开"设置单元格格式"对话框，在"边框"选项卡中设置边框，如图9-78所示。

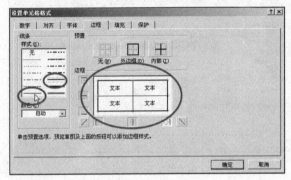

图9-78 设置边框

【第20步】单击"确定"按钮，关闭"设置单元格格式"对话框。

【第21步】选择A4：D74单元格区域，单击鼠标右键，选择"设置单元格格式"命令，在"设置单元格格式"对话框"对齐"选项卡中，设置水平对齐和垂直对齐均为"居中"；在"字体"选项卡中，设置字体为"宋体，加粗，12号"；在"填充"选项卡中设置填充颜色，如图9-79所示。

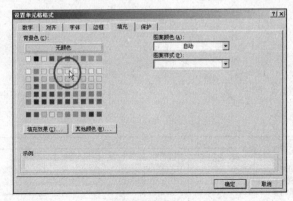

图9-79 填充颜色

【第22步】单击"确定"按钮，关闭"设置单元格格式"对话框。

这样表单的美化就基本完成了，具体制作时可以根据自己的喜好进行个性化设计。

（4）为相关项目设置公式。

【第23步】选择E4：W74单元格区域，单击鼠标右键，选择"设置单元格格式"命令，在"设置单元格格式"对话框"数字"选项卡中，设置数字类型为"会计专用，2位小数，无货币符号"，如图9-80所示。

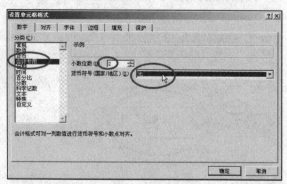

图9-80　设置小数位

【第24步】单击"确定"按钮，关闭"设置单元格格式"对话框。

【第25步】选择E4单元格，单击"视图"选项卡"窗口"组中的"冻结窗格" 按钮，选择"冻结拆分窗格"命令，冻结标题行及员工基本信息，便于查看。

【第26步】选择J4单元格，在编辑栏中输入公式"=SUM(E4:I4)"，如图9-81所示，按回车Enter键确认公式。

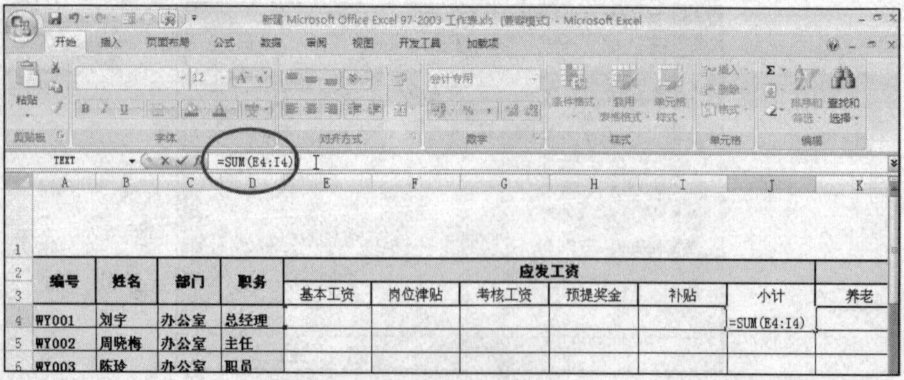

图9-81　输入公式

【第27步】选择O4单元格，在编辑栏中输入公式"=SUM(K4:N4)"，按回车Enter键确认公式。

【第28步】选择P4单元格，在编辑栏中输入公式"='F:\素材\[9.2考勤表.xlsx]6月'!AI3*20"，按回车Enter键确认公式。

注意：此公式涉及"跨工作簿引用"，其详细介绍可参见6.3.4相关内容，另外，引用"9.2考勤表.xlsx"文件的路径需要与用户实际考勤表的目录保持一致。

【第29步】选择Q4单元格，在编辑栏中输入公式"='F:\素材\[9.2考勤表.xlsx]6月'!AJ3*100"，按回车Enter键确认公式，注意事项同【第28步】。

【第30步】选择R4单元格，在编辑栏中输入公式"='F:\素材\[9.2考勤表.xlsx]6月'!AK3*80"，按回车Enter键确认公式，注意事项同【第28步】。

【第31步】选择T4单元格，在编辑栏中输入公式"=SUM(P4:S4)"，按回车Enter键确认公式。

【第32步】选择U4单元格，在编辑栏中输入公式"=J4-O4-T4"，按回车Enter键确认公式。

【第33步】选择V4单元格，在编辑栏中输入公式"=IF(U4-2000<0,0,IF(U4-2000<500,0.05*(U4-2000),IF(U4-2000<2000,0.1*(U4-2000)-25,IF(U4-2000<5000,0.15*(U4-2000)-125,IF(U4-2000<20000,0.2*(U4-2000)-375,0.25*(U4-2000)-1375)))))"，按回车Enter键确认公式。

注意：该公式默认该企业员工的最高月工资不超过40 000元。

【第34步】选择W4单元格，在编辑栏中输入公式"=U4-V4"，按回车Enter键确认公式。

【第35步】选择E4：W4单元格区域，将鼠标停在单元格区域的右下角，当光标变为┿时，按住鼠标左键向下拖拽，为E5：W74单元格区域填充公式，如图9-82所示。

注意：序列填充方式采用的是"不带格式填充"。

【第36步】选择E75单元格，在编辑栏中输入公式"=SUM(E4:E74)"，按回车Enter键确认公式。

【第37步】选择E75单元格，将鼠标停在单元格区域的右下角，当光标变为┿时，按住鼠标左键向右拖拽，为F75：W75单元格区域填充公式，如图9-83所示。

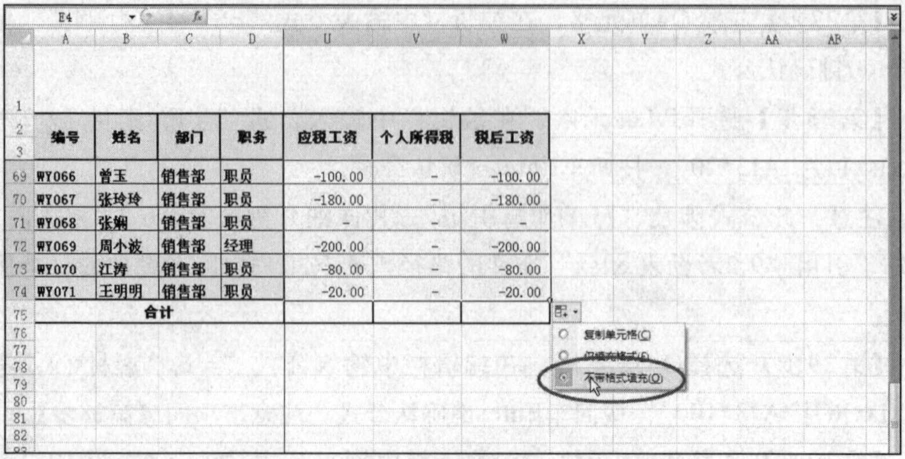

图9-82　填充公式

图9-83　填充公式

（5）保存为模板。

【第38步】单击"Microsoft Office 按钮" ，选择"另存为"命令，单击"Excel工作簿"命令。

【第39步】打开"另存为"对话框，输入文件名"工资表.xltx"，保存类型为"Excel模板"。

【第40步】选择好保存位置，单击"确定"按钮，关闭对话框。

注意：保存为模板的具体步骤可以参见9.1.3内容中【第38步】到【第40步】；该示例效果可参见光盘中"素材"文件夹中的"9.3工资表.xlsx"Excel文件。

9.4 本量利分析

本章前三节的内容介绍了三个常用的财务管理表格的制作，第一个"差旅费报销单"制作主要是表单布局、美化以及数据有效性的应用；第二个"员工月考勤表"制作的难点是几个统计函数的应用；第三个"工资表"的制作主要是IF嵌套函数以及跨工作簿的数据引用。下面我们来学习如何运用图表来进行本量利分析。

本量利分析是成本、数量（产量或销售量）和利润依存关系分析的简称,也称为CVP分析（Cost-Volume-Profit Analysis），是指在变动成本计算模式的基础上，以数学化的会计模型与图文来揭示固定成本、变动成本、销售量、单价、销售额、利润等变量之间的内在规律性的联系，为会计预测决策和规划提供必要的财务信息的一种定量分析方法。

9.4.1 目标分析

本量利分析着重研究数量、价格、成本和利润之间的数量关系，它所提供的原理、方法在管理会计中有着广泛的用途，同时它又是企业进行决策、计划和控制的重要工具。

确定盈亏临界点，是进行本量利分析的关键。所谓盈亏临界点，就是指使得贡献毛益与固定成本恰好相等时的销售量。此时，企业处于不盈不亏的状态。

另外，各因素的变动引起利润的变化也是本量利分析的重点，即进行因素敏感分析。一般说来，本量利分析应具备以下功能特点：

（1）盈亏临界点清晰明了。

（2）方便进行因素敏感分析。

（3）操作方便。

（4）形成模板。

9.4.2 制作准备

1. 拟定各因素的变动范围

本量利分析时，数量、价格、成本和利润等各因素的依存关系是在一定的业务范围内存在的。根据企业的历史数据、对未来情况的预测等信息来拟定各因素的变动范围。

2. 明确因素间的函数关系

通常本量利分析用的公式主要有以下几种：

$$利润＝销售额－成本$$
$$利润＝销售单价*销售量－（固定成本＋单位变动成本×销售量）$$
$$利润＝（销售单价－单位变动成本）×销售量－固定成本$$

3. 考虑各项目在表格中的布局

拟定好具体因素的变动范围及其运算关系后，需要认真考虑一下各项目在表中的布局，最好能在纸张上把预期的图表效果描绘下来。

4. 考虑通用性

因为该表单要作为模板使用，考虑好项目布局后，仔细审视各项目，还需要检查其是否具有通用性。

5. Excel知识准备

在运用Excel进行本量利分析过程中，需要用到公式设置以及窗体控件中的滚动条，在制作图表之前对相关知识点要能做到灵活运用。

9.4.3 操作步骤

在Excel 2007中，为企业制作量本利分析图表，一般需要经过以下几个步骤：

（1）启动Excel，创建新工作簿。

（2）输入各因素的名称、变动范围。

（3）设置公式，确定盈亏临界点。

（4）表单布局。

（5）插入图表（带平滑线的散点图），固定坐标轴。

（6）利用窗体控件中的滚动条进行敏感分析、确定盈亏临界点。

（7）保存为模板。

示例：为维缘科技有限公司制作"网卡的量本利分析"模型，确定销售单价为80元时的保本点的销售量，并对"销售单价"进行敏感性分析，相关资料如下：

（1）网卡销售数量的变动范围为250~450个，变动频率以10为单位。

（2）固定成本为3000元。

（3）单位变动成本为70元。

（4）销售单价的变动范围为60～120元，变得频率以5为单位。

具体操作步骤：

（1）启动Excel，创建新工作簿。

【第1步】启动Excel 2007，新建一个工作簿，并打开。

（2）输入各因素的名称、变动范围。

【第2步】在"Sheet1"工作表中输入表头及各因素的名称，如图9-84所示。

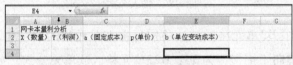

图9-84 输入数据

【第3步】选择A3单元格，在编辑栏中输入数字"250"。

【第4步】选择A4单元格，在编辑栏中输入数字"260"。

【第5步】选择A3：A4单元格区域，将鼠标停在单元格区域的右下角，当光标变为╈时，按住鼠标左键向下拖拽，为A5：A23单元格区域填充公式，如图9-85所示。

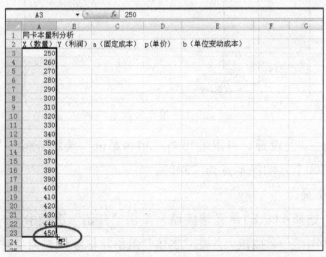

图9-85 填充公式

【第6步】选择C3单元格，在编辑栏中输入数字"3000"。

【第7步】选择D3单元格，在编辑栏中输入数字"80"。

【第8步】选择E3单元格，在编辑栏中输入数字"70"。

（3）设置公式，确定盈亏临界点。

【第9步】选择B3单元格，在编辑栏中输入公式"=($D$3-$E$3)*A3-$C$3"，如图9-86所示，按回车Enter键确认公式。

图9-86 输入公式

【第10步】选择B3单元格区域，将鼠标停在单元格的右下角，当光标变为╋时，按住鼠标左键向下拖拽，为B4：B23单元格区域填充公式，如图9-87所示。

	A	B	C	D	E	F
1	网卡本量利分析					
2	X（数量）	Y（利润）	a（固定成本）	p(单价)	b（单位变动成本）	
3	250	-500	3000	80	70	
4	260	-400				
5	270	-300				
6	280	-200				
7	290	-100				
8	300	0				
9	310	100				
10	320	200				
11	330	300				
12	340	400				
13	350	500				
14	360	600				
15	370	700				
16	380	800				
17	390	900				
18	400	1000				
19	410	1100				
20	420	1200				
21	430	1300				
22	440	1400				
23	450	1500				
24						
25						

图9-87 填充公式

注意：通过以上设置，可以看出当"销售单价"为80元时，"利润"为零时的销售量为300个，即保本点为"300"。

（4）表单布局。

【第11步】选择A1：E1单元格区域，单击"开始"选项卡"对齐方式"组中的"合并后居中" ▣ 按钮，并在"字体"组中将标题设置为"楷体，18号字，加粗"，在"对齐方式"中选择"垂直居中"，并适当调整行高，如图9-88所示。

【第12步】选择A2：E23单元格区域，单击鼠标右键，选择"设置单元格格式"命令，打开"设置单元格格式"对话框，在"边框"选项卡中设置边框，如图9-89所示。

【第13步】单击"确定"按钮，关闭"设置单元格格式"对话框。

图9-88 调整单元格属性

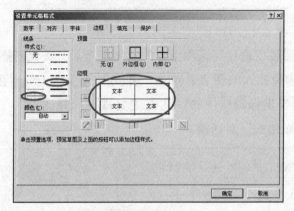

图9-89 选择边框

（5）插入图表（带平滑线的散点图），固定坐标轴。

【第14步】选择A2：B23单元格区域，单击"插入"选项卡"图表"组中的"散点图"  按钮，选择"带平滑线的散点图"，如图9-90所示，插入一个图表，如图9-91所示。

图9-90 选择散点图

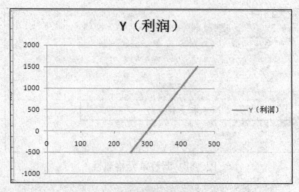

图9-91 散点图

注意：可以通过"设计"选项卡中的"图表布局"美化新插入的图表。

【第15步】选择插入的图表，单击"布局"选项卡中的"坐标轴" 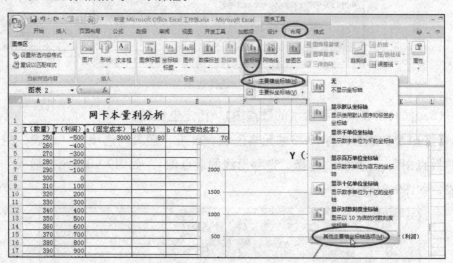 按钮，选择"主要横坐标轴"中的"其他主要横坐标轴选项"，如图9-92所示，打开"设置坐标轴格式"对话框。

图9-92 打开设置坐标轴格式

【第16步】在"设置坐标轴格式"对话框中的"坐标轴选项"选项卡中，设置"最小值"为"250"、"最大值"为"450"，主要刻度单位为"10"，如图9-93所示。

【第17步】单击"关闭"按钮，关闭"设置坐标轴格式"对话框。

【第18步】选择插入的图表，单击"布局"选项卡中的"坐标轴" 按钮，选择"主要纵坐标轴"中的"其他主要纵坐标轴选项"，如图9-94所示，打开"设置坐标轴格式"对话框。

图9-93 坐标轴选项

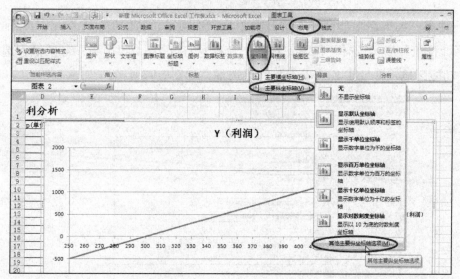

图 9-94

【第19步】在"设置坐标轴格式"对话框中的"坐标轴选项"选项卡中,设置"最小值"为"−7500.0"、"最大值"为"19500.0",主要刻度单位为"1000.0",如图9-95所示。

【第20步】单击"关闭"按钮,关闭"设置坐标轴格式"对话框。

【第21步】调整插入的图表的大小,使其刻度清晰可见。

(6)利用窗体控件中的滚动条进行敏感

图 9-95

分析、确定盈亏临界点。

【第22步】单击"开发工具"选项卡"控件"组中的"插入"  按钮，选择"表单控件"中的"滚动条（窗体控件）"，如图9-96所示。

图9-96 选择控件

注意：如果在功能区没有"开发工具"选项卡，可以通过单击"Microsoft Office按钮" ，选择"Excel选项"命令，打开"Excel选项"对话框，选中"在功能区显示开发工具选项卡"的复选框，如图9-97所示。

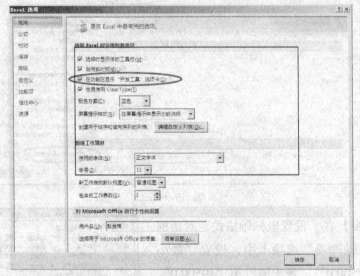

图9-97 选中"开发工具"选项卡选项

【第23步】在图表区的合适位置，用鼠标画出滚动条控件的大小，如图9-98所示。

【第24步】选择滚动条控件，单击鼠标右键，选择"设置控件格式"命令，如图9-99所示，打开"设置控件格式"对话框。

注意：选择控件的方法：按住"Ctrl"键，用鼠标左键单击控件。

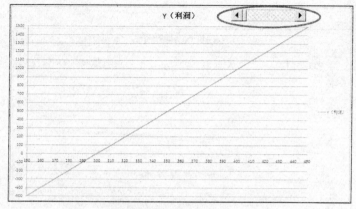

图9-98　滚动条效果

【第25步】在"设置控件格式"对话框中，选择"控制"选项卡，设置"最小值"为"60"、"最大值"为"120"、"步长"为"5"、"单元格链接"为"$D$3"，如图9-100所示。

图9-99　设置控件格式

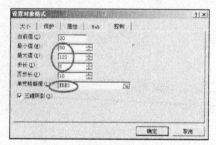

图9-100　调整属性值

【第26步】单击"确定"按钮，关闭"设置控件格式"对话框，这样，拖动滚动条，就可以看到表单中的数据及图形都随着滚动条的数据变化而变化。

【第27步】进行图表布局，美化图表，如图9-101所示。

（7）保存为模板。

【第28步】单击"Microsoft Office按钮" ，选择"另存为"命令，单击"Excel工作簿"命令。

【第29步】打开"另存为"对话框，输入文件名"本量利分析.xltx"，保存类型为"Excel模板"。

【第30步】选择好保存位置，单击"确定"按钮，关闭对话框。

注意：保存为模板的具体步骤可以参见9.1.3内容中【第38步】到【第40步】；该示例效果可参见光盘中"素材"文件夹中的"9.4本量利分析.xlsx"

Excel文件。

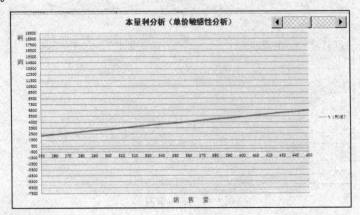

图9-101 效果图

第**10**章 企业日常会计核算

主要知识点

- 制作会计科目表
- 制作会计凭证
- 生成会计账簿
- 生成会计报表

需要注意的问题

- Vlookup函数的应用
- 透视表在会计账簿中的应用
- 跨工作表引用在会计报表中的应用

现代会计是以货币为主要计量单位，运用一系列专门方法和技术，对特定主体的经济活动，进行连续、系统、全面的核算，为特定主体内外部经济利益相关者提供以财务信息为主的经济信息系统，并在此基础上对经济活动进行预测、决策、规划、控制、监督、分析和考评的一项经济管理活动。

会计作为一个信息系统，其具体体现就是会计的核算职能。会计核算职能又称会计反映职能，是指对企业已经发生的交易或者事项，主要以价值量的形式，进行确认、计量和报告的功能。企业日常会计核算主要包括设置会计科目和账户、复式记账、填制和审核会计凭证、登记账簿、编制财务报告。

当今社会的很多企业都采用财务软件来进行会计账务处理，财务软件能实现过程控制，远程数据共享，模块配合可以使大部分记账凭证自动生成，并且数据存储、安全性能高，但是一般财务软件自定义报表操作复杂，图表分析功能较差。而Excel作为万能表格工具，恰恰能弥补财务软件的缺憾。

在本章中，我们就来学习Excel如何辅助手工或财务软件记账，方便会计结账、对账，来了解Excel在会计核算中发挥的作用。

10.1 会计科目表

会计科目是对会计六要素按其内部性质和经济管理的具体要求，进一步分类的具体项目。会计科目无论是有关部门统一规定，还是由企业根据实际需要，对会计科目作必要的增、减或合并以设置本企业的会计科目，都需要事先编列一种目录，以便随时查阅。这种包括本企业所使用的全部会计科目的目录，称为会计科目表。

10.1.1 创建会计科目表

根据企业会计核算的要求不同，会计科目表的简繁程度也不同，一般由科目编号和科目名称两列组成。

利用Excel为企业建立会计科目表前，先要根据会计制度的相关规定，拟定好适合本企业的各具体会计科目名称，并依次进行编号。另外需要考虑随着企业业务的变化，会计科目也将不断增删，会计科目表的编辑要简单易行。

具体操作步骤如下：

（1）启动Excel，创建"企业日常会计核算"工作簿。

【第1步】新建一个Excel 2007工作簿，为工作簿命名为"企业日常会计核算.xlsx"。

【第2步】打开"企业日常会计核算.xlsx"工作簿，将"Sheet1"工作表重命名为"会计科目表"。

（2）输入会计科目表的名称、项目。

【第3步】在"会计科目表"工作表中输入会计科目表的表头及标题，如图10-1所示。

注意：从第三行开始输入企业的会计科目信息。由于数据条数较多，通过"记录单"的

图10-1 "会计科目表"的表头和标题

形式比较容易操作。

【第4步】单击"快速访问工具栏"右侧的"自定义快速访问工具栏" 按钮，在弹出的菜单中选择"其他命令"，如图10-2所示，打开"Excel选项"对话框。

【第5步】在"Excel选项"对话框的"自定义"选项卡中，选择"所有命令"，如图10-3所示。

【第6步】选择"记录单"命令，单击"添加"按钮，将"记录单"添加到"自定义快速访问工具栏"，如图10-4所示。

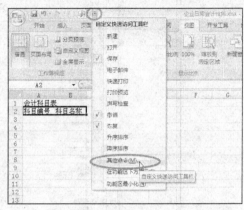

图10-2 选中其他命令

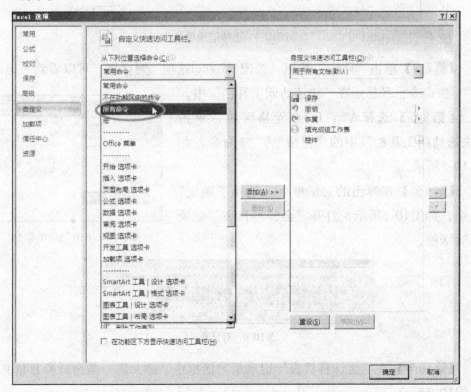

图10-3 选择所有命令

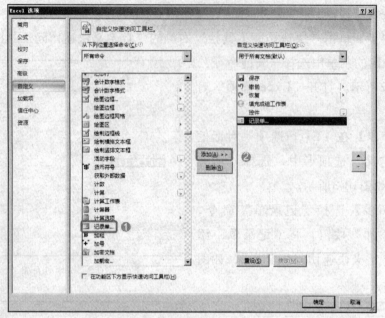

图10-4　选择记录单

【第7步】单击"确定"按钮，关闭"Excel选项"对话框。可以看到"记录单"命令已经显示在"快速访问工具栏"中。

【第8步】选择A2：B2单元格区域，单击"快速访问工具栏"中的"记录单"命令，如图10-5所示。

【第9步】在弹出的对话框中，选择"确定"命令，如图10-6所示，打开"会计科目表"记录单对话框。

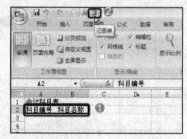

图10-5　单击记录单命令

图10-6　对话框

【第10步】在"会计科目表"记录单对话框中，添加第一条会计科目信息，如图10-7所示。

【第11步】按回车键或单击"新建"按钮，添加第二条会计科目信息，如图10-8所示。

图10-7 添加会计科目信息

图10-8 单击新建按钮

【第12步】按回车键或单击"新建"按钮，添加第三条会计科目信息，依此类推，添加所有的会计科目信息，完成后，单击"关闭"按钮，关闭对话框。

（3）美化会计科目表。

【第13步】选择A1：B1单元格，单击"开始"选项卡"对齐方式"组中的"合并后居中" 按钮，并设置字体为"楷体，18号，加粗"，如图10-9所示。

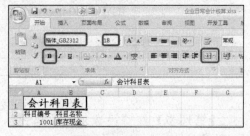

图10-9 设置单元格格式

【第14步】选择A2：B2单元格，单击鼠标右键，选择"设置单元格格式"命令，打开"设置单元格格式"对话框，选择"字体"选项卡设置字体为"宋体，14号，加粗"，选择"边框"选项，设置边框，如图10-10所示。

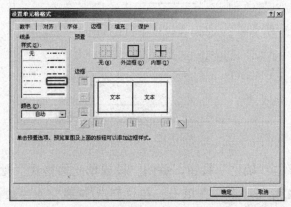

图10-10 选择边框

【第15步】将A、B两列调整到合适列宽，将第1、2行调整到适当行高。

【第16步】选择A3：B39单元格区域（即添加的会计科目信息数据区域），单击鼠标右键，选择"设置单元格格式"命令，打开"设置单元格格式"对话框。

【第17步】在"设置单元格格式"对话框中，选择"对齐"选项卡，在"水平对齐"和"垂直对齐"的下拉列表中都选择"居中"的方式，如图10-11所示。

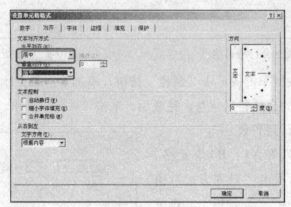

图10-11　设置对齐

【第18步】在"设置单元格格式"对话框中，选择"边框"选项卡，为表格设置边框，如图10-12所示。

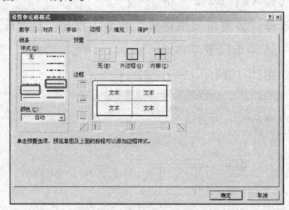

图10-12　设置边框

【第19步】单击"确定"按钮，关闭"设置单元格格式"对话框。

【第20步】单击"视图"选项卡，在"显示/隐藏"组中取消"网格线"前面的复选框，如图10-13所示。

当然，大家可以根据自己的喜好来进行会计科目表的美化。会计科目的效果可参见光盘中"素材"文件夹中的"10企业日常会计核算.xlsx"Excel文件中的"会计科目表"工作表。

图10-13 取消网格线

10.1.2 编辑会计科目表

会计科目创建完成后,根据企业业务的需要,可能还需要进行查询、增删、修改等操作。

1.查询会计科目

当会计科目数目较多时,查询会计科目可以通过"记录单"来实现,具体方法如下:

选择"会计科目表"中的会计科目单元格区域,单击"快速访问工具栏"中的"记录单" 📇 命令,在弹出的"会计科目表"记录单对话框中,通过单击"上一条"或"下一条"按钮命令来查询相应的会计科目,如图10-14所示。查询完成之后,单击"关闭"按钮,关闭对话框。

另外也可以通过"记录单"中的条件查询来查找符合条件的数据,例如要查找科目编号为"4001"的会计科目信息,具体操作步骤为:选择"会计科目表"中的会计科目单元格区域,单击"快速访问工具栏"中的"记录单" 📇 命令,在弹出的"会计科目表"记录单对话框中,单击"条件"按钮,在对话框的"科目编号"右侧的编辑栏中输入"4001",如图10-15所示。

图10-14 会计科目表

图10-15 录入查询条件

然后单击对话框右侧的"上一条"或"下一条"命令按钮,对话框中将显示科目编码为"4001"的会计科目信息,如图10-16所示。查询完成之后,单击"关闭"按钮,关闭对话框。

2. 增加会计科目

新增会计科目信息,可以根据会计科目编号的排列顺序新增加一行来添加,也可以利用"记录单"来操作。下面通过示例来讲述如何利用"记录单"进行数据添加。

示例:在"会计科目表"中添加一条新会计科目信息,科目编号为"5201",科目名称为"劳务成本"。

【第1步】选择"会计科目表"中的会计科目单元格区域,单击"快速访问工具栏"中的"记录单" 命令,在弹出的"会计科目表"记录单对话框中,单击"新建"按钮,如图10-17所示。

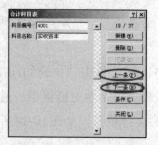
图10-16　显示结果信息

图10-17　新建科目

【第2步】在弹出的对话框中,输入预添加的会计科目信息,如图10-18所示。

【第3步】按回车键确定,单击"关闭"按钮,关闭对话框。可以发现新的科目信息添加在了科目表的最后一行,然后通过排序的方式将科目表按照"科目编号"进行排序。

3. 删除会计科目

为了使会计科目表比较准确简练,需要对某些不再使用的会计科目信息进行删除,可以查找到该会计科目所在的行,点击鼠标右键,选择"删除"命令即可,当然也可以通过"记录单"来删除。

示例:利用"记录单",在"会计科目表"中删除科目编号为"5201",科目名称为"劳务成本"的会计科目。

【第1步】选择"会计科目表"中的会计科目单元格区域,单击"快速访问工具栏"中的"记录单" 命令,在弹出的"会计科目表"记录单对话框中,单击"条件"按钮,在对话框的"科目编号"右侧的编辑栏中输入"5201",

如图10-19所示。

图10-18　输入信息

图10-19　输入条件

【第2步】单击对话框右侧的"上一条"或"下一条"命令按钮，对话框中将显示科目编码为"5201"的会计科目信息。

【第3步】单击对话框右侧的"删除"命令按钮，如图10-20所示。

【第4步】在弹出的对话框中选择"确定"命令，如图10-21所示。

图10-20　删除记录

图10-21　删除确认

【第5步】单击"关闭"按钮，关闭"记录单"对话框。

在"会计科目表"工作中，科目编号为"5201"，科目名称为"劳务成本"的会计科目信息就已经被删除了。

4. 修改会计科目

若要修改某个会计科目信息，需要首先查找到要修改的会计科目所在的行，直接修改即可，当然也可以通过"记录单"的形式进行修改，具体操作步骤为：选择"会计科目表"中的会计科目单元格区域，单击"快速访问工具栏"中的"记录单" 命令，在弹出的"会计科目表"记录单对话框中，单击"上一条"或"下一条"按钮来查找需要修改的会计科目（或者通过"条件"按钮来查询），直接在"会计科目表"记录单对话框中进行修改，修改完成后，单击"关闭"按钮，关闭"记录单"对话框即可。

10.2　会计凭证

会计凭证是记录经济业务、明确经济责任的书面证明，是登记账簿的重要依据。正确地填制和审核会计凭证是会计核算工作的一项重要内容。

会计凭证是多种多样的，但按其填制的程序和用途可以划分为原始凭证和记账凭证两类。

（1）原始凭证。原始凭证是在经济业务发生或完成时，由经办人员取得或填制的，用以记录、证明经济业务的发生或完成情况的会计凭证，是具有法律效力的原始书面证据，是编制记账凭证的依据，是会计核算的原始资料。

（2）记账凭证。记账凭证是指会计人员根据审核无误的原始凭证及有关资料，按照经济业务事项的内容和性质加以归类，并确定会计分录，作为登记会计账簿依据的会计凭证。记账凭证的基本内容一般包括以下几个方面：

①记账凭证名称及填制记账凭证单位名称。

②凭证的填制日期和编号。

③经济业务的摘要。

④会计分录。

⑤记账标记。

⑥附件张数。

⑦有关人员签章。

记账凭证通常按其反映的经济业务内容是否与货币资金有关，分为收款凭证、付款凭证和转账凭证。当然，也有很多企业不将记账凭证进行分类，而是使用统一的记账凭证样式。

关于原始凭证的制作可以参考本书第9章的内容，通过常用财务表格的形式来制作企业自制的原始凭证。下面我们主要学习一下记账凭证的制作。

10.2.1　制作记账凭证

Excel的模板是一个含有特定内容和格式的工作簿，用户可以将常用的文本、数据公式以及格式、规则等，事先设置好加以保存，在需要时调用该模板，以方便数据的输入，确保数据的一致性。因此，模板在会计中被广泛应用于制作记账凭证、单据、会计报表等方面。下面我们就通过示例来详细了解一下记账凭证模板的制作过程。

示例：为"维缘科技有限公司"公司制作一个"记账凭证"模板。

制作要求：记账凭证是一种重要的会计信息载体，作为会计登记账簿的依据，企业一般要打印出来留档，因此一个实用的"记账凭证"模板不仅要包含记账凭证所需的所有项目、美观大方，而且要打印出来的效果良好。

操作步骤：

（1）启动"企业日常会计核算"工作簿，创建"记账凭证"工作表。

【第1步】打开"企业日常会计核算"工作簿，将"sheet2"工作表重命名为"记账凭证"。

（2）输入记账凭证的表头及各项目。

【第2步】在"记账凭证"工作表中，输入表头及记账凭证的各项目。

（3）进行表单美化。

【第3步】美化"记账凭证"工作表，美化效果如图10-22所示。

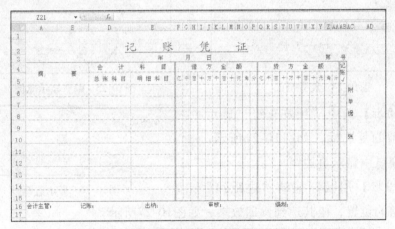

图10-22 美化效果图

（4）进行打印设置。

【第4步】选择"页面布局"选项卡，单击"页面设置"组右下角的 按钮，如图10-23所示，打开"页面设置"对话框。

【第5步】在"页面设置"对话框"页面"选项卡中，设置纸张大小、打印方向以及缩放比例，如图10-24所示。

【第6步】单击"页面设置"对话框中的"打印预览"按钮，打开"打印预览"窗口。

【第7步】单击"显示比例" 按钮，放大表格的预览效果，如图10-25所示。

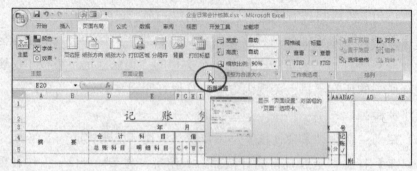

图10-23　选中页面设置

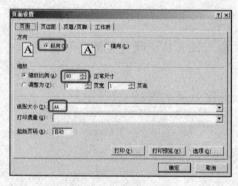

图10-24　设置页面

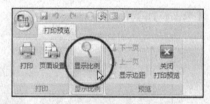

图10-25　调整显示比例

【第8步】选中"预览"组"显示
边距"前的复选框，如图10-26所示，
在预览窗口中显示页边距。

图10-26　显示边距

【第9步】用鼠标拖动"边距线"
调整表格的位置，使其达到预期效果，如图10-27所示。

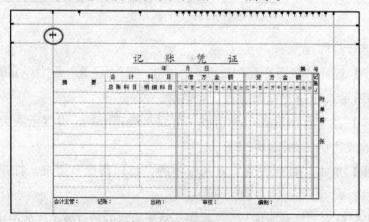

图10-27　拖拽调整边距

【第10步】调整好表格打印位置后，单击"关闭打印预览" 按钮，关闭"打印预览"窗口。

（5）保存为模板

【第11步】单击"Microsoft Office按钮" ，选择"另存为"命令，单击"Excel工作簿"命令。

【第12步】打开"另存为"对话框，输入文件名"记账凭证.xltx"，保存类型为"Excel模板"。

【第13步】选择好保存位置，单击"确定"按钮，关闭对话框。

"记账凭证"的制作效果可参见光盘中"素材"文件夹中的"10企业日常会计核算.xlsx" Excel文件中的"记账凭证"工作表。

10.2.2　记账凭证清单

应用"记账凭证"模板，我们可以根据企业实际发生的经济业务，编制企业的记账凭证，并打印出来存档和作为企业登记账簿的依据，有些企业还不能实现所有的制作记账凭证的人员都能使用电子的"记账凭证"，这时可以将空白的"记账凭证"打印出来，手工进行填制。

要想利用Excel实现辅助记账的效果，还需要将记账凭证进行整理，制作"记账凭证清单"。"记账凭证清单"是将企业一段时期内（一般是1个月）制作的记账凭证中所涉及的重要会计信息进行汇总，形成一张表格的形式。它是企业利用Excel进行账务处理和账务分析的主要依据。

制作"记账凭证清单"，需要满足以下几个要求：

（1）涵盖了记账凭证上所有重要的会计信息。

（2）所涉及的会计科目信息与"会计科目表"相一致。

（3）确保输入的会计信息"借贷必相等"。

其中要想使"记账凭证清单"中所涉及的会计科目信息与"会计科目表"相一致，可以使用VLOOKUP函数来实现。

VLOOKUP函数是在表格数据的首列查找指定的值，并由此返回表格数据当前行其他列的值。

其语法结构为：VLOOKUP(lookup_value,table_array,col_index_num,range_lookup)

lookup_value　　　需要在表格数组第一列查找的数值；

table_array　　　需要进行查询转置的数组或单元格区域；

ol_index_num　　　待返回的匹配值的列序号；

range_lookup　　　逻辑值，希望查找匹配的是精确值还是近似值，如果为true或省略，则为模糊查询；false为精确匹配。

下面我们具体来看一下"记账凭证清单"的制作步骤：

（1）启动"企业日常会计核算"工作簿，创建"记账凭证清单"工作表。

【第1步】打开"企业日常会计核算"工作簿，将"sheet3"工作表重命名为"记账凭证清单"。

（2）输入记账凭证的表头及各项目。

【第2步】在"记账凭证清单"工作表中，输入表头及记账凭证的各项目，如图10-28所示。

图10-28　输入表头项目

（3）进行表单美化。

【第3步】美化"记账凭证清单"工作表，美化效果可参见图10-29所示。

（4）进行相关数据格式。

【第4步】选择A3：C24单元格区域（假设共22条数据信息），单击鼠标右键，选择"设置单元格格式"命令，打开"设置单元格格式"对话框，选择"数字"选项卡设置数字分类为"自定义"、类型为"00"，如图10-30所示。

图10-29　美化效果

【第5步】单击"确定"按钮，关闭"设置单元格格式"对话框。

【第6步】选择D3：D24单元格区域，单击鼠标右键，选择"设置单元格格式"命令，打开"设置单元格格式"对话框，选择"数字"选项卡设置数字分类为"自定义"、类型为"000"，如图10-31所示。

图10-30　设置数据格式

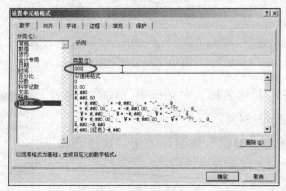

图　10-31

【第7步】单击"确定"按钮，关闭"设置单元格格式"对话框。

【第8步】选择H3：I24单元格区域，单击鼠标右键，选择"设置单元格格式"命令，打开"设置单元格格式"对话框，选择"数字"选项卡设置数字分类为"会计专用"、小数位数为"2"，无货币符号，如图10-32所示。

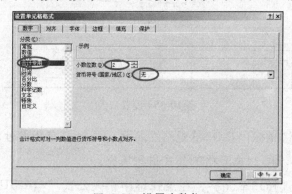

图10-32　设置小数位

【第9步】单击"确定"按钮,关闭"设置单元格格式"对话框。

(5)设置公式。

注意:为了更好地使"记账凭证清单"中所涉及的会计科目信息与"会计科目表"相一致,我们首先将"会计科目"定义为一个"名称",便于引用。

【第10步】打开"企业日常会计核算"工作簿中的"会计科目表"工作表,选择A3:B39单元格区域(即所有的会计科目信息区域),单击"公式"选项卡"定义的名称"组中的"定义名称"按钮,如图10-33所示,打开"新建名称"对话框。

图10-33 定义名称

【第11步】在"新建名称"对话框中,设置名称为"会计科目",如图10-34所示。

【第12步】单击"确定"按钮,关闭"新建名称"对话框。

图10-34 设置名称

【第13步】打开"企业日常会计核算"工作簿中的"记账凭证清单"工作表,选择G3单元格,在编辑栏中输入公式"=IF(F3="","",VLOOKUP(F3,会计科目,2,1))",按回车键确认。如图10-35所示。

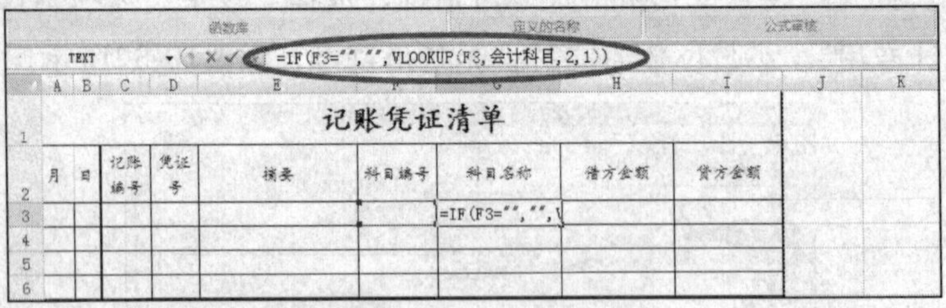

图10-35 设置公式

【第14步】将光标停在G3单元格右下角,当光标变为╋时,按住鼠标左键向下拖拽,将G4到G24单元格的公式进行填充。

【第15步】选择J2单元格,在编辑栏中输入公式"=IF(SUM(H:H)= SUM

(I:I),"","借贷不平衡")”按回车键确认。如图10-36所示。

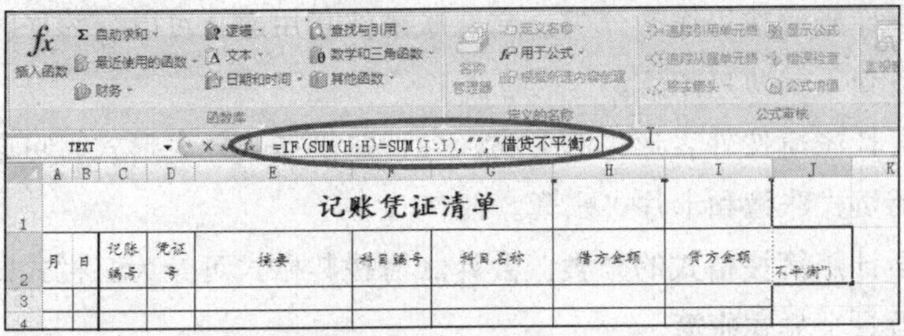

图10-36　设置公式

(6) 录入记账凭证信息。

【第16步】从第三行开始依次录入企业本月（2009年6月）编制的记账凭证的重要信息，如图10-37所示。

(7) 保存。

【第17步】单击“快速访问工具栏”的“保存”按钮，将记账凭证信息进行保存。

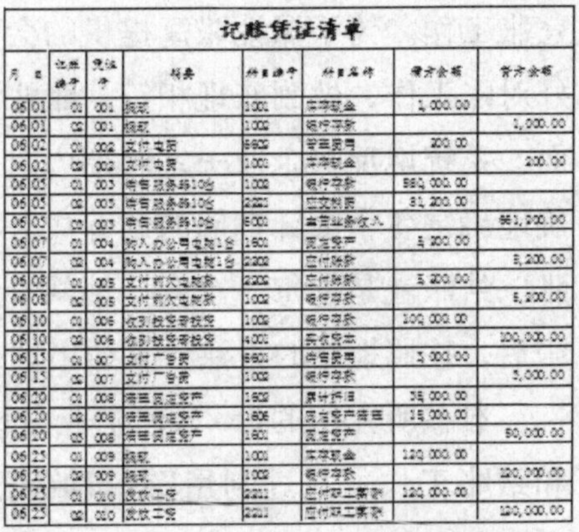

记账凭证清单

月	日	记账编号	凭证号	摘要	科目编号	科目名称	借方金额	贷方金额
06	01	01	001	提现	1001	库存现金	1,000.00	
06	01	02	001	提现	1002	银行存款		1,000.00
06	02	01	002	支付电费	6602	管理费用	200.00	
06	02	02	002	支付电费	1001	库存现金		200.00
06	05	01	003	销售服务器10台	1002	银行存款	880,000.00	
06	05	02	003	销售服务器10台	2221	应交税费	81,200.00	
06	05	03	003	销售服务器10台	6001	主营业务收入		961,200.00
06	07	01	004	购入办公用电脑1台	1601	固定资产	5,200.00	
06	07	02	004	购入办公用电脑1台	2202	应付账款		5,200.00
06	08	01	005	支付前欠电脑款	2202	应付账款	5,200.00	
06	08	02	005	支付前欠电脑款	1002	银行存款		5,200.00
06	10	01	006	收到投资者投资	1002	银行存款	100,000.00	
06	10	02	006	收到投资者投资	4001	实收资本		100,000.00
06	15	01	007	支付广告费	6601	销售费用	5,000.00	
06	15	02	007	支付广告费	1002	银行存款		5,000.00
06	20	01	008	清理固定资产	1602	累计折旧	35,000.00	
06	20	02	008	清理固定资产	1606	固定资产清理	15,000.00	
06	20	03	008	清理固定资产	1601	固定资产		50,000.00
06	25	01	009	提现	1001	库存现金	120,000.00	
06	25	02	009	提现	1002	银行存款		120,000.00
06	25	01	010	发放工资	2211	应付职工薪酬	120,000.00	
06	25	02	010	发放工资	2211	应付职工薪酬		120,000.00

图10-37　效果图

10.3　会计账簿

会计账簿是全面记录和反映一个单位经济业务，把大量分散的数据或资料进行归类整理，逐步加工成有用会计信息的簿籍，它是编制会计报表的重要依据。它是由具有一定格式、相互连接的账页所组成，账页一旦标上会计科目，它就成为用来记录和反映该科目所规定核算内容的账户。

根据规定，各单位都要按照会计制度的要求设置会计科目和会计账簿。通过设置和登记会计账簿：

(1) 能够把大量的、分散的会计核算资料系统化，为加强经济核算提供资料。

(2) 可以为正确计算成本、经营成果和收益分配等提供必要的会计核算资料。

(3) 利用会计账簿所提供的核算资料，既可以为编制会计报表提供主要的依据，也可以为会计分析和会计检查提供必要的依据。

(4) 既有利于会计核算资料的保存和利用，也有利于会计核算工作的分工。

会计账簿的种类多种多样，如总账、明细账、日记账和其他辅助性账簿。

为了便于了解和使用各种会计账簿，可以按照不同的标志对其进行分类。

（1）会计账簿按用途的分类。会计账簿按其用途，可以分为序时账簿、分类账簿和备查（辅助）账簿。

（2）会计账簿按外表形式的分类。会计账簿按其外表形式，可以分为订本式账簿、活页式账簿和卡片式账簿。

（3）会计账簿按格式的分类。会计账簿按其格式可分为三栏式账簿、多栏式账簿和数量金额式账簿。

会计人员每月将发生的经济业务编制成记账凭证后，根据记账凭证要进行登账工作。为了保证账簿提供的会计资料正确、真实、可靠，记账后要定期做好对账工作，做到账证相符、账账相符、账实相符和账表相符。另外，为了全面、系统地反映企业一定时期内财务状况的增减变动及其结果，可以合理、准确地确定各个会计期间的经营成果，有利于定期编制财务报表，还需要进行结账。结账就是把每一个会计期间（月份、季度、年度）的经济业务全部登记入账后，按照规定的方法计算结出本期发生额和期末余额。

本书所介绍的Excel在企业会计账簿中的应用，主要是辅助企业进行对账和结账工作，通过利用Excel编制"日记账"和"分类账"来实现辅助对账，通过利用Excel编制"科目汇总表"和"试算平衡表"来实现辅助结账。

10.3.1 日记账

日记账也称序时账，是按照交易或事项发生或完成时间的先后顺序逐日逐笔连续地进行登记的账簿。在会计实务中，日记账是会计人员按照收到会计凭证的先后顺序进行登记的，目前我国企业主要设置有库存现金日记账和银行存款日记账两种，其主要作用在于加强对货币资金的监督和控制。

下面就以"银行存款日记账"为例来阐述如何利用Excel制作日记账。

示例：利用第10.2.2节中"记账凭证清单"信息为"维缘科技有限公司"公司编制2009年6月份的"银行存款日记账"，其中2009年6月初"银行存款"科目余额为"借方245 000元"。

（1）启动"企业日常会计核算"工作簿，创建"银行存款日记账"工作表。

【第1步】打开"企业日常会计核算"工作簿，插入新工作表，并将新工作表重命名为"200906银行存款日记账"。

（2）生成日记账基本数据。

【第2步】打开"企业日常会计核算"工作簿中的"会计凭证清单"工作表。

【第3步】在"会计凭证清单"工作表中，选择A1单元格，单击"数据"选项卡中"排序和筛选"组中的"筛选"命令，如图10-38所示。

图10-38　选择筛选

【第4步】单击F2单元格数据筛选下拉框 ▼ ，在下拉菜单中设置数字筛选条件为"1002"，如图10-39所示。

图10-39　设置数字筛选条件

【第5步】单击"确定"按钮，完成数据筛选。

【第6步】单击"会计凭证清单"工作表编辑区左上角的"全选" 按钮，按键盘"Ctrl+C"键，复制"会计凭证清单"工作表的数据筛选结果。

【第7步】单击"200906银行存款日记账"工作表标签，选择A1单元格，单击鼠标右键，选择"选择性粘贴"命令，打开"选择性粘贴"对话框。

图10-40　选择性粘贴

【第8步】在"选择性粘贴"对话框中，选择"值和数字格式"粘贴，如图10-40所示。

【第9步】单击“确定”按钮，关闭“选择性粘贴”对话框，将数据筛选结果粘贴到“200906银行存款日记账”工作表中，如图10-41所示。

	A	B	C	D	E	F	G	H	I	J
1	记账凭证清单									
2	月	日	记账编号	凭证号	摘要	科目编号	科目名称	借方金额	贷方金额	
3	06	01	02	001	提现	1002	银行存款		#######	
4	06	05	01	003	销售服务器	1002	银行存款	#######		
5	06	08	02	005	支付前欠电	1002	银行存款		#######	
6	06	10	01	006	收到投资者	1002	银行存款	#######		
7	06	15	02	007	支付广告费	1002	银行存款		#######	
8	06	25	02	009	提现	1002	银行存款		#######	
9										

图10-41 粘贴数据

【第10步】单击“会计凭证清单”工作表标签，打开“会计凭证清单”工作表，单击“数据”选项卡中“排序和筛选”组中的“筛选”命令，取消数据筛选。

【第11步】单击“200906银行存款日记账”工作表标签，打开“200906银行存款日记账”工作表。

【第12步】删除A（月）、F（科目编号）、G（科目名称）三列，删除后效果如图10-42所示。

	A	B	C	D	E	F	G
1							
2	日	记账编号	凭证号	摘要	借方金额	贷方金额	
3	01	02	001	提现		#######	
4	05	01	003	销售服务器	#######		
5	08	02	005	支付前欠电脑款		#######	
6	10	01	006	收到投资者	#######		
7	15	02	007	支付广告费		#######	
8	25	02	009	提现		#######	
9							
10							

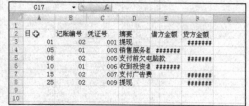

图10-42 删除后效果图

【第13步】选择A1单元格，在编辑栏中输入“银行存款日记账”；选择G3单元格，在编辑栏中输入“余额”。

【第14步】为“200906银行存款日记账”工作表A1：G8单元格区域进行美化，美化效果如图10-43所示。

银行存款日记账

日	记账编号	凭证号	摘要	借方金额	贷方金额	余额
01	02	001	提现		1,000.00	
05	01	003	销售服务器10台	580,000.00		
08	02	005	支付前欠电脑款		5,200.00	
10	01	006	收到投资者投资	100,000.00		
15	02	007	支付广告费		3,000.00	
25	02	009	提现		120,000.00	

图10-43 美化效果

（3）生成日记账余额及日汇总数据。

【第15步】选择A2单元格，单击“数据”选项卡“排序与筛选”组中的

"排序" 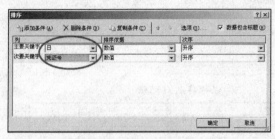命令，弹出"排序"对话框。

【第16步】在"排序"对话框中，设置排序的主关键字为"日"，次关键字
为"凭证号"，如图10-44所示。

图10-44　排序对话框

【第17步】单击"确定"按钮，关闭"排序"对话框。

【第18步】选择第3行，单击鼠标右键，选择"插入"命令，为"200906银
行存款日记账"工作表插入一个新行，并在新行中录入"期初余额"信息，如
图10-45所示。

图10-45　插入新行

【第19步】选择G4单元格，在编辑栏中输入公式"=G3+E4−F4"，如图10-46
所示，按回车键确认。

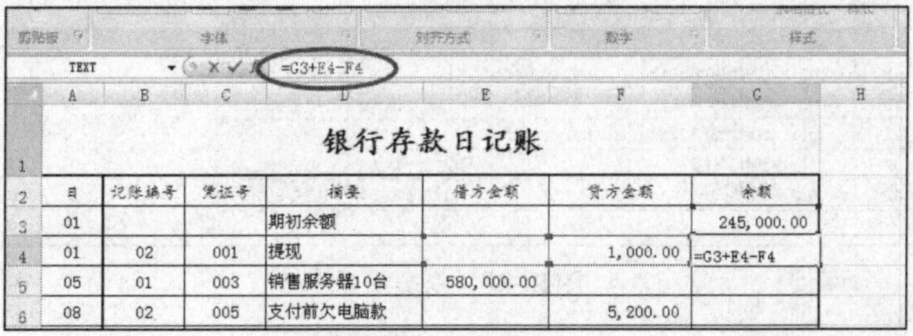

图10-46　编辑公式

【第20步】将光标停在G3单元格右下角，当光标变为 时，按住鼠标左键向下拖拽，将G4到G8单元格的公式进行填充。如图10-47所示。

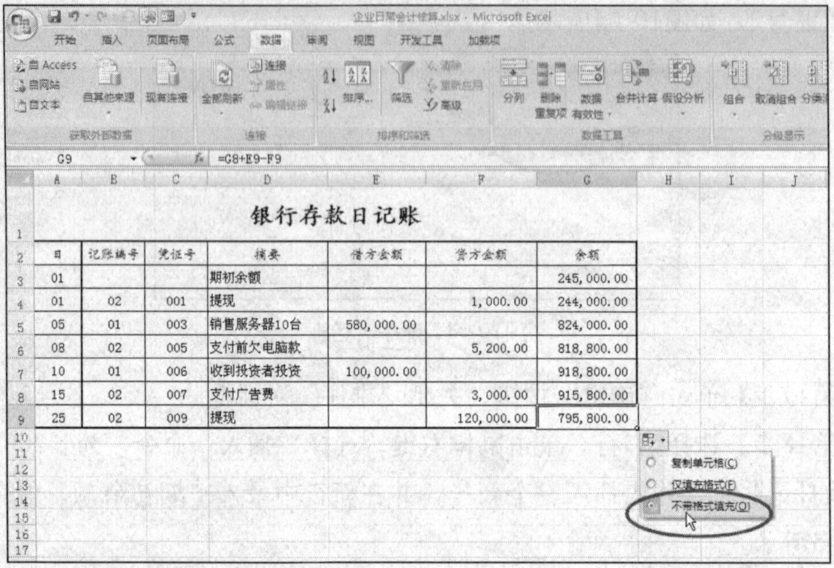

图10-47　公式填充

注意：选择"不带格式"填充。

【第21步】选择A1：G9单元格区域，选择"数据"选项卡"分级显示"组中的"分类汇总" 命令，如图10-48所示，弹出"分类汇总"对话框。

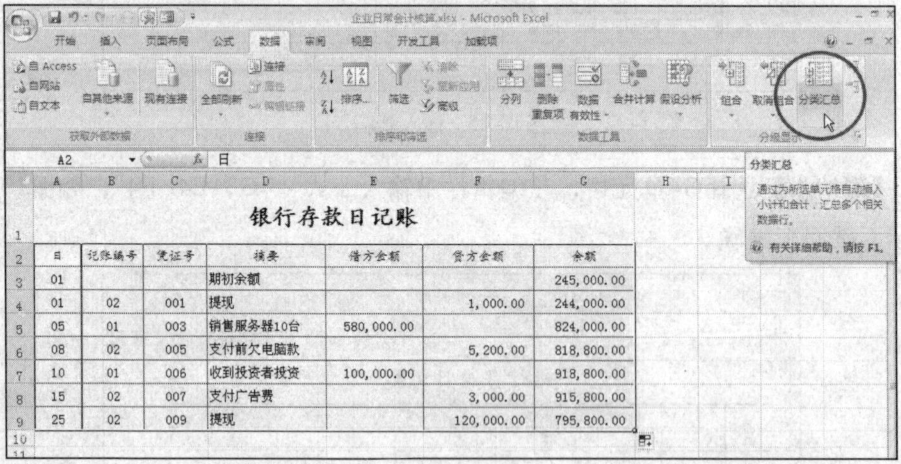

图10-48　分类汇总

【第22步】在"分类汇总"对话框中，设置分类字段为"日"，汇总方式为

"求和"，选定的汇总项为"借方金额"和"贷方金额"，如图10-49所示。

【第23步】单击"确定"按钮，关闭"分类汇总"对话框。

这样，"银行存款日记账"就完成了，效果如图10-50所示。

图10-49 选定汇总项　　　　　　　　　图10-50 效果图

（4）保存。

【第24步】单击"快速访问工具栏"的"保存"按钮，将日记账信息进行保存。

10.3.2 分类账

分类账是对全部交易和事项按照总分类账户和明细分类账户分类核算和监督的账簿。分类账簿按照反映内容的详细程度不同，可分为总分类账簿和明细分类账簿两种。总分类账簿，也称总分类账，简称总账，是根据一级会计科目设置的，用以分类登记全部交易和事项，提供各项资产、负债、所有者权益、费用、收入和利润等总括性核算资料的账簿。明细分类账簿，也称明细分类账，简称明细账，是按照明细科目设置的，详细记录某一类交易和事项增减变化及其结果的账簿。在会计实务中，总分类账簿和明细分类账簿包括了全部账户，整个企业的生产经营过程和财务情况，都能从分类账簿中得到反映。

明细账的格式有三栏式、多栏式、数量金额式等，但最基本的格式是有"借方"、"贷方"、"余额"三栏的三栏式。总账的格式均采用"借、贷、余"三栏式，它的登记既可根据记账凭证逐笔登记，也可通过汇总的方式，定期或分次汇总登记。在Excel中，既可利用"记账凭证清单"登记，也可利用汇总明细账的方式进行登记。

下面就以"银行存款总分类账"为例，来阐述Excel在分类账中的应用。

示例：利用10.2.2的"会计凭证清单"信息为"维缘科技有限公司"公司编制2009年6月份的"银行存款总分类账"，其中2009年6月份初"银行存款"科目余额为"借方245 000元"。

（1）启动"企业日常会计核算"工作簿，创建"银行存款总分类账"工作表。

【第1步】打开"企业日常会计核算"工作簿，插入新工作表，并将新工作表重命名为"200906银行存款总分类账"。

（2）生成总分类账基本数据。

【第2步】打开"企业日常会计核算"工作簿中的"会计凭证清单"工作表。

【第3步】在"会计凭证清单"工作表中，选择A1单元格，单击"数据"选项卡中"排序和筛选"组中的"筛选"命令。

【第4步】单击F2单元格数据筛选下拉框 ▼ ，在下拉菜单中设置数字筛选条件为"1002"。

【第5步】单击"确定"按钮，完成数据筛选。

【第6步】单击"会计凭证清单"工作表编辑区左上角的"全选" ▨ 按钮，按键盘"Ctrl+C"键，复制"会计凭证清单"工作表的数据筛选结果。

【第7步】单击"200906银行存款总分类账"工作表标签，选择A1单元格，单击鼠标右键，选择"选择性粘贴"命令，打开"选择性粘贴"对话框。

【第8步】在"选择性粘贴"对话框中，选择"值和数字格式"粘贴。

【第9步】单击"确定"按钮，关闭"选择性粘贴"对话框，将数据筛选结果粘贴到"200906银行存款总分账"工作表中。

【第10步】单击"会计凭证清单"工作表标签，打开"会计凭证清单"工作表，单击"数据"选项卡中"排序和筛选"组中的"筛选"命令，取消数据筛选。

【第11步】单击"200906银行存款总分类账"工作表标签，打开"200906银行存款总分类账"工作表。

【第12步】删除A（月）、F（科目编号）、G（科目名称）三列。

【第13步】选择A1单元格，在编辑栏中输入"银行存款总分类账"；选择G3单元格，在编辑栏中输入"余额"。

注意：上述【第2步】至【第13步】可参考10.3.1中示例的【第2步】至【第13步】。

【第14步】对"200906银行存款总分类账"工作表A1：G8单元格区域进行美化。

（3）生成总分类账余额及汇总数据。

【第15步】选择第3行，单击鼠标右键，选择"插入"命令，为"200906银行存款总分类账"工作表插入一个新行，并在新行中录入"期初余额"信息，如图10-51所示。

日	记账编号	凭证号	摘要	借方金额	贷方金额	余额
			银行存款总分类账			
01			期初余额			245,000.00
01	02	001	提现		1,000.00	
05	01	003	销售服务器10台	580,000.00		
08	02	005	支付前欠电脑款		5,200.00	
10	01	006	收到投资者投资	100,000.00		
15	02	007	支付广告费		3,000.00	
25	02	009	提现		120,000.00	

图10-51 插入新行

【第16步】选择G4单元格，在编辑栏中输入公式"=G3+E4-F4"，按回车键确认。

【第17步】将光标停在G3单元格右下角，当光标变为┿时，按住鼠标左键向下拖拽，将G4到G8单元格的公式进行填充。公式填充后效果如图10-52所示。

日	记账编号	凭证号	摘要	借方金额	贷方金额	余额
			银行存款总分类账			
01			期初余额			245,000.00
01	02	001	提现		1,000.00	244,000.00
05	01	003	销售服务器10台	580,000.00		824,000.00
08	02	005	支付前欠电脑款		5,200.00	818,800.00
10	01	006	收到投资者投资	100,000.00		918,800.00
15	02	007	支付广告费		3,000.00	915,800.00
25	02	009	提现		120,000.00	795,800.00

图10-52 填充公式

【第18步】选择A10单元格，在编辑栏中输入"30"。

【第19步】选择D10单元格，在编辑栏中输入"月末合计"。

【第20步】选择E10单元格，在编辑栏中输入"=SUM(E3:E9)"。

【第21步】选择F10单元格，在编辑栏中输入"=SUM(F3:F9)"。

【第22步】选择G10单元格，在编辑栏中输入"=G9"，操作结果如图10-53所示。

日	记账编号	凭证号	摘要	借方金额	贷方金额	余额
				银行存款总分类账		
01			期初余额			245,000.00
01	02	001	提现		1,000.00	244,000.00
05	01	003	销售服务器10台	580,000.00		824,000.00
08	02	005	支付前欠电脑款		5,200.00	818,800.00
10	01	006	收到投资者投资	100,000.00		918,800.00
15	02	007	支付广告费		3,000.00	915,800.00
25	02	009	提现		120,000.00	795,800.00
30			月末合计	680,000.00	129,200.00	795,800.00

图10-53 操作结果

【第23步】将"银行存款总分类账"进行美化，效果参见图10-54所示。

日	记账编号	凭证号	摘要	借方金额	贷方金额	余额
				银行存款总分类账		
01			期初余额			245,000.00
01	02	001	提现		1,000.00	244,000.00
05	01	003	销售服务器10台	580,000.00		824,000.00
08	02	005	支付前欠电脑款		5,200.00	818,800.00
10	01	006	收到投资者投资	100,000.00		918,800.00
15	02	007	支付广告费		3,000.00	915,800.00
25	02	009	提现		120,000.00	795,800.00
30			月末合计	680,000.00	129,200.00	795,800.00

图10-54 美化效果

（4）保存。

【第24步】单击"快速访问工具栏"的"保存"按钮，将分类账信息进行保存。

依此类推，用相似的操作步骤可以完成其他总分类账簿和明细分类账簿的设置。日记账和总分类账的制作效果可参见光盘中"素材"文件夹中的"10企业日常会计核算.xlsx"Excel文件中的"200906银行存款日记账"工作表和"200906银行存款总分类账"工作表。

10.3.3 科目汇总表

科目汇总表是对会计科目的汇总，是根据记账凭证按照相同的会计科目归类，定期汇总各科目发生额的一张记账凭证。由于企业经济业务发生频繁，记账凭证较多，手工编制科目汇总表比较烦琐，工作量很大，而在Excel中，我们可以根据"记账凭证清单"的数据，利用数据透视表就能轻松编制科目汇总表。

示例：利用10.2.2的"会计凭证清单"信息为"维缘科技有限公司"公司编制2009年6月份的"科目汇总表"。

【第1步】打开"企业日常会计核算"工作簿的"会计凭证清单"工作表。

【第2步】选择A2：I24单元格区域，单击"插入"选项卡"表"组的"数据透视表" 按钮，如图10-55所示，打开"创建数据透视表"对话框。

图10-55 选择透视表按钮

【第3步】在"创建数据透视表"对话框中，设置好数据区域为"记账凭证清单!$A$2:$I$24"，选择放置透视表的位置为"新工作表"，如图10-56所示。

【第4步】单击"确定"按钮，关闭"创建数据透视表"对话框。可以发现在新工作表中已经显示透视表工具。

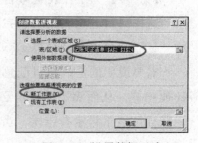

图10-56 设置数据区域

【第5步】在"数据透视表字段列表"对话框中，设置报表字段为"月"、"科目名称"、"借方金额"和"贷方金额"，行标签为"月"和"科目名称"，数值为"求和项：借方金额"和"求和项：贷方金额"，如图10-57所示。

【第6步】在"数据透视表字段列表"对话框中设置完成后，可以发现数据透视表如图10-58所示。

【第7步】为数据透视表进行美化，效果如图10-59所示。

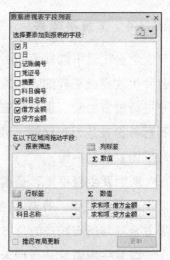

图10-57 设置报表字段

行标签	值 求和项:借方金额	求和项:贷方金额
⊟06	1065800	1065800
固定资产	5200	50000
固定资产清理	15000	
管理费用	200	
库存现金	121000	200
累计折旧	35000	
实收资本		100000
销售费用	3000	
银行存款	680000	129200
应付账款	5200	5200
应付职工薪酬	120000	120000
应交税费	81200	
主营业务收入		661200
总计	1065800	1065800

图10-58 结果数据

科目汇总表

会计科目	借方金额合计	贷方金额合计
固定资产	5,200.00	50,000.00
固定资产清理	15,000.00	
管理费用	200.00	
库存现金	121,000.00	200.00
累计折旧	35,000.00	
实收资本		100,000.00
销售费用	3,000.00	
银行存款	680,000.00	129,200.00
应付账款	5,200.00	5,200.00
应付职工薪酬	120,000.00	120,000.00
应交税费	81,200.00	
主营业务收入		661,200.00
总计	1,065,800.00	1,065,800.00

图10-59 美化效果

注意：本例在美化时，隐藏了第3～5行，在第1行添加了表名，在第2行添加了表头信息。

【第8步】为工作表重命名为“200906科目汇总表”。

这样科目汇总表就编制完成了，制作效果可参见光盘中“素材”文件夹中的“10企业日常会计核算.xlsx”Excel文件中的“200906科目汇总表”工作表。

需要说明的是，科目汇总表最后一行的借方金额合计数必须与贷方金额合计数相等，从而满足“有借必有贷，借贷必相等”的记账规则，如果不相等，记账凭证清单肯定有错误，当然即使相等，也不能保证记账凭证清单的数据是完全正确的。

10.3.4 试算平衡表

企业在运用借贷记账法的记账规则在账户中记录经济业务的过程中，可能会发生这样或那样的人为错误导致借贷不等，会计人员可以通过编制试算平衡来进行借贷检验。借贷记账法的试算平衡，是指检查记账凭证、账簿记录、编制财务报表是否正确的一种主要方法。它主要检查两个方面的平衡关系：发生额平衡和余额平衡。

所谓发生额平衡，是指一定时期全部账户借方发生额合计与全部账户贷方发生额合计平衡。所谓余额平衡，是指在一定时期的任意时点上，所有账户的借方余额与所有账户的贷方余额合计相平衡。

试算平衡通常是在期末结出各个账户本期发生额和期末余额后，通过编制试算平衡表来进行的。在Excel中，根据期初余额信息以及科目汇总表信息就能制作试算平衡表，来帮助企业辅助对账和结账。

示例：利用"科目汇总表"和"期初余额"信息为"维缘科技有限公司"公司编制2009年6月份的"试算平衡表"，有关资料见光盘中"素材"文件夹中的"10试算平衡表.xlsx"Excel文件。

（1）创建"试算平衡表"，输入报表项目。

【第1步】打开"10试算平衡表"工作簿，并插入一个新的工作表，为新工作表命名为"试算平衡表"。

【第2步】在工作表"试算平衡表"中，录入报表各项目，并美化布局，如图10-60所示。

图10-60　录入各项目

（2）录入期初余额信息。

【第3步】单击"期初余额"工作表标签，打开"期初余额"工作表，选择A3：D39单元格区域，单击鼠标右键，选择"复制"命令。

【第4步】单击"试算平衡表"工作表标签，打开"试算平衡表"工作表，选择A4单元格，单击鼠标右键，选择"粘贴"命令，将"期初余额"工作表的数据信息复制到"试算平衡表"工作表，将报表进行适当美化，效果如图10-61所示。

科目代码	会计科目	期初余额		本期发生额		期末余额	
		借方	贷方	借方	贷方	借方	贷方
1001	库存现金	700.00					
1002	银行存款	245,000.00					
1122	应收账款	5,907.00					
1123	预付账款						
1221	其他应收款	690.00					
1231	坏账准备						
1403	原材料	5,900.00					
1405	库存商品	600,000.00					
1601	固定资产	4,000,000.00					
1602	累计折旧	5,000.00					
1604	在建工程						
1606	固定资产清理						
1701	无形资产		75,000.00				
2001	短期借款		80,000.00				
2202	应付账款		7,909.00				
2203	预收账款						
2211	应付职工薪酬						
2221	应交税费		50,000.00				
4001	实收资本		3,560,000.00				
4002	资本公积		750,000.00				

图10-61　美化效果

（3）生成本期发生额信息。

注意：为了更好地使用"科目汇总表"中的数据信息，我们首先将"科目汇总表"定义为一个"名称"，便于引用。

【第5步】单击"科目汇总表"工作表标签，打开"科目汇总表"工作表，选择A6：C20单元格区域（即所有的科目汇总表信息区域），单击"公式"选项卡"定义的名称"组中的"定义名称"按钮，打开"新建名称"对话框。

【第6步】在"新建名称"对话框中，设置名称为"科目汇总表"，如图10-62所示。

【第7步】单击"确定"按钮，关闭"新建名称"对话框。

图10-62 设置名称

【第8步】单击"试算平衡表"工作表标签，打开"试算平衡表"工作表，选择E4单元格，在编辑栏中输入公式"=IF(ISNA(VLOOKUP(B4,科目汇总表,2,FALSE)),0,VLOOKUP(B4,科目汇总表,2,FALSE))"，如图10-63所示，按回车键确认。

				试算平衡表				
		期初余额		本期发生额		期末余额		
科目代码	会计科目	借方	贷方	借方	贷方	借方	贷方	
1001	库存现金	700.00		,2,FALSE))				
1002	银行存款	245,000.00						
1122	应收账款	5,907.00						

TEXT ▼ =IF(ISNA(VLOOKUP(B4,科目汇总表,2,FALSE)),0,VLOOKUP(B4,科目汇总表,2,FALSE))

图10-63 录入公式

【第9步】选择F4单元格，在编辑栏中输入公式"=IF(ISNA(VLOOKUP(B4，科目汇总表，3，FALSE))，0，VLOOKUP(B4，科目汇总表，3，FALSE))"，如图10-64所示，按回车键确认。

【第10步】选择E4：F4单元格区域，将光标停在该单元格区域的右下角，当光标变为＋时，按住鼠标左键向下拖拽，将E5：F40单元格区域的公式进行填充，结果如图10-65所示。

注意：选择"不带格式填充"选项。

（4）生成期末余额信息。

【第11步】选择G4单元格，在编辑栏中输入公式"=C4+E4－F4"，按回车键确认。

图10-64　录入公式

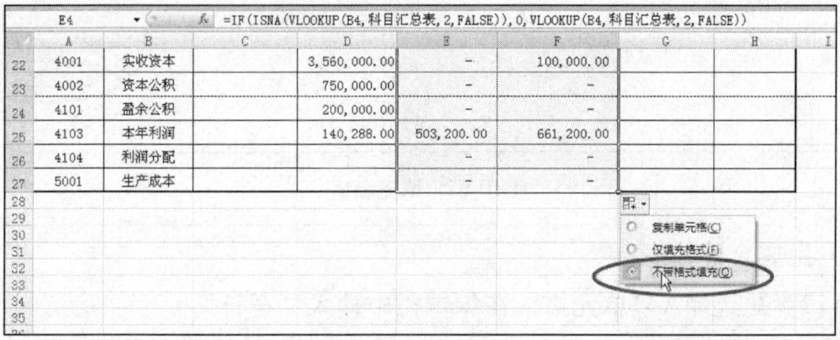

图10-65　填充公式

【第12步】将光标停在G4单元格区域的右下角，当光标变为✛时，按住鼠标左键向下拖拽，将G5：F27单元格区域的公式进行填充，如图10-66所示。

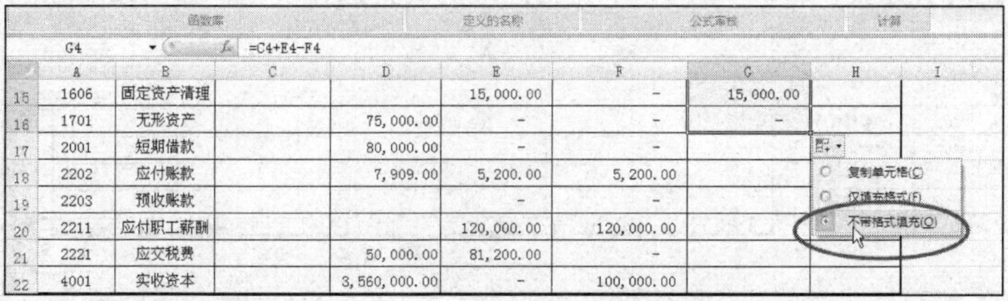

图10-66　填充公式

【第13步】选择G13单元格，清除该单元格的公式。

【第14步】选择H13单元格，在编辑栏中输入公式"=D13+F13−E13"，按回车键确认。

【第15步】选择H17单元格，在编辑栏中输入公式"=D17+F17−E17"，按回车键确认。

【第16步】将光标停在H17单元格区域的右下角，当光标变为✚时，按住鼠标左键向下拖拽，将H17：H40单元格区域的公式进行填充，如图10-67所示。

	A	B	C	D	E	F	G	H	I
20	2211	应付职工薪酬			120,000.00	120,000.00		-	
21	2221	应交税费		50,000.00	81,200.00	-		-31,200.00	
22	4001	实收资本		3,560,000.00	-	100,000.00		3,660,000.00	
23	4002	资本公积		750,000.00	-	-		750,000.00	
24	4101	盈余公积		200,000.00	-	-		200,000.00	
25	4103	本年利润		140,288.00	503,200.00	661,200.00		298,288.00	
26	4104	利润分配							
27	5001	生产成本							

图10-67　填充公式

（5）生成合计信息。

【第17步】选择A41单元格，在编辑栏中输入"合计"。

【第18步】选择C41单元格，在编辑栏中输入公式 "=SUM(C4:C40)"，按回车键确认。

【第19步】将光标停在C41单元格区域的右下角，当光标变为✚时，按住鼠标左键向右拖拽，将D41：H41单元格区域的公式进行填充，如图10-68所示。

	A	B	C	D	E	F	G	H
37	6602	管理费用			200.00	200.00		-
38	6603	财务费用			-	-		-
39	6711	营业外支出			-	-		-
40	6801	所得税费用						
41	合计		4,858,197.00	4,858,197.00	2,730,200.00	2,730,200.00	4,999,997.00	4,999,997.00

图10-68　填充公式

【第20步】将第41行进行布局美化，完成"试算平衡表"的制作。

注意：试算平衡表有三个试算平衡等式：

期初借方余额＝期初贷方余额

本期借方发生额合计＝本期贷方发生额合计

期末借方余额＝期末借方余额

"试算平衡表"的制作完成后，三个平衡等式必须成立，否则说明企业记账存在错误，需要检查核对。

"试算平衡表"的制作效果可参见光盘中"素材"文件夹中的"10试算平衡表（效果）.xlsx"Excel文件中的"试算平衡表"工作表。

10.4 会计报表

财务报告是综合反映企业某一特定时期的财务状况，以及某一特定时期的经营成果和现金流量情况的书面文件，它是企业将日常的会计核算资料进行归集、加工和汇总后形成的最终会计核算成果。

财务报告主要包括会计报表和会计报表附注等。会计报表是财务报告的主要组成部分，它以报表的形式向财务报告使用人提供财务信息。会计报表附注主要包括两个方面：一是对会计报表要素的补充说明；二是会计报表中无法描述，而又需要说明的其他财务信息。另外，财务报告还包括管理当局对企业财务状况的说明。

按照我国有关法律和制度的规定，企业的会计报表主要由资产负债表、利润表、现金流量表和各种附表等组成。这些会计报表之间是相互联系的，它们从不同的角度说明企业的财务状况、经营成果和现金流量情况。资产负债表主要反映企业的财务状况；利润表主要提供企业的经营业绩；现金流量表反映企业现金和现金等价物的来源、运用以及增减变动的原因等。因此，资产负债表、利润表、现金流量表是企业的基本会计报表，通过对这些会计报表的阅读、分析，可以为会计报表的使用者提供主要的财务信息。

10.4.1 资产负债表

资产负债表是反映企业某一特定日期财务状况的会计报表，属于静态报表。它根据资产、负债和所有者权益之间的相互关系，按照一定的分类标准和一定的顺序，把企业一定日期的资产、负债和所有者权益各项目予以适当排列，并对日常工作中形成的大量数据进行高度浓缩整理后编制而成的。资产负债表表明企业在某一特定日期所拥有或控制的经济资源、所承担的现有义务和所有者对净资产的要求权。

资产负债表中的“期初数”栏各项目数字应根据上期期末资产负债表中“期末数”栏内所列的数字填列。如果本会计期间资产负债表规定的各个项目的名称和内容与上会计期间不一致，应对上会计期期末资产负债表各项目的名称和数字按照本会计期间的规定进行调整，并填入报表中的“期初数”栏内。资产负债表的“期末数”栏内各项目主要根据有关科目的记录编制。

在Excel中，主要通过单元格引用“科目余额表”的数据来实现资产负债表的公式设置。

示例：为“维缘科技有限公司”公司编制2009年6月份的“资产负债表”，有关资料见光盘中“素材”文件夹中的“10会计报表.xlsx”Excel文件。

（1）创建“资产负债表”，输入报表项目。

【第1步】打开“10会计报表”工作簿，并插入一个新的工作表，为新工作表命名为“资产负债表”。

【第2步】在工作表“资产负债表”中，录入报表各项目，并美化布局，如图10-69所示。

资　产　负　债　表

编制单位：维缘科技有限公司　2009年　6月　30日　单位：元

资产	行次	期初数	期末数	负债及所有者权益	行次	期初数	期末数
流动资产				流动负债			
货币资金	1			短期借款			
短期投资	2			应付票据			
应收票据	5			应付账款			
应收股利	6			预收账款			
应收账款	10			应付职工薪酬			
其他应收款	11			应付股利			
预付账款	12			应交税费			
存货	15			其他应交款			
待摊费用	17			其他应付款			
一年内到期的长期债权投资	19			预提费用			
其他流动资产	20			预计负债			
流动资产合计	21			一年到期的长期负债			
长期投资				其他流动负债			
长期股权投资	22			流动负债合计			
长期债权投资	23			长期负债			
长期投资合计	24			长期借款			
固定资产				应付债券			
固定资产原价	27			长期应付款			
减：累计折旧	28			长期负债合计			
固定资产净值	29			递延税项			
减：固定资产减值准备	30			递延税款贷项			
固定资产净额	31			负债合计			
在建工程	32			所有者权益			
固定资产合计	35			实收资本（股本）			
				资本公积			
无形资产及其他资产				盈余公积			
无形资产	36			其中：法定公益金			

图10-69　美化效果图

（2）设置公式，录入“期初数”和“期末数”。

【第3步】选择C5单元格，输入“=”，用鼠标单击“科目余额表”标签，打开"科目余额表"工作表，然后用鼠标点选C4单元格，在编辑栏中输入"+"，再用鼠标点选C5单元格，按回车键确认，C5单元格的公式设置如图10-70所示。

图10-70　录入公式

【第4步】用同样的方式，根据会计有关规定，为资产负债表各项目设置公式。

【第5步】为报表中的各项合计数设置公式。

资产负债表的公式及效果可参见光盘中"素材"文件夹中的"10资产负债表.xlsx"Excel文件中的"10资产负债表"工作表。

10.4.2　利润表

利润表是反映企业在一定期间生产经营成果的会计报表。该表把一定期间的营业收入与其同一期间相关的营业费用进行配比，以计算出企业一定时期的净利润（或净亏损）。通过利润表能够反映企业生产经营的收益和成本耗费情况，表明企业的生产经营成果，同时通过利润表提供的不同时期的比较数字，可以分析企业今后利润的发展趋势和获利能力，了解投资者投入资本的完整性。

利润表中的"本月数"栏反映各项目的本月实际发生数，在编制中期报告时，填列上年同期累计实际发生数，并将"本月数"栏改成"上年数"栏；在编制年度财务报告时，填列上年全年累计实际发生数，并将"本月数"栏改成"上年数"栏。如果上年度利润表项目的名称和内容与本年度利润表不一致，应对上年度报表项目的名称和数字按本年度的规定进行调整，填入报表的"上年数"栏。报表中的"本年累计数"栏各项目反映自年初起至本月末止的累计实际发生数。

在Excel中，主要通过单元格引用"科目汇总表"的数据来实现利润表的公式设置。

示例：为"维缘科技有限公司"公司编制2009年6月份的"利润表"，有关资料见光盘中"素材"文件夹中的"10会计报表.xlsx"Excel文件。

（1）创建"利润表"，输入报表项目。

【第1步】打开"10会计报表"工作簿，并插入一个新的工作表，为新工作表命名为"利润表"。

【第2步】在工作表"利润表"中，录入报表各项目，并美化布局，如图10-71所示。

（2）为"本月数"设置公式，录入报表信息。

【第3步】选择C3单元格，输入"="，用鼠标单击"科目汇总表"标签，打开"科目汇总表"

图10-71 布局图

工作表，然后用鼠标点选B17单元格，按回车键确认，C3单元格的公式设置如图10-72所示。

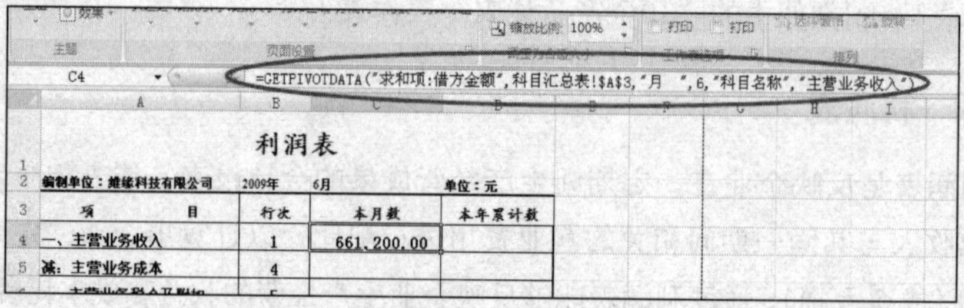

图10-72 设置公式

【第4步】用同样的方式，根据会计有关规定，为利润表各项目设置公式。

【第5步】为报表中的各项合计数设置公式。

利润表的公式及效果可参见光盘中"素材"文件夹中的"10利润表.xlsx"Excel文件中的"10利润表"工作表。

10.4.3 现金流量表

现金流量表是反映企业在一定期间内现金的流入和流出，表明企业对现金和现金等价物获得和使用能力的会计报表。通过现金流量表可以提供企业的现金流量信息，从而对企业整体财务状况做出客观评价；可以对企业的支付能力以及企业对外部资金的需求情况做出较为可靠地判断；可以了解企业当前的财务状况，预测企业未来的发展情况。

现金流量表是以现金为基础编制的财务报表。

现金流量是指企业一定时期内现金和现金等价物流入和流出的数量。现金流量是衡量企业经营状况是否良好、是否有足够的现金偿还债务、资产的变现能力等非常重要的指标。企业日常经营业务是影响现金流量的重要因素，但并不是所有交易或事项都影响现金流量。

企业一定时期内现金的流入和流出是由多种因素产生的，因此，编制现金流量表首先要对企业各项经营业务产生或运用的现金流量进行合理地分类。通常按照经营业务的性质将企业一定时期内产生的现金流量分为以下三类：

1. 经营活动产生的现金流量

经营活动是指企业投资活动和筹资活动以外的所有交易和事项。经营活动的现金流入主要有销售商品或提供劳务、经营性租赁等所收到的现金；经营活动的现金流出主要有购买货物、接受劳务、制造产品、推销产品、缴纳税款等所支付的现金。现金流量表中所反映的经营活动产生的现金流量可以说明企业经营活动对现金流入和流出净额的影响程度。

由于各类企业所在行业特点不同，对经营活动的认定存在一定差异，因此，在编制现金流量表时，应根据企业的实际情况，对现金流量进行合理地归类。

2. 投资活动产生的现金流量

投资活动是指企业长期资产的购建和不包括在现金等价物范围内的投资及其处置活动。这里的长期资产是指固定资产、在建工程、无形资产、其他资产等持有期限在一年或一个营业周期以上的资产。投资活动的现金流入主要有收回投资、分得股利或利润、取得债券利息收入、处置长期资产等所收到的现金；投资活动的现金流出主要有购置长期资产、进行权益性或债权性投资等所支付的现金。由于现金等价物视同现金，所以投资活动产生的现金流量中不包括将现金转换为现金等价物这类投资活动产生的现金流量。通过现金流量表中所反映的投资活动产生的现金流量，可以分析企业通过投资活动获取现金流量的能力，以及投资活动产生的现金流量对企业现金流量净额的影响程度。

3. 筹资活动产生的现金流量

筹资活动是指导致企业资本及债务规模和构成发生变化的活动。筹资活动的现金流入主要有吸收权益性投资、发行债券、借款等所收到的现金；筹资活动的现金流出主要有偿还债务、减少注册资本、发生筹资费用、分配股利或利润、偿付利息等所支付的现金。通过现金流量表中筹资活动产生的现金流量，可以分析企业的筹资能力，以及筹资活动产生的现金流量对企业现金流量净额的影响程度。

需要指出的是，企业在编制现金流量表时，应根据自身经济业务的性质和具体情况，对现金流量表中未特别指明的现金流量进行归类和反映，按照现金流量的分类方法和重要性原则，判断某项交易或事项所产生的现金流量应当归属的类别和项目。对于重要的现金流入或流出项目应当单独反映。对于一些特殊项目，如自然灾害损失、保险赔款等特殊的、不经常发生的项目，应根据项目性质，分别并到经营活动、投资活动或筹资活动的现金流量项目中反映。

现金流量表各项目的填列方法如下：

（1）"销售商品、提供劳务收到的现金"项目反映企业销售商品、提供劳务实际收到的现金（含销售收入和应向购买单位收取的增值税税额），包括本期销售商品、提供劳务收到的现金，以及前期销售、提供劳务本期收到的现金和本期预收的账款，扣除本期退回本期销售的商品和前期销售本期退回的商品支付的现金。企业销售材料和代购供销业务收到的现金也在本项目中反映。

（2）"收到的税费返还"项目反映企业收到返还的各种税费，如收到的增值税、消费税、营业税、所得税、教育费附加返还等。

（3）"收到的其他与经营活动有关的现金"项目反映企业除了上述各项目以外，收到的其他与经营活动有关的现金流入，如罚款收入、流动资产中属于个人赔偿的现金收入等。其他价值较大的现金流入应单列项目反映。

（4）"购买商品、接受劳务支付的现金"项目反映企业购买商品、接受劳务实际支付的现金，包括本期购入商品、接受劳务支付的现金（包括增值税进项税额），以及本期支付前期购入的商品、接受劳务的未付款项和本期预付款。本期发生的购货退回收到的现金应从本项目中扣除。

（5）"支付给职工以及为职工支付的现金"项目反映企业实际支付给职工，以及为职工支付的现金，包括本期实际支付给职工的工资、奖金、各种津贴和补贴等，以及为职工支付的其他费用，但不包括支付给离退休人员的各项费用和支付给在建工程人员的工资等。企业支付给离退休人员的各项费用，包括支付的统筹退休金以及未参加统筹的退休人员的费用，在"支付的其他与经营活动有关的现金"项目中反映；支付的在建工程人员的工资在"购建固定资产、无形资产和其他长期资产所支付的现金"项目中反映。

企业为职工支付的养老、失业等社会保险基金、补充养老保险、住房公积金、支付给职工的住房困难补助、企业为职工缴纳的保险金，以及企业支付给职工或为职工支付的其他福利费用等，应按职工的工作性质和服务对象，分别在本项目和"固定资产、无形资产和其他长期资产所支付的现金"项目中反映。

（6）"支付的各项税费"项目反映企业当期实际上交税务部门的各种税金，以及支付的教育费附加、矿产资源补偿费、印花税、房产税、土地增值税、车船使用税等。不包括计入固定资产价值、实际支付的固定资产投资方向调节税、耕地占用税等。

（7）"支付的其他与经营活动有关的现金"项目反映企业支付的除了上述各项目以外，支付的其他与经营活动有关的现金流出，如罚款支出、支付的差旅费、业务招待费、支付的保险费等。其他价值较大的现金流出应单列项目反映。

（8）"收回投资所收到的现金"项目反映企业出售、转让或到期收回除现金等价物以外的短期投资、长期股权投资而收到的现金，以及收回长期债权投资本金而收到的现金。不包括长期债权投资收回的利息，以及收回的非现金资产。收回的非现金资产不涉及现金流量的变动，在现金流量表补充资料中的"不涉及现金收支的投资与筹资活动"项目中反映。处置投资收回的现金扣除投资成本后的收益，并计入损益，构成净利润的因素，但它属于投资活动产生的现金流量，应反映在投资活动产生的现金流量类别中。

（9）"取得投资收益所收到的现金"项目反映企业因各种投资而分得的现金股利、利润、利息等，不包括股票股利。

（10）"处置固定资产、无形资产和其他长期资产而收到的现金"项目反映企业处置固定资产、无形资产和其他长期资产所取得的现金，并扣除为取得这些资产而支付的有关费用后的净额。由于自然灾害所造成的固定资产等长期资产损失而收到的保险赔款收入也在本项目中反映。

（11）"收到的其他与投资活动有关的现金"项目反映企业除了上述各项目以外，收到的其他与投资活动有关的现金流入。其他价值较大的现金流入应单列项目反映。

（12）"购建固定资产、无形资产和其他长期资产所支付的现金"项目反映企业购买建造固定资产、取得无形资产和其他长期资产所支付的现金，不包括为购建固定资产而发生的借款利息资本化部分，以及融资租入固定资产支付的租赁费。借款利息和融资租入固定资产支付的租赁费应在筹资活动产生的现金流量中单独反映。企业以分期付款方式购建的固定资产，其首次付款支付的现金作为投资活动的现金流出，以后各期支付的现金作为筹资活动的现金流出。

（13）"投资所支付的现金"项目反映企业进行各种性质的投资所支付的现金，包括企业取得的除现金等价物以外的短期股票投资、长期股权投资支付的现金、长期债券投资支付的现金，以及支付的佣金、手续费等附加费用。

（14）"支付的其他与投资活动有关的现金"项目反映企业除了上述各项目以外，支付的其他与投资活动有关的现金流出。其他价值较大的现金流出应单列项目反映。

（15）"吸收投资所收到的现金"项目反映企业收到的投资者投入的现金，包括以发行股票方式筹集的资金实际收到的股款净额（发行收入减去支付的佣金等发行费用后的净额）、发行债券实际收到的现金（发行收入减去支付的佣金等发行费用后的净额）。以发行股票方式筹集资金而由企业直接支付的审计、咨询等费用，以及发行债券支付的发行费用在"支付的其他与筹资活动有关的现金"项目中反映，不从本项目内扣除。

（16）"借款收到的现金"项目反映企业举借各种短期、长期借款所收到的现金。

（17）"收到的其他与筹资活动有关的现金"项目反映企业除了上述各项目以外，收到的其他与筹资活动有关的现金流入。其他价值较大的现金流入应单列项目反映。

（18）"偿还债务所支付的现金"项目反映企业以现金偿还债务的本金，包括偿还金融企业的借款本金、偿还债券本金等。企业偿还的借款利息、债券利息在"偿付利息所支付的现金"项目中反映，不包括在本项目内。

（19）"分配股利或利润所支付的现金"项目反映企业实际支付的现金股利、利润，以及支付给其他投资的利息。

（20）"支付的其他与筹资活动有关的现金"项目反映企业除了上述各项目以外，支付的其他与筹资活动有关的现金流出，如捐赠现金支出等。其他价值较大的现金流出应单列项目反映。

（21）"汇率变动对现金的影响额"项目反映企业外币现金流量及境外子公司的现金流量折算为人民币时所采用的现金流量发生日的汇率或平均汇率折算的人民币金额与"现金及现金等价物净增加额"中外币现金净增加额按期末汇率折算的人民币金额之间的差额。

（22）将净利润调节为经营活动的现金流量。补充资料中的"将净利润调节为经营活动的现金流量"实际上是以间接法编制的经营活动的现金流量。由于净利润是按权责发生制确定的，其中有些收入、费用项目并没有实际发生现金流入和流出，因此，通过对有关项目的调整，可将净利润调整为经营活动现金流量。

（23）不涉及现金收支的投资和筹资活动。补充资料中的"不涉及现金收支的投资和筹资活动"提供企业在一定期间内影响资产或负债但不形成该期现金收支的所有投资和筹资活动的信息。这些投资和筹资活动虽不涉及现金收支，但对以后的现金流量会产生重大影响，如融资租入设备记入"长期应付款"科目，当期并不支付现金，但以后各期必须为此支付现金，从而在一定期间内形成了一项固定的现金支出，因此，应在补充资料中加以反映。具体包括以下项目："债务转为资本"项目，反映企业本期转为资本的债务金额；"一年内到期的可转换公司债券"项目反映企业一年内到期的可转换公司债券的金额；"融资租入固定资产"项目反映企业本期融资租入固定资产，计入"长期应付款"科目的金额。

（24）现金及现金等价物净增加情况。补充资料中的"现金及现金等价物净增加情况"包括"现金的期末余额"、"现金的期初余额"、"现金等价物的期末余额"、"现金等价物的期初余额"、"现金及现金等价物的净增加额"等项目，其中"现金及现金等价物净增加额"与现金流量表中最后一项"现金及现金等价物净增加额"相等。

在Excel中，可以根据"记账凭证清单"的数据信息采用直接法来进行现金流量表的编制。

参 考 文 献

[1] 蒋丽，艾琳，刘红伟. Excel会计与财务管理应用[M]. 北京：机械工业出版社，2008.

[2] 周秀，唐玉珊. Excel 2007财务管理入门傻瓜书[M]. 北京：清华大学出版社，2008.

[3] 崔婕，葛畅，姬昌. Excel在会计和财务中的应用[M]. 北京：清华大学出版社，2006.

[4] 河北航天信息培训学校. Excel在会计中的应用讲义[M].

『剩』者为王，越记越有财

家庭记账簿（信用卡式）

恒兆文化编辑部 编著

家庭记账簿（365日记式）

恒兆文化编辑部 编著

机械工业出版社
China Machine Press

『剩』者为王，越记越有财 每天5分钟，365日余额天天看得到

✓ 收入－储蓄＝支出
✗ 收入－支出＝储蓄

科学理财，从使用家庭记账簿开始；如果有储蓄，月初就计入预算，避免要么做守财奴，只知存钱不顾生活；要么做月光族，收入很多，积蓄却很少。

家庭记账，贵在坚持
记账让家庭消费更合理
记账可以定期"盘点"家庭财务，看看谁对家庭的贡献最大
记账不只是为节约，还为了更合理地消费

家庭记账簿(365日记式)　ISBN 978-7-111-25549-9 定价：25.00元
家庭记账簿(信用卡式)　ISBN 978-7-111-25550-5 定价：25.00元

华章经管

为什么财务报表总被认为是假的？
利润真的存在吗？
财务数字的真真假假，
看似自相矛盾的很多关系，
都有合理的解释？

作者：钟文庆
ISBN：978-7-111-28363-8
定价：29.00

会计易趣入门系列

作者：达雷尔·穆利斯
　　　朱迪丝·奥洛夫
ISBN：978-7-111-27688-3
定价：28.00

作者：小川正树
ISBN：978-7-111-27448-3
定价：19.80

名家读财报

作者：刘姝威
ISBN：978-7-111-27472-8
定价：30.00

作者：郑朝晖
ISBN：978-7-111-27990-7
定价：38.00

华章书院俱乐部反馈卡

写书评 赢大奖

身为读者，你是不是常感到不写不快？
无论是感同身受、热烈倾吐，还是淋漓痛批、指点文章，
我们真诚地邀请您，将您的阅读心得与我们共享。
您的心得，将有机会出现在我们的图书、主流媒体、各大网站上。
同时，您还有机会挑选一本自己喜爱的华章经管好书！

书评发至：hzjg@hzbook.com

欢迎登陆 **www.HZbook.com** 了解更多信息，
本网站会每月公布获奖信息。

华章经管博客已开通，欢迎留下宝贵意见与建议 http://blog.sina.com.cn/hzbook

◎反馈方式◎

网络登记：
登陆 *www.hzbook.com*，在网站上进行反馈卡登记。

传　真：
将此表填好后，传真到 010-68311602

邮　寄：
将填好的表邮寄到：100037 北京市西城区百万庄南街1号309室　　闫　南　董丽华 收

个人资料（请用正楷完整填写，并附上名片）

姓名:_____ 性别:□男 □女 年龄:___ 联系电话:_____ 手机:_____

E-mail:_____ 邮政编码:_____ 传真:_____

通讯地址:_____ 就职单位及部门:_____

职　务：□董事长/董事　□总裁/总经理　□副总裁/副总经理　□高级秘书/高级助理
　　　　□职员　□政府官员　□专业人员/工程人员　□其他（请注明）_____

学　历：□高中　□大专　□本科　□研究生　□研究生以上

所购书籍书名：_____

现在就填写读者反馈卡，成为华章书院会员，
将有机会参加读者俱乐部活动！

所有以邮寄，传真等方式登记，并意愿加入者均可成为普通会员，并可以享受以下服务。

◆ 每月3次的免费电子邮件通知当月出版新书

◆ 共同享有读华章论坛会员交流平台

◆ 享受华章书院定期组织的各种活动
（包括会员联谊活动专家讲座行业精英论坛等）

◆ 优先得到读华章书目

◆ 俱乐部将从每月新增会员中抽取10名，
免费赠送当月最新出版书籍1本

◆ VIP会员享受全年12本最新出版精品书籍阅读

1. 您通过什么途径了解到本书？

□朋友介绍　□会议培训　□书店广告　□报刊杂志　□其他_____

2. 您对本书整体评价为？

□非常满意　□满意　□一般　□其他，原因_____

3. 您的阅读方向？（类别）

_____

4. 您对以下哪些活动形式最感兴趣？

□大型联谊会　□专业研讨会　□专家讲座　□沙龙　□其他_____

5. 您希望华章书院俱乐部为会员提供怎样的增值服务？

_____

6. 您是否愿意支付500元升级为VIP会员，享受全年12本最新出版精品书籍阅读？

□愿意　　　□不愿意，原因_____

读华章俱乐部反馈卡